アーネスト・ヘミングウェイ、神との対話

高野泰志

松籟社

目次

【コラム】

アーネスト・ヘミングウェイ、神との対話

序章

ヘミングウェイがこの世を去る直前までの二十年を過ごしたその邸宅はフィンカ・ビヒアと名付けられ、キューバのハバナ近郊、サンフランシスコ・デ・パウラの小高い丘の上にある。現在フィンカ・ビヒアはヘミングウェイ博物館としてその一部が一般公開されているが、研究者にとってはそこに保管されているヘミングウェイの膨大な蔵書が貴重な資料である。

　私は二〇〇九年九月にその蔵書調査のためフィンカ・ビヒアを訪れた際、そこの中庭で少年時代にヘミングウェイから野球を教わったという三人の老人にインタビューをする機会を得た。彼らはすでに多くのヘミングウェイ研究者にヘミングウェイの話をしており、いかにも話しなれた様子で晩年のヘミングウェイのさまざまな逸話を聞かせてくれた。そして私がヘミングウェイの宗教について調査中であるというと、三人は口をそろえてヘミングウェイは特にアフリカの宗教に強く惹かれていたわけではなかったと力説し始めた。

フィンカ・ビヒアにはヘミングウェイがサファリ旅行から持ち帰ってきたさまざまな呪術的オブジェが飾られてあり、彼ら三人にこれまでインタビューをした研究者たちはみな、ヘミングウェイがアフリカの土俗宗教に強い興味を持っていたという証言を彼らから引き出そうとしたというのだ。しかし彼らに言わせるとヘミングウェイはあくまでキリスト教を深く信仰していたのであり、アフリカから持ち帰ったオブジェはただの記念品でしかない。にもかかわらず研究者たちはむりやりヘミングウェイをアフリカの原始宗教に結びつけようとするのだという。確かにフィンカ・ビヒアの玄関には存在感たっぷりの大きな木のオブジェが据え付けられており、それは魔除けの働きをしているのだそうだ。

私がその玄関のオブジェに目を向けたのに気づいた老人のひとりは、ヘミングウェイがもっとも大切にしていたのは“Caridad del Cobre”だという。通訳を介して英語で話を聞いていた私は、そのことばが“Charity of Copper”と訳されていたために、ヘミングウェイがノーベル賞のメダルを寄付したというコブレの教会のことを指しているとすぐに気づかなかった（コブレはもともと銅山として栄えた土地で、「銅」を意味することばである）。その老人はオスカル・ビリャレアルという名の画家であったのだが、私が理解していない様子を見て取って、私の持っていたメモ帳と鉛筆を取り上げ、記憶だけを頼りに瞬く間にコブレのマリア像を書き上げた。思わず「これなら昨日見てきたばかりだ」と伝えると、彼ら三人はとてもうれしそうに「そうか、行ってきたのか。それはよかった」と、満面の笑みを浮かべたのだった。その笑顔を見たとき、コブレのマリアがキューバの人々にとっていかに大切な存在であるかが強く実感できた。

コブレの教会はハバナから飛行機で一時間半ほどのサンチアーゴ・デ・クーバというキューバ第二の都市に向かい、そこからさらに車で一時間ばかり行ったところにある。ハバナ市内にある重厚なヨーロッパ的建築の教会とは異なり、コブレの教会はパステルカラーの明るい色合いをしている。正面の立派な扉は礼拝に来た人々のためのものであり、観光客は裏口から教会に入る。入ってすぐに見えるのは、金色の、思ったよりも随分小さいマリア像である。ミサが行われているあいだは正面を向いているこのマリア像は、普段は観光客用に一八〇度回転して裏側を向いている。

老画家オスカル・ビリャレアルが筆者のメモ帳に描いてくれたコブレのマリア像

このマリア像の由来は一六〇六年にさかのぼる。三人の漁師が難破し、海を漂っていたときに流れてきた木片にしがみついて辛くも命が助かった。漁師たちがその木片をよく見てみると、その時はじめてそれがマリア像であったことに気づいたのである。その事件をきっかけにしてコブレにまつられたマリア像は、その後漁師の守り神とされ、その像が置かれている教会はキューバの人々にとってもっとも大切な聖地であり続けている。

コブレのマリアはキューバの人々にとって非常に大切な存在であり、だからこそヘミングウェイがノーベル賞のメダルをそこに寄付したことは彼らにとって重要な意味を帯びているのだろう。したがってヘミングウェイがアフリカの土俗信仰に傾倒しているとは考えたくなかったに違いない。そうは言うもののの実のところ、コブレの教会はサンテリアと呼ばれるキューバ独特の宗教の聖地であり、カトリックとアフリカの宗教が習合したものなのだが（終章参照）。

そんなことを考えながらふたたび私は蔵書調査に戻った。かなりの数に上る宗教書にヘミングウェイが書き込みでもしていないかを確認するつもりであったが、宗教書に限らず、ヘミングウェイは意外にも本にほとんど書き込みをしない。読んだ跡すら見つけられないほどきれいな状態なのである。ただ祈禱書だけは例外で、ぼろぼろになるまで使い込まれており、今にも崩れそうな状態であった。伝記によるとキューバ時代のヘミングウェイは教会には行かなかったそうだが、ただ息子たちには必ず礼拝に行くよう言いつけていたという。

たいした発見がないことに落胆しかけていたとき、私は意外なものを見つけた。

二番目の妻ポーリーン・ファイファーとの結婚がヘミングウェイのカトリック改宗のきっかけであったことは本文で詳しく触れるが、結婚後、ヘミングウェイはポーリーンの叔父のガス・ファイファーから多額の金銭的援助を受け続けていた。これまでの伝記研究は、ポーリーンとの離婚後のヘミングウェイとファイファー家の関係についてまったく触れていない。カトリックでは離婚は認められていないので、ポーリーンと離婚したことは厳格なカトリックの信仰を持つファイファー家にとって大きな問題を引き起こしたであろうことは間違いないし、その後ヘミングウェイと良好な関係が続くとは考えにくい。したがって彼らの息子であるパトリックとグレゴリーを通しての形だけの関係しかなかったと類推されたのであろう。しかし今回の蔵書調査で明らかになったのは、ガス・ファイファーが少なくとも一九五〇年代前半まで、信仰をめぐってヘミングウェイに連絡をとり続けていたということである。蔵書の中には宗教学者ロバート・H・ファイファー[1]の著作が二冊含まれており、一冊目『新約聖書時代の歴史』には著者ロバートのサインの下にG・A・ファイファー（ガスのこと）のサインが加えられている。つまりこの本の出版された一九四九年にガスから贈られたものなのである。もう一冊の『旧約聖書入門』は一九五二年出版で、直接著者のロバートから贈られている。これらの事実から、ヘミングウェイは晩年、ポーリーンとの婚姻関係とはかかわりなく、ファイファー家と宗教をめぐ

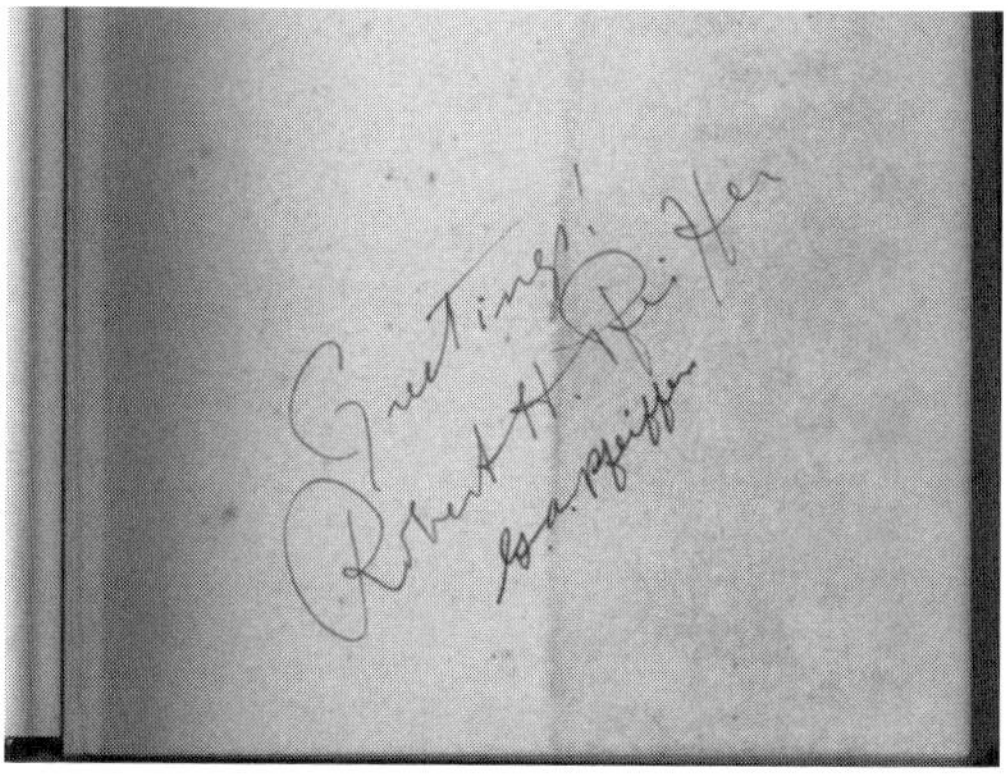

『新約聖書時代の歴史』の見返しに書かれたサイン
“Greetings! / Robert H. Pfeiffer / G. A. Pfeiffer”

って交流を持ち続けていたことが分かる。ヘミングウェイのカトリック改宗はこれまでの伝記研究ではポーリーンと結婚するための名目上のものとされていたが、宗教書のやりとりがあったということは、ヘミングウェイは少なくともガスらファイファー家の人々にとって、結婚後もカトリック教徒であり続けたということである。

ヘミングウェイはファイファー家の中でも特にガスとは友好な関係を保ち続けた。ヘミングウェイはポーリーンと出会う前にハドリーという女性と結婚していたが、ポーリーンが離婚歴のある男と結婚することをいち早く承認したのはガスであり、そのことに感謝してヘミングウェイは『武器よさらば』をガスに捧げている。スクリブナーズ社の編集者マクスウェル・パーキンズに宛ててヘミングウェイは次のように書いている。「G・A・ファイファーが誰なのか気になるだろうから知らせておこう。彼はポーリーンの叔父だ。ポーリーンが十四年も修道院に入った後に結婚しようとしているのが、離婚歴があって批評家には飲んだくれで悪い連中と付き合ってい

『旧約聖書入門』の見返し
“Greetings / Robert H. Pfeiffer”

ると書きたてられている市民であると知って彼女の家族がひどく気分を害したのだ。そこでパリまでやってきてくれたのがガスだった。ガス叔父さんは私のことを何も詮索しなかった。ポーリーンはある夜、私が住んでいたひどいゴミ溜めに彼を連れてきたのだが、十分ほどそこにいただけで仕事の邪魔をしては悪いからと言って帰っていった。そして家族あてに五〇〇語の電報を打って、ポーリーンはこれ以上素晴らしくて立派な市民と結婚できないくらいだ。だから心配するのをやめて誇りに思って安心したらよいと言ってくれた。だから彼には数冊分の本を捧げるくらいの恩があるのだ」(Bruccoli 130)。

その後もガスは金銭的にも精神的にもヘミングウェイをサポートし続けた。そして離婚の際にもポーリーンとどんどん仲が悪くなり、財産分与の問題で争いが続いていたとき、ヘミングウェイはガスを味方につけようと「あなたも他の誰も金で買えないことが分かっているもので、私が贈ることのできるたったひとつのものだから」といって『誰がために鐘は鳴る』の原稿を贈っている (Hawkins 226-27)。しかしポーリーンの伝記を書いたルース・A・ホーキンズは「[離婚の]時点から先、ガスとアーネストの連絡はポーリーンを経由することになった」と述べているし (Hawkins 227)、ファイファー家は「ガスのアドバイスにしたがって」家族所有の会社からヘミングウェイの名を外す手続きを取り、ヘミングウェイがファイファー家と一切無関係になったことを事務的な手紙でヘミングウェイに知らせている (Hawkins 230)。

カトリックであるファイファー家が離婚後もヘミングウェイと交流を維持するというのはきわめて奇妙なことであり、これまでの伝記ではホーキンズのものも含め、ガスやロバート・ファイファーがヘミングウェイと交流があったことを一切述べていない。キューバ時代にファイファー家の人々が宗教書をヘミングウェイに贈っていたというのはいかなる意味があるのだろうか。

このつじつまの合わない発見について考えをめぐらせていると、ふとこの矛盾こそがヘミングウェイの信仰のあり方を的確に表しているのではないかという気がし始めてきた。ノーベル賞のメダルをコブレの教会に寄付しながらも、自身はコブレには一度も行かず、自宅にアフリカの呪術的オブジェを飾る。息子を熱心に教会に通わせながらも自身は教会には近づかない。そしてカトリック改宗のきっかけを作ったファイファー家と縁が途絶えながら宗教書を通じて交流を保つ。これらの矛盾した行動は、ヘミングウェイの宗教表象が常に信仰を求めながらもそこに到達できないで揺れ動いている曖昧さの現れのようにも思えてくるのである。

本書はこの生涯揺れ動き続けたヘミングウェイの信仰の問題を取り上げ、ヘミングウェイ作品の読み直しを試みる。ヘミングウェイ作品における宗教モチーフの研究は、これまで決して盛んになされてきたわけではない。これはヘミングウェイ研究における奇妙な空白であると言わざるをえない[2]。なぜならヘミングウェイ作品のタイトルを概観するだけでも、『我らの時代に』、『日はまた昇る』、「身を横たえて」、「世の光」、「よのひと忘るな」[3]など、聖書や賛美歌からとられたタイトルが数多くあり、『我らの時代に』の間章や「革命家」、「今日は金曜日」、「ギャンブラーと尼僧とラジオ」など宗教をテーマにした作品は無数にあるからである。とりわけヘミングウェイの半自伝的登場人物ニック・アダムズやその他の主人公たちが作品中で祈る姿はおびただしい数にのぼる。

にもかかわらず、今日にいたるまでヘミングウェイと宗教というテーマがあまり取り上げられることがなかったのは、研究者によるふたつの先入観の結果であると考えられる。ひとつには、カーロス・ベイカーら最初期の伝記研究がヘミングウェイのカトリック改宗を、ふたり目の妻ポーリーン・ファイファーと結婚するための便宜的なものと考え、「彼は今や少なくとも自分が名目上のカトリック教徒であると見なしていた」と述べたことによる（Baker, *Life* 185）。離婚と結婚にまつわる実際的な理由があったことが、改宗の動機として不純であると考えられたのである。したがって一九一七年にイタリアの戦場で洗礼を受けたというヘミングウェイの主張は無視され、一九二七年が改宗の年とされる。カトリック改宗を「名目上」のものとする見解は、後のヘミングウェイの宗教観に関する定説を作り上げることになり、たとえばジェフリー・マイヤーズなども特に根拠を挙げることなく「ヘミングウェイは決して熱心な信者ではなかった」と断定しているのである（Meyers 186）。

しかしH・R・ストーンバックが明らかにしたように、ヘミングウェイは二度目の結婚の前からいくつかの手紙でカトリックであることをにおわせている。一九二二年には最初の妻ハドリーにミラノの大聖堂で一緒に祈りを捧げてくれるよう頼んでいるし（Griffin, *Along* 170）、二六年にはアーネスト・ウォルシュ宛の手紙で「私はカトリックである」とはっきり言明しているのである（*SL* 189）。これら直接の証拠はすべて「名目上」のカトリック改宗という定説のために無視されるか過小評価されてしまったのである。

またもうひとつの大きな原因は、第一次世界大戦後のモダニズムの文学運動を取り巻く状況である。モダニストたち先進的なエリート文学者にとって、そして未曾有の大量殺戮を目の当たりにした人々にとって、もはやそれまで通り神の存在を確信することなどできず、神は死んでいたのである。[4] そして実存的世界観がモダニズムの文学に浸透した結果、その文学運動の中心に位置し、「失われた世代」を代表すると見なされたヘミングウェイもまた、神を信じていたはずがないという先入観で見られることになったのである。たとえばフィリップ・ヤングは『我らの時代に』のタイトルが祈禱書からとられているることを指摘し、「祈禱書をあざ笑うような意図があったことはほとんど間違いない」と述べている(Young, *Ernest Hemingway* 30)。[5]

しかしヘミングウェイは「あなた方はみな失われた世代なのです」というガートルード・スタインのことばを『日はまた昇る』のエピグラフに用いながらも、それに対抗させるように「世代など移ろいゆく一時的なものに過ぎない」という「伝道の書」をそれに並べて置き、そこから『日はまた昇る』というタイトルをとった。[6] この点を見るだけでも、ヘミングウェイを実存的で信仰を失った二〇年代文学者の一員としてひとくくりにすることがいかに危険であるかが分かるはずである。

ヘミングウェイの宗教観に関しては、いまだにベイカーやヤングの初期研究の枠組みから逃れられていないのが現状である。多くの伝記が実存主義的ヘミングウェイ像を前提にしているために、この方面を本格的に追求した研究者はきわめて少ないのである。著書の形としてはジュランヌ・イザベルが最初のものであるが、事実関係においても解釈に関しても、問題の多い研究であり、信頼に値しない。ラリー・グライムズの初期作品の宗教性と美学に関する研究が数少ない例外的著書として挙げられるが、[7] それ以外にはストーンバックの一連の論文が長らくこの分野では孤軍奮闘してきた。[8] しかしストーンバックはヘミングウェイの信仰心を所与の前提とするあまり、作中の多くの要素を信仰心の表れとして解釈しすぎるきらいがあり、指摘の重要性は認められるものの必ずしもそのすべての解釈が納得のできるものではない。近年マシュー・ニッケルの研究が単著として出版されたが、この著作はストーンバックの説をなぞっただけのものであり、それ以上の見解が提示されていないという点で、この分野に関心のある読者を大きく失望させるものであった。

ヘミングウェイの教会に対する姿勢は、先に述べたキューバ時代に限らず、常に矛盾に満ちている。これまでこの矛盾は、ヘミングウェイが信仰に熱心ではなかった結果であると簡単に決めつけられてきたが、ヘミングウェイの宗教観は単純に熱心な信者であるとも信仰を持たなかったというのとも異なり、その両極をきわめて複雑に揺れ動いていたのである。しかし信仰を持ちたいと思いながら持てないでいる苦しみはよりいっそう宗教表象へのこだわりを生み、そのテクストを豊かにしたのである。本書はそのヘミングウェイの生涯続いた信仰をめぐる葛藤を、いわば神との挑戦的な対話を、詳しく追ったものである。

注

［1］ポーリーンの従兄弟にあたり、ハーヴァード大学の宗教学部長を務めた（Hawkins 24）。

［2］ただし『老人と海』に関しては、そのキリスト教的象徴がしばしば研究対象とされてきた。第七章参照。

［3］ヘミングウェイ協会の定訳では「神よ陽気に殿方を憩わしめたまえ」と訳されているが、ここではあえて独自訳とした。これは英米で非常によく知られたクリスマス・キャロルの冒頭のフレーズであるが、"rest" は現代英語の用法とは違い、"keep" の意味で用いられているので、少なくとも「憩わしめたまえ」という意味ではない。また "gentlemen" に呼びかけている原文がなぜか神に呼びかけていることになっている変更も不可解であり、そもそも祈願文ですらないという意味で、この定訳は明らかな誤訳である。キリスト教圏ではこのフレーズを聴いた段階で、無意識に続くフレーズ "Let nothing you dismay, / For Jesus Christ our Savior / Was born upon this Day." が連想され、クリスマスを思い起こすのである。文化的背景に親しみのない日本人にはそのまま訳しても誤解を招くだけであり、ここでは賛美歌タイトルの教会定訳として「よのひと忘るな」とした。この賛美歌タイトルに親しんでいる日本人は多くはないであろうが、次善の策である。

［4］このあたりの文学的状況に関しては Cowley を参照。

［5］祈禱書の該当箇所は「神よ、我らの時代に平和を与えたまえ」であり、『我らの時代に』の短編群が暴力に満ちあふれていることを根拠にしている。

［6］当初は *The Lost Generation* もまたタイトルの候補として挙げられていたが、それが最終的に現在のタイトルに落ち着いたこと自体、時代の虚無的状況に対するヘミングウェイの姿勢の変遷を示しているように思われる。

［7］ヘミングウェイのオークパーク時代の宗教的環境から初期作品を読む著書 *The Religious Design of Hemingway's Early Fiction* と、オークパークの宗教的環境を概観した短い論文 "Hemingway's Religious Odyssey: The Oak Park Years" のふたつがある。前者はヘミングウェイの文学理論の「第五次元」を宗教観から説明するものであるが、

後者の研究は、新聞などに採録されたオークパークの牧師の説教などから町の宗教的状況を再構成する非常に重要な研究であり、本論文もこの研究を大きな土台として参照している。

［8］残念ながらまだ著書の形でまとめられていないが、主にヘミングウェイのカトリシズムを中心にして作品の読み直しを図っている。従来ヘミングウェイのカトリック改宗は、ハドリーと離婚してカトリック教徒のポーリーンと結婚をするための「名目上」のものであると考えるのが定説であったが、ポーリーンと出会うより以前からヘミングウェイがカトリックに興味を持っていたことを明らかにした重要な論文 "In the Nominal Country of the Bogus: Hemingway's Catholicism and the Biographies" を始めとして、非常に重要な論文を数多く発表している。

【コラム】　オークパーク時代

一八九九年一〇月一日、アーネスト・ミラー・ヘミングウェイはオークパークの第一会衆派教会にてウィリアム・E・バートンにより洗礼を受ける。一九一一年四月一六日（復活祭）、姉のマーセリーンとともに第三会衆派教会に移る（両親は一九〇三年に移動済み）。ここでヘミングウェイはマーセリーンとともにフレッド・スウィーニーがアドバイザーをするキリスト教奨励会で欽定英訳聖書を通読している。一九一五年五月六日、ヘミングウェイは姉とともに再び第一会衆派教会に移動し、そこで若者たちで構成されるプリマス・リーグに加わる。ここでヘミングウェイは日曜日の午後の礼拝や教会での演奏会を始め、さまざまな教会行事に従事する。ヘミングウェイは晩年ハックルベリー・フィンのような反逆児であったと述べているが、実際には記録に残っている限りでかなり熱心に宗教行事に参加していた(Sanford 135, 147-48; Donaldson, *By Force* 223)。

第1章 ニック・アダムズと「伝道の書」
――オークパークとピューリタニズム

1. 恐怖の引き金

ヘミングウェイはスケッチ集や私家版短編集を別にすれば一九二五年に短編集『我らの時代に』で作家活動をスタートさせた。この短編集の最初に収録されているのが「インディアン・キャンプ」である。この作品は、アーネスト・ヘミングウェイの半自伝的登場人物ニック・アダムズ[1]を主人公とした一連の短編群の最初の作品でもある。ニックの父親ヘンリー・アダムズ医師が、ネイティヴ・アメリカンの女性に麻酔もかけずにジャックナイフと釣り用の糸で帝王切開手術を行う物語であり、手術後に夫は妻のあげる悲鳴に耐えきれずに剃刀で首をかき切って自殺してしまう。その自殺したネイティヴ・アメリカンの姿をまともに目撃したニックは、物語の最後に父親の漕ぐボートの中で、「自分は決して死なない」と確信する。作品内容と矛盾するようなニックのこの確信は、これまで多くの研究者がさまざまな説明を試みてきた。大半の研究者は「インディアン・キャンプ」をニックのイニシエーションの物語と読み、ニックのイニシエーションが成功したのか、失敗したのか、という点を中心に議論している[2]。

もちろんそういった先行研究が問題としてきたイニシエーションのテーマが作品にとって重要であることは間違いない。しかし出版直前に「インディアン・キャンプ」から削除された原稿が強い宗教性を帯びていることに着目すると、この作品はこれまでの解釈とはまったく異なる新たな姿を見せ始める。ヘミングウェイが原稿の前半部分を削除したために、結果的に物語はニックのイニシエーションを描いているように見えるが、実はその背後には宗教をめぐる家族の問題が潜んでいるのである。「インディアン・キャンプ」はヘミングウェイ初期の代表的短編と考えられてきたが、作品の隠された宗教性に着目すると、実は当初「インディアン・キャンプ」はニックが宗教的な恐怖を克服する物語として着想された可能性が明らかになる。そうすることでヘミングウェイが幼少期にオークパークで受けた宗教教育のあり方を考え直してみたい。

当初「インディアン・キャンプ」の冒頭に置かれていたタイプ原稿にして約八ページにわたる導入部分は、ヘミングウェイの死後に「三発の銃声」というタイトルでフィリップ・ヤング編集の『ニック・アダムズ物語』に収録された。「三発の銃声」のあらすじは以下の通りである。父親と叔父のジョージと三人で森にキャンプにやってきた主人公のニックは、夜釣りに出かける父親とジョージ叔父さんを送り出して、ひとりでテントで眠ることになる。父親は出発するとき、もし何かあったらライフルを三発撃てばすぐに戻ってくると約束する。テントでひとり眠ろうとするとき、ニックは急に森の暗闇が恐ろしくなってくる。恐怖に耐えられなくなったニックは、ついにライフルを三発撃って父親たちを呼び戻す。父親もジョージも、ニックがたんに臆病なためにライフルを撃っただけであるのには気づいていたが、約束通り釣りをあきらめて戻ってくる。ちょうどそこに付近のネイティヴ・アメリカンの集落からの使いがあり、出産の手助けをしてやらなければならなくなる。父親は前夜のようにニックをテントに残しておけなかったので、一緒につれていくことにした、というところで「インディアン・キャンプ」本編へと接続する。

まずは物語を動かすきっかけになるニックの恐怖を見てみたい。

森から歩いて戻るとき、ニックはだんだん怖くなってきた。いつだって夜の森は少し怖かった。ニックはテントのフラップを開けて服を脱ぎ、暗闇の中で毛布の隙間にそっと滑り込んだ。外では火が燃え尽きて灰になっていた。ニックはじっとして眠りにつこうとした。物音ひとつない静けさだった。せめて狐でも吠えてくれたり梟《ふくろう》や何かの声でも聞こえたりしたら安心できるのに、とニックは思った。今のところはっきりとしたものなら怖くないのだ。だが今、とてつもなく怖くなってきた。そして突然死ぬのが怖いと思った。そういえば数週間前に故郷の教会で賛美歌を歌ったのだ。「いつの日にか銀のひもが切れるでしょう」賛美歌を歌っている最中、ニックはいつの日にか自分も死ぬのだと気づいたのだ。そのせいでひどく気分が悪くなった。自分もいつか死ななければならないことに気づいたの

はそのときがはじめてだった。(*NAS* 13-14)

ニックは夜の森を恐れている。たき火の火は消え、おそらくあたりは完全に暗闇に包まれている。「今のところはっきりとしたものなら怖くないのだ」と述べていることからも、暗闇に潜む未知のものをニックは恐れているらしい。そしてその未知のものの究極が自らの「死」であり、ニックはつい最近、自分が死ぬ可能性にはじめて気づいたというのである。ニックの中で森の暗闇は自らの死の可能性と結びつき、恐怖を増幅させる。この後、教会から自宅に帰っても暗闇は死と結びつき、ニックをおびえさせることが描かれる。自分の部屋で眠ることができず、ニックは玄関の常夜灯で本を読むことで朝までの時間をつぶすのである。このようなニックの死への恐怖、夜の闇への恐怖、それに伴って生じる不眠症というモチーフは、後のニック・アダムズを主人公とした一連の短編小説に非常に頻繁に見られるものである。しかし「三発の銃声」で描かれる恐怖はこれ以降の短編とは決定的に異なっている。後のニック・アダムズ物語で描かれる恐怖は戦場での負傷が原因とされているが、「三発の銃声」の場合は幼いニックの恐怖は戦争とは何のかかわりもないのである。まだ戦争に行ったことのない幼いニックが、戦場での負傷兵ニックと似た恐怖に捕らわれていることは非常に重要である。従来は当然のようにニック・アダムズ物語に一貫して現れる闇への恐怖は戦争後遺症によるものと解釈されてきたからである。

またもうひとつ非常に興味深いのが、ニックの恐怖の引き金を引いたのが教会での賛美歌であることである。ここでニックの夜の闇への恐怖を考えてみる際に、従来の研究のように第一次世界大戦での負傷だけを原因とするのではなく、ヘミングウェイの受けた宗教教育をもう少し詳しく考えてみる必要があるのではないだろうか。

2. オークパークの光と闇

これまでのヘミングウェイ研究の常識では、ヘミングウェイは故郷オークパークの宗教に反発していたと考えられてきた。たとえばスコット・ドナルドソンは「[アーネストの]幼少期の教育は、世の中がバラ色をしているかのように教え込んだ。しかしそのようなものの見方は、身の回りのあらゆるところで出会う、現代の生活の野蛮さとは一致しなかった。特に第一次世界大戦は、アーネストがオークパークの宗教にはっきりと幻滅するきっかけとなったのである」(Donaldson, *By Force* 224) と述べている。ヘミングウェイは第一次世界大戦を経験した結果、故郷の宗教の説く楽天的な世界観がもはや通用しないのだということに気づき、その宗教観に反発したのだというのである。しかし、この見解には大きな問題がある。なぜならオークパーク時代のヘミングウェイを取り巻く宗教的環境は、必ずしも一枚岩ではなかったからである。

ラリー・グライムズは当時のオークパークの宗教的状況を綿密に調べ、町の大多数の人たちの信仰する宗教を「自由主義神学とヴィクトリア朝的道徳観とセンチメンタルな敬虔さの雑多な寄せ集め」(Grimes, "Religious Odyssey" 37) であるとまとめている。そしてオークパークの宗教の根幹をなす自由主義神学を以下のように説明している。

［オークパークの抱く］神話の本質は、人間が無垢であるという認識であり、健全な精神であり、社会の進歩であり、楽天主義である。これらはみな自由主義神学の特徴である。（中略）ある信者は「もし誰もがずっとオークパークに住み続けていれば『人生は生きるに値するか』という質問には簡単に答えられるだろうし、「伝道の書」が書かれることもなかっただろう」と主張している。（Grimes, "Religious Odyssey" 37）

確かにヘミングウェイは、このような楽天的な宗教観には非常に批判的であった。たとえば「インディアン・キャンプ」に続く短編「医者とその妻」では、ニックの母親がこういった自由主義神学以上に「進歩的」なクリスチャン・サイエンスに傾倒していることが描かれるが[3]、ニックは物語の最後で母親ではなく、父親を選択してふたりで森へと向かう。またニック物語以外でも、オークパークではなくオクラホマに舞台を設定されているものの、初期の短編「兵士の故郷」で涙を流しながら息子をひざまずかせ、神に祈ることを強要する母親の姿がセンチメンタルなオークパークの宗教を描いたものであることは明らかである。つまりオークパークの自由主義神学は、ヘミングウェイ作品では常に母親に代表されているのである。そして実際ヘミングウェイの母グレイスも、このようなセンチメンタルで「健全な」信仰を持っていたことが知られている（Grimes, "Religious Odyssey" 44）。これまでヘミングウェイは故郷オークパークの宗教に反発していたと解釈されてきたが、ヘミングウェイが反発していたのはこういったセンチメンタルな信仰心であり、母親の宗教なのである。

その一方でヘミングウェイの父親はこのような自由主義神学を信仰してはいなかった。楽天的で人間の善を信じるグレイスとは違って、父クラレンスは非常に厳格な宗教的規律で子供たちをしつけていた。その厳格さはこれまで考えられていた以上に激しいものであったようである。モリス・バスキはヘミングウェイの一歳年上の姉マーセリーンが書いた伝記から出版の際に削除された原稿を検証し、これまで知られていなかった父クラレンスの家庭内での姿を暴き出している。クラレンスはしばしば子供たちに暴力的に体罰を加え、自分が悪いとみなしたことをすると急に性格が変貌し、手や革紐で子供たちを何度も叩いた。

折に触れ、私たちが幼かったころはほとんど何をしても叩かれていたような気がする。なぜ叩かれるのか説明されることはなかったし、私たちのことを理解しようともしてくれなかったし、私には、なぜ叩かれるようなことをしたのか分かろうと努力しているようには思えなかった。（中略）両親や召使いが行儀が悪いと考えることを私たちがしてしまったら——彼らが悪いと考えることを私たちがしたら、私たちは叩かれたし、どうしてそんなことをしたのか尋ねられることもなかった。よく覚えているのだけれど、お母さんとお父さんが旅行でいなかったときなど、帰ってくる日になって、子守の女の子やコックや私たちの世話をすることになった人たちに「私いい子だったよね？　いい子だったって報告してもいいよね？」とよく聞いたものだった。なぜなら悪い子でした、行儀がよくなかった、言うことを聞きませんでしたと報告する羽目になったら、あるいは両親が家に入ってきて「アーネストはいい子だったかい？　マーセリーンのお行儀はよかった？」と聞いたとき、メイドが「実は時々ちょっと行儀の悪いときもありました。たまに私の言うとおりにしようとしなかったんです」などと答えたら、一言も喋らずにただ私たちはお父さんの診察室に連れて行かれ、膝に載せられてさんざんに叩かれることになったからだ。手で叩かれることもあったし、定規で叩かれることもあったし、剃刀の研ぎ皮で叩かれることもあった。(qtd. in Buske 76)

ここには子供たちが父親の体罰をひどく恐れていたことが表れている。両親が不在のとき、子供たちは体罰を受けるのがあまりにも恐ろしく、両親が帰ってくる前に子守の女性や料理人に言いつけないようお願いしなければならなかった。そしてそのような体罰が終わった後、「いつもひざまずいて神に許しを請うよう命じられた」(Sanford 31) というのである。まだ幼い妹のサニーがあまりにもひどく体罰を加えられるのに耐え難くなり、マーセリーンが必死に父からサニーを守ろうとする場面も印象的である。結局マーセリーンも父親に殴られた後、部屋を追い出され、「[そのときのサニーの] 悲鳴は（それまでにお父さんは本当に激しく怒り狂っていたので）決して忘れられないものとなった」(qtd. in Buske 77) と語られる。ヘミングウェイ家は、しばしば叩かれた子供の悲鳴が鳴り響く家庭であったのである。

このようなクラレンスの信仰をグライムズは以下のように説明している。

父 [アンソン、ヘミングウェイの祖父] の感化のもとで得た若いころの宗教的経験はクラレンスに強い影響を残し、そのせいでクラレンスは人間の罪と過ちをはなはだしく意識するようになり、憂鬱で厳格で生真面目な道徳家に育った。クラレンスの宗教的気質は、心理学的には強度の鬱病と判断してもよいものであったが、同時代のもっとも偉大な心理学者ウィリアム・ジェイムズは、クラレンスのような性格の人物を宗教的なことば遣いで捉えている。そういった人物は病んだ魂に蝕まれているのである、と。ジェイムズの理解によると、健全な精神を持つ新しい自由主義的で進歩的な神学がアメリカで広まりつつあるのだが、かつての正統派のアメリカのプロテスタンティズムもまた、ジェイムズが「病んだ魂の宗教」と名づけたものを伝え広めようとしていたのである。この古い正統派の核心にあるのは、堕罪の教義であり、その恐ろしい結果として人類に与えられた死刑宣告であった。ジェイムズの議論によると、この暗澹たる正統派神学は「伝道の書」の宿命論と自然神学に酷似していた。(Grimes, "Religious Odyssey" 47)

ここで明らかなように、父親の信仰は先ほど見た「伝道の書」の世界観を否定する母親の自由主義神学とは全く異なったものである。『日はまた昇る』のタイトルとエピグラフに「伝道の書」の一節を用い、短編「清潔で明るい場所」で「伝道の書」の虚無主義のエコーを響かせるヘミングウェイは、母親のセンチメンタルな信仰ではなく、「伝道の書」の世界観を神学的よりどころとするクラレンスの宗教観をある程度受け継いでいると言えるだろう。

ヘミングウェイが母親の宗教よりも父親の宗教の方に親近感を覚えていたことは「インディアン・キャンプ」の続編とも言える「医者とその妻」においても明らかである。この作品には楽天的な明るい信仰を持つ母と、ジェイムズが「病んだ魂の宗教」と呼んだ信仰を持つヘンリー・アダムズ医師の暗い心の闇が明確に対比されているからである。医者の妻はクリスチャン・サイエンスに傾倒しているが、クリスチャン・サイエンスとは、神についての真の知識を得れば物質的な薬や治療を行わなくても病は治るとする宗教であり、医者の妻がこの宗教を信じていること自体が非常に皮肉な状況であると言えるだろう。

たった今、ネイティヴ・アメリカンのディック・ボウルトンとのいさかいでやり込められ、怒りに震えるアダムズ医師は、自分の部屋で銃の手入れをして怒りを鎮めようとしている。妻は頭痛がすると言って隣の部屋をブラインドで閉め切って暗くし、ベッドに横たわっている。

「ヘンリー」と妻が声をかけた。そしてしばらく待ってから。「ヘンリー！」

「なんだい」と医者は言った。

「ボウルトンを怒らせるようなことを言ったんじゃないでしょうね」

「いや」と医者は言った。

「じゃあ何が原因だったの、あなた」

「たいしたことじゃないんだ」

「教えてちょうだい、ヘンリー。私に隠し事なんかしないで。何が原因だったの」

「実はディックは私がやつの嫁さんの肺炎を治療してやったせいで結構なお金を払わないといけないんだ。仕事をしてそれを返さないといけなかったんだが、騒ぎを起こしたらそれがおじゃんになると考えたんだろう」

妻は黙っていた。医者はぼろ切れで丁寧に銃を磨いていた。そして薬莢を弾倉のスプリングに押し込んだ。その銃を膝に置いたまま、彼は腰掛けていた。その銃がとても好きだったのだ。すると妻の声が暗くした部屋から聞こえてきた。

「あなた、私信じられないの。まったく信じられないわ、そんなことをする人がいるなんて」

「そうかい」と医者は言った。

「ええ、わざとそんなことをする人がいるなんてとても信じられないわ」(*NAS* 25-26)

会話自体に、妻が夫に対して優位な立場にあるらしいことが見て取れる。夫は妻に、ディック・ボウルトンが治療費を踏み倒すためにけんかをふっかけてきたのだと説明するが、妻は人が意図的にそのような悪意ある行動をするなど信じられないと言って夫の意見を否定する。人間に悪意があることを信じようとしない妻の姿と、世の中に悪が存在することを知っている夫の姿との対比が非常に鮮明に描かれている。ここには先ほどまで見てきたヘミングウェイ家でのふたつの宗教観がはっきりと表れていると言えるだろう。楽天的でセンチメンタルな自由主義神学は人間の悪を否定するが、虚無的で「病んだ魂」の宗教はこの世に悪が存在することをはっきりと知っている。

この作品には表面的には暗い部屋にとどまる妻と、物語の最後で明るい森へと向かう夫との光と闇の対比が描かれているが、実際に人間の悪意を知る闇を心に抱えているのは夫の方なのである。光と闇の二重の対比の中に塗り込められるアダムズ医師の心の闇は、先ほどのグライムズの引用に現れる、ウィリアム・ジェイムズの言う「病んだ魂の宗教」を体現しているのである。

「医者とその妻」の結末部分でニックは母よりも父を選択することが描かれるが、この数年後に書かれた短編「父と子」では、体罰を加える厳格な父親を恐れながらも、その父親に対して愛情を持ち続けるという、ニックの矛盾した感情が描かれる。

ニックは父が大好きだったが、父のにおいは嫌いだった。一度、父には小さくなりすぎた下着を着なければならなくなったとき、ニックは気分が悪くなり、その下着を脱いで石をふたつおもりにして小川に沈め、父にはなくしたと伝えた。父がその下着を着せようとしたとき、どれほどにおうか訴えたのだが、父は洗ったばかりだと答えるだけだった。実際に洗ったばかりだったのだ。ニックがにおいをかいでみるよう頼んでみると、父は憤然としてにおいをかぎ、きれいだし汚れてもいないと言った。ニックが下着を着けずに釣りから家に戻ってきて、なくしたと言ったとき、嘘をついたと言って鞭で打たれた。

後になってドアを開けたまま薪小屋の中に座り、ショットガンに弾を込め、撃鉄を上げ、網戸をしめたポーチに座って新聞を読んでいる父親を見つめながら考えた。「あいつを地獄までぶっ飛ばせるんだ。殺してしまえるんだ」。やがて怒りはおさまり、その銃が父のくれたものだったことを思い出して気分が悪くなった。(*NAS* 265)

ここでニックは父親は好きなものの父親のにおいには耐えられず、父親からのお下がりのシャツを森に捨てて帰る。ニックはシャツを捨ててきたことで父親に鞭打たれるが、その怒りからニックはこっそりとライフルで父に狙いをつける。父親を撃ち殺すことができるのだと考えて満足するのだが、やがてそのライフルを父にもらったことを思い出し、気分が悪くなる。ここには父親に対する愛情と、父親の体罰に対する怒りの矛盾する感情にニックが捕らわれていることが表れている。この引用箇所以外でも頻繁に描かれるように、ニックはアウトドア活動の手ほどきをしてくれた父に対して愛情を感じている。その反面、父親の一部の側面には反発を覚えており、とりわけ父親の体罰に対しては、たとえ空想上のことにせよ、殺すことを考えるほど激しい憎しみを抱いているのである。

ヘミングウェイもニックと同様、恐怖と愛情の混じった矛盾する感情を父親に対して抱いていたらしいが、ちょうどこれらニック・アダムズ物語で描かれるミシガン時代に、ヘミングウェイの父親は徐々に鬱病的傾向を強めていく。息子がもっとも父親を必要としていた時期に、父は一家の夏のあいだの避暑地であるミシガンの別荘には現れず、ひとりオークパークに残っていたのである（Reynolds, *Young* 101-102）。そして息子が作家として成功して間もなく、父クラレンスの文字通り「病んだ魂」は彼を自殺へと追いやってしまうのである。

3.「神の恵みに救われて」と「伝道の書」

これまで見てきたように、ヘミングウェイ家では母親の楽天的な宗教観と、父親の「病んだ魂の宗教」とが併存していた。このようにまったく異なったふたつの信仰が混在していたことは、「三発の銃声」では大きな意味を帯びてくる。ニックの恐怖の引き金になった「いずれ銀のひもが切れるとき」という歌詞の含まれる賛美歌は、グライムズや前田一平が指摘しているように、有名な賛美歌作者ファニー・クロスビー[4]の「神の恵みに救われて」である（Grimes, "Religious Odyssey" 53; 前田、「三発の銃声」

六二)。

1. いつの日か銀のひもが切れるでしょう
そして今のように歌うことはもうないでしょう
しかし、ああ、王の神殿に入って
目を覚ますときの喜びよ

リフレイン：
そして私は神と向かい合う
そしてその話を語るのです——神の恵みに救われて

2. いつの日かこの世の家は崩れるでしょう
それがいつのことかは分かりません
しかしこれだけは分かっています——私のすべてのものは
今や天に居場所があるのです

3. いつの日か黄金の太陽が陰るとき
ばら色に染まった西の空の下
私の尊い神様が「よくやった」と言ってくださるでしょう
そして私は安らぎに入るのです

4. いつの日かランプの明かりを明るく輝かせ

じっと見張って待つそのときまで
私の救い主が門を開くそのときに
私の魂は神の御許に飛び立つのです

この歌詞を見て明らかなように、クロスビーの賛美歌は極めてセンチメンタルで、当時のオークパークの主流であったセンチメンタルな信仰心の典型であることが見て取れる。ここで試みられているのは死の恐怖の緩和である。死を受容するために死を第二の誕生であるとみなすレトリックは、キリスト教に限らずさまざまな宗教で用いられる戦略であるが、非常に皮肉なことにニックに対しては死への恐怖を緩和するどころか、むしろ逆に死への恐怖をかき立てる結果になっているのである。ではなぜ恐怖の緩和のレトリックがニックにはうまく機能していないのだろうか。当時七十一歳のクロスビーにとって、死は間近に迫るものであり（実際には九十四歳まで生き続けるのであるが）、その死をセンチメンタルな装いで包み込み、楽観的に受容するための賛美歌を書くのは極めて自然なことと言えるだろう。つまり死の緩和のレトリックは、すでに死を意識していることが前提であり、すでにある死への恐怖を和らげることが目的なのである。それに対してそれまで死を意識することのなかったニックにとっては、この賛美歌が改めて死の可能性を教える結果にしかならないのは当然のことと言えるだろう。

しかし、ここにはそれだけではないもっと深い意味が隠されているように思える。この賛美歌を聴いた後のニックの様子を見てみたい。

その夜、彼は玄関の常夜灯の下に座り込み、『ロビンソン・クルーソー』を読んで、いつの日か銀のひもが切れるに違いないという事実から目を背けようとした。ニックがそこにいるのを乳母が見つけ、ベッドに戻らないとお父さんに言いつけますよと脅した。ニックはベッドに戻ったが、乳母が部屋に入ると再びベッドを抜け出して、玄関の明かりの下で朝まで本を読み続けた。(*NAS* 14)

ここでニックは銀のひもが切れるときのことから目をそらせるために、玄関の明かりのあるところで夜をやり過ごしている。そしてその直後に子守の女性に発見され、「父親に言いつける」と脅されていちど自分の部屋に戻ることが語られる。もちろん子供に対しての「父親に言いつける」という脅し文句は、多くの家庭で極めてありふれたものであろう。しかしヘミングウェイ家ではこの脅し文句は特別の意味を持っていた。それはマーセリーンの伝記ですでに見たように、父親に言いつけられることがすなわち激しい体罰を意味していたからである。もちろん「三発の銃声」でははっきりと父親への恐怖が描かれているわけではない。しかし作者ヘミングウェイの父親の体罰に対する恐れを考慮に入れると、ここで「父親に言いつけられる」ことに言及していることは示唆的である。「銀のひも」が切れることへのニックの恐怖を描きながら、そのときにヘミングウェイが幼いころの父親の体罰への恐怖を思い起こしていたのは想像に難くないだろう。こういった伝記的事実を合わせて考えると、ここでニックは父親に体罰を加えられる危険を冒しているのであり、父親の恐怖を凌駕するほどの大きな恐怖を死に対して抱いていることになるのである。

また聖書になじみのある読者にはすぐに分かることであるが、この「神の恵みに救われて」という賛美歌は、「伝道の書」の一節をもとにして書かれている。


その後、銀のひもは切れ、金の皿は砕け、水がめは泉のかたわらで破れ、車は井戸のかたわらで砕ける。

ちりは、もとのように土に帰り、霊はこれを授けた神に帰る。

伝道者は言う、「空の空、いっさいは空である」と。（「伝道の書」十二：六―八）

「神の恵みに救われて」と「伝道の書」のこの箇所は、どちらも人の死を描いている。「伝道の書」の場合、肉体は塵となって大地に帰り、魂はもともとそれを与えた神のもとへと戻る。つまりすべてが無に帰るのである。しかしクロスビーの賛美歌では、同じように死を扱いながら「伝道の書」とはニュアンスがまったく異なっている。賛美歌では死後、恩寵のおかげで天上の世界に行き、神と向かい合うことのできる幸せが歌われるのである。いわば一見厭世的で虚無的な「伝道の書」の世界を、自由主義神学の立場から書き直し、センチメンタルな装いを加えたものがこの賛美歌であると言えるだろう。[5] しかしニックにはそのセンチメンタルな装いは機能せず、死の可能性のみが見えてしまうのである。つまり賛美歌のもとになった「伝道の書」の世界観を、死を恩寵としてではなく、死を虚無としてみる世界観を、覗いてしまうことになる。いわば母の楽天的な宗教を遥かにしのぐ存在感で、その背後に父親の病んだ魂の宗教が、父親の心を覆う闇が、ニックをおびやかしているのである。そういう意味でニックを取り囲む森の闇は、父親の抱える心の闇でもあった。ニックの死への恐怖は伝記的に再構成する限り、父親の世界観に対する恐怖に他ならないのである。

4. 恐怖の克服

「三発の銃声」に描かれたニックの恐怖をあわせて見ると、「インディアン・キャンプ」はニックのイニシエーションの物語ではなく、恐怖の克服の物語に転じる。ニックは賛美歌によって死への恐怖を引き起こされるが、結末のニックの確信で明らかなように、インディアン・キャンプでの出来事を経験した結果、その恐怖が解消されるのである。賛美歌「神の恵みに救われて」は死と誕生とを一致させることで恐怖を和らげようとしていたが、その賛美歌の状況をそのまま再現するかのように、「インディアン・キャンプ」には死と誕生が文字通り同時に発生している。ネイティヴ・アメリカンの女性が子供を産むとほぼ同時に夫が自殺しているという点で、誕生と死が同時に発生しているからである。しかし「インディアン・キャンプ」で描かれた状況は、センチメンタルな自由主義神学やクロスビーの賛美歌の世界とはほど遠いことは明白である。恐怖を緩和するどころか、誕生そのものが極めて暴力的であり、ネイティヴ・アメリカンの夫の死も、賛美歌に歌われるような安らかな死とは遠くかけ離れたものである。

それにもかかわらず、作品の最後でニックが恐怖を克服しているように見えるのは奇妙に思えるかもしれない。それはある意味で父親以上に「伝道の書」の世界観を深く理解したからなのである。「インディアン・キャンプ」の結末部分は以下の通りである。

ふたりはボートに座り、ニックは船尾に、父親が漕いでいた。太陽が丘の上に昇りつつあった。スズキが飛び跳ね、水面に輪を描いた。ニックは手を水に差し入れた。朝の鋭い冷気の中で、水は温かく感じられた。

早朝の湖でボートの船尾に座り、父親が漕いでいるとき、ニックは自分が決して死なないだろうとすっかり確信した。(*NAS* 21)

太陽が昇りつつある中、湖の水に手を浸すニックは自然との限りない一体感を感じている。夜の闇に朝日が差し込む中、ニックは自然のサイクルを実感しているのである。ここでニックの「決して死なない」という確信は、ニック個人のいちどきりの生命のことを言っているのではなく、もっと大きな視点から自然の循環の中に取り込まれる生命のことを言っているのである。そのような発想は、「伝道の書」の世界に通じるものである。以下の引用は、後にヘミングウェイが『日はまた昇る』のエピグラフに使った「伝道の書」の一節である。

伝道者は言う、空の空、空の空、いっさいは空である。
日の下で人が労するすべての労苦は、その身になんの益があるか。
世は去り、世はきたる。しかし地は永遠に変らない。
日はいで、日は没し、その出た所に急ぎ行く。(「伝道の書」一：二―五)

「空の空、いっさいは空」ということばで始まり、人間の行為の無意味さをとく「伝道の書」は極めて虚無的で厭世的に見えるが、大地を主役として考えれば、世代が移りゆく中、大地の永続性が説かれる書でもある。三行目以降を中心に見ると、ニックの確信は、この「伝道の書」の世界観に極めて近いものであることが分かるだろう。ヘミングウェイは『日はまた昇る』の第二版が出版された際、エピグラフから上の引用の最初の二行を削除するよう、出版社に指示している。ヘミングウェイはその理由を次のように説明している。「この本のポイントは大地が永遠に続いていくことなのだ。大地には愛情とあこがれがあるが、世代のことはそれほどでもないし、虚無(Vanities)のことなどどうでもいいのだ。(中略)私はこの本を空虚で辛辣な風刺にするつもりはなく、大地が永遠に主役として存在し続ける悲劇を書きたかったのだ」(*SL* 229、傍点引用者)。ここでヘミングウェイが「伝道の書」を虚無的には解釈していないことは明らかである。ネイティヴ・アメリカンの父親の死と子供の誕生を目撃し、そして父親の漕ぐボートに乗って自然のサイクルを実感するニックは、「神の恵みに救われて」のように表面的ななぐさめに頼るのではなく、また父親のように心の闇に覆われるのでもなく、より深い意味で永久に存在し続ける大地の一部であることを、感覚的に学んだことを描いているのである。

「伝道の書」の世界観は、ヘミングウェイ作品全般に見られる共通した世界観であるが、前半部分が削除される以前の「インディアン・キャンプ」は、その世界観を表現した最初の作品になるはずだったのである。

5. 隠蔽された宗教性

最終的にヘミングウェイがこの「三発の銃声」にあたる部分の原稿を削除したのは、極めて現実的な選択であったと言えるだろう。おそらく賛美歌「神の恵みに救われて」を、ニックの恐怖を発動させるきっかけとして選んだ時点で、ニックの恐怖の物語があまりにも父親をめぐる家族の問題を巻き込むことに気づいたのであろう。「父と子」で「[ニックは] 作品に書くことで多くのことを取り除いてきた。しかしそのこと [父親のこと] を書くにはまだ早すぎた。まだあまりにも多くの人が生きていたからだ」(*NAS* 259-60) と語るように、ニックにとって (おそらくヘミングウェイにとっても)、作品に描くことには一種の治療効果があった。しかしオークパーク時代の家族のことを描くと多くの人を傷つけることになるのが分かっていたために、作品化できることはきわめて限られていた。「インディアン・キャンプ」を書くときもまた、父親が存命であったために、ニックの恐怖の対象としての父親を正面から描くことはできなかったはずである。結局、宗教の問題をめぐるニックの恐怖を隠蔽することで、ヘミングウェイはこの作品を恐怖の物語から主人公のイニシエーションを描く物語に変える決断を下したのである。しかし、改めて作品から隠蔽されることになった宗教観を掘り起こし、ヘミングウェイが最初期の短編から「伝道の書」の世界観を下敷きにして作品を創作していたことを把握するのは、生涯一貫して宗教を主要なモチーフのひとつとして作品を書き続けたヘミングウェイ作品全体を理解し直す意味でも、非常に重要なことであると言えるだろう。

注

[1] ニック・アダムズを主人公とする作品は、おおむねヘミングウェイの伝記と一致するため、ヘミングウェイの半自伝的登場人物であるとされている。

[2] これまで伝統的にこの作品はニックのイニシエーションの物語であると捉えられてきたが、作品最後のニックの確信に対する解釈はおおむねニックのイニシエーションが失敗に終わったのだとする解釈と、成功したとする解釈のふたつに分かれる。前者の意見によれば、ひとりの人間の命が暴力的に絶たれたのを目の当たりにして、なおかつ死なないことを確信するのは現実から目をそらしているからだということになる。たとえば「非現実的で子どもっぽい」(DeFalco 32)、「希望にもとづいた、自己防衛的な」(Spilka, *Hemingway's Quarrel* 194)、「子どもらしい幻想」(Griffin, *Less* 68) などである。その一方で後者の意見によれば、ニックの死なないという確信はなんらかの条件に限定されたものであり、ニックの通過儀礼は果たされたと考えられる。たとえば「いくぶん子どもらしい非現実的な不死の感覚であるが、この主張は決意でもあるのだ。(中略) 彼は自分が決して死なないだろうと決意するのだ。なぜなら自分が自殺をすることはないと確信しているからである。彼は失意の父親が死んだようには決して死なないだろう、と考えているのだ」(Monteiro, "Limits" 154)、「早朝に、かつ湖の上で、かつボートの船尾に腰掛けて、かつ父親が漕いでいるときにだけ、ニックは「自分は決して死なないだろうとすっかり確信」することができるのだ」(Smith, *Reader's* 39) などである。

[3] グレイスはクリスチャン・サイエンスに入信していたわけではなかったが、スピリチュアリズムに傾倒しており、手紙などでクリスチャン・サイエンスにも興味を示している。しかし「医者とその妻」とは違って、実際のグレイスは夫をはばかって、夫の死後までスピリチュアリズムにあからさまに没頭することは控えていた (Reynolds 131-32)。

[4] クロスビーは盲目の女性で、生涯に八〇〇〇以上の賛美歌を書いたベストセラー作家である。クロスビーが「神

の恵みに救われて」をはじめて一般に披露して歌ったのは当時著名な牧師であったD・L・ムーディの会合に出席したときだった。クロスビーが聴衆の中にいることを知った人が、彼女に何か歌ってくれるようせがんだのである。この牧師ムーディは、当時著名な福音主義者でヘミングウェイの祖父アンソン・タイラー・ヘミングウェイの知人であった（Donaldson, *By Force* 222）。

［5］人間の自由意思を否定し、この世の変わらぬ定めを説く「伝道の書」はしばしば虚無的で厭世的と理解されるが、「伝道の書」全体が伝えているのは、人間の意思ではどうにもできない定めがあるからこそ、人は神を信じ、敬わなければならないというメッセージである。

【コラム】 カトリックとの出会い

一九一八年七月、オーストリア軍の迫撃砲と機関銃掃射で負傷したヘミングウェイは野戦病院でジュセッペ・ビアンキ神父によって終油の秘蹟を受ける。多くの研究者は疑問視するが、ヘミングウェイ自身はこのときにカトリックの洗礼を受け、改宗したと主張する。しかし一九二一年にハドリー・リチャードソンと結婚したのはミシガン州ホートン・ベイにあるメソディスト派の教会である。また長男が洗礼を受けたのはパリの聖ルカ聖公会である。ヘミングウェイが最初に自分をモデルにした主人公をカトリック教徒として描いたのは一九二五年から書き始めた『日はまた昇る』であり、半自伝的登場人物ニック・アダムズがカトリック教徒であることがはじめて明らかになるのは一九二六年十一月から十二月にかけて書かれた「身を横たえて」である。私信でヘミングウェイがカトリック教徒であることをはっきりと明言したのは一九二六年一月のアーネスト・ウォルシュ宛ての手紙である（Baker, *Life* 45; Stoneback "In the Nominal" 107-108）。

第2章
信仰途上のジェイク
――スコープス裁判と聖地巡礼

1．信仰途上のジェイク

ヘミングウェイのカトリック改宗が「名目上」のものと捉えられていたことはこれまで何度も述べてきたが、ポーリーンとの結婚以前に書かれた『日はまた昇る』はカトリック教徒の主人公を描いている。作品は一九二五年のパンプローナ旅行を描いているが、ここにはヘミングウェイのカトリックへの複雑な思いが描き出されている。本章はこの作品の第十二章を出発点にヘミングウェイのカトリック観を解釈しなおしてみたい。それはこの作品の第十二章[1]が地理的にフランスとスペインの中間地点にあるブルゲーテを舞台としているだけでなく、作品全体の中でもちょうど中間に置かれているという意味で、まさしく作品の核となっているからである。ここで主人公ジェイク・バーンズははじめて自身の宗教観について語るが、このジェイクの発言は非常に曖昧で、多くの研究者を悩ませてきた。


「なあ、ジェイク」とビルは言った。「お前、本当にカトリックなのか」

「厳密に言えば」

「それはどういう意味だ？」

「さあな、分からないよ」

「そうか、じゃあ俺は寝る」彼は言った。「そんなに話しかけるなよ、眠れないじゃないか」

（*SAR* 128-29　以下、本章においては、『日はまた昇る』からの引用箇所は括弧内にページ数のみ記す）


ジェイク自身が「分からない」と言っているが、この「厳密に言えば」とはどういう意味なのだろうか。H・R・ストーンバックはこれを教会儀式に忠実できわめて熱心なカトリック教徒であるという意味に解釈する（Stoneback, "On the Road" 145）。しかしここでジェイクは「厳密に言えば」と留保を加えることで、別の見方をすれば自分がカトリックではないとされる可能性のあることを、つまり非の打ち所のないカトリック教徒ではないことを示唆しているのは明らかである。その一方で従来の研究者が言うように本当に形式だけカトリックの儀式に参加しているのだという意味であれば、たんに「ノー」と答えれば（あるいは「イエス」という虚偽の答えをすれば）よいはずであり、イエスともノーとも答えられない点にこそ、ジェイクの信仰のあり方が窺い知れるのである。
ストーンバックは『日はまた昇る』の解釈において、論文でも注釈書でもジェイクの信仰心をあまりにも強調しすぎている。しかしジェイクは常に信仰心を持っているというよりはむしろ、信仰に関して大きく揺らいでいる人物であると捉えるべきであろう。実際にジェイクが教会で祈り、信仰について語り始めるのは、戦後に価値観の崩壊したパリから離れた後のことであり[2]、古い時代の価値観を残したスペインに入ってからである。ジェイクが最初に教会に行き、祈りを捧げるのはパンプローナに到着した翌日であるが、このときの祈りは雑念にとらわれて失敗に終わる。それを恥ずかしく感じたジェイクは、自分が「どうしようもないカトリック教徒」であることを残念に思うのである。

そのあいだずっとひざまずき、額を目の前の木に押し当てて、祈っている自分自身のことを考えると少し恥ずかしくなり、自分がこんなにどうしようもないカトリック教徒であることを残念に思った。しかしそれもどうにもできないことだと気づいた。少なくとも当面のあいだは。ひょっとするとこの先もずっと。でもとにかくカトリックはたいした宗教だし、ただ敬虔な気持ちになれればよいのにと思い、ひょっとすると次の機会にはなれるかもしれないと考えた。それから私は暑い太陽の中、大聖堂の階段へと出て行き、右手の四本の指と親指がまだ湿っていたのだが、それが太陽に当たって乾いていくのを感じた。(103)

従来はこの祈りの失敗は、ジェイクが信仰にあまり熱心でないことの根拠として読まれる傾向があったが、次章で詳しく論じるように信仰を持たない人間の祈りが失敗することなどそもそもありえない。したがってこの場面をジェイクが信仰にあまり熱心でないことの根拠とする先行研究には大いに問題がある。しかしそういった先行研究に対するストーンバックの反論もまた、別の意味で問題があると言えるだろう。ストーンバックはこの祈りの際の雑念を「教会の教えに厳密に合致」していると解釈し、「祈りに完全に適切な話題」であるとする。したがって祈りが失敗しているどころか「教会を賛美している」のであり、「祈りを通して彼は自分のどうしようもなさに確信を持ち始めており、これは真の信者となるものにとって自然で必須の状況なのだ」と述べる（Stoneback, *Reading* 178-79）。しかしこのような解釈には大きな無理があり、あらかじめジェイクの信仰心を前提として引き出されたものに過ぎない。むしろこのように読むと、ジェイクの信仰への揺らぎと葛藤を見過ごすことにしかならないのである。

自分がカトリックであることをジェイクがはじめてビルに明らかにするのはパンプローナに向かう列車の中でルルドへの巡礼の集団に出会う場面である。ストーンバックはこの巡礼の場面に着目し、ジェイクらの移動ルートもまたサンチアーゴ・デ・コンポステラにいたる巡礼のルートと途中まで一致していることを指摘している。ストーンバックはこのことからジェイクの行為を「巡礼」と捉え、『日はまた昇る』がジェイクの巡礼の旅を描くものであると解釈するばかりか、サンチアーゴ・デ・コンポステラに向かう巡礼がヘミングウェイ作品群全体で継続して追求されるテーマであり、最後の作品『老人と海』でついにサンチアーゴにいたると見なす（Stoneback, "On the Road" 154）。しかしむしろ注目すべきなのは、少なくとも『日はまた昇る』においてはその巡礼が目的地に到着することなく途中で終わってしまうことの方である。パンプローナの教会での祈りにおいてもその他の場面においても、ジェイクは自らの信仰心を真剣に考えながら、その信仰に自信を持つこともない。つまりジェイクの信仰への道は、常に「途上」にあるのである。

『日はまた昇る』はこれまでもしばしばフィッシャーキング伝説に関連づけられてきた。[3] 戦後の荒廃し、既存の秩序を失った時代に、戦争で負傷し、性的能力を失ったジェイクがフィッシャーキングに酷似していることは自明のことであろう。信仰への途上でとどまり続けるジェイクは、いわば道徳的荒地で騎士の登場を待ち続ける現代のフィッシャーキングなのである。しかしこれまではジェイクをフィッシャーキングになぞらえることが作品解釈にどのような影響を与えるのか、十分検討されてこなかった。本章はヘミングウェイがフィッシャーキング伝説にもとづいて作品を書いたことを前提にし、この途上で待ち続けるジェイクに大きな影響を与えるふたつの転換点に関して論じる。『日はまた昇る』には作中ふたつの時間的ゆがみが存在するが、これらはいずれも不毛の荒地を回復するという不可能を求める騎士的人物を描いている。そのふたつの時間のゆがみとは、一ヶ月もの時間を先取りして描かれる「ブライアンの死」と、クライマックス直前に時間を先取りして描かれる「ビセンテ・ヒローネス物語」である。

2. ブライアンの死

作品の中間点に置かれた『日はまた昇る』第十二章は、ジェイクとビルが釣りをする様子が描かれる、作中でももっともフィッシャーキング伝説のイメージが投影された箇所である。それまでのパリでの喧噪からもスペインでのフィエスタからも遠く離れ、ブレット・アシュリーやロバート・コーンとの人間関係の複雑さからも解放されたこの場面は、奇妙にも無時間的な異空間を描いているかのような印象を与える。作品全体においてもジェイクが不能であることをはじめて認める場面であり、また「厳密に言えば」カトリック信者であることを明かす場面でもある。そういう意味で物語中でも大きな転換点となっているのは明らかである。またH・L・メンケン、ラドヤード・キプリング、ウィリアム・カレン・ブライアント、ヘンリー・ジェイムズなど、さまざまな作家の名前と作品に言及がなされたインターテクスチュアリティの網の目で複雑に絡み合った章でもあり、同じくフィッシャーキング伝説を下敷きにしたT・S・エリオットの『荒地』を思わせる。

特に後半のビルとジェイクの会話で大きなスペースを占めるのが、「ブライアンの死」についてである。

私たちは弁当の包みを開いた。

「チキンだ」

「固ゆで《ハードボイルド》卵もある」

「塩はあるか？」

「まずは卵だ」とビルは言った。「それからチキンだ。ブライアンですらそんなことは分かっている」

「やつは死んだぞ。昨日の新聞で読んだよ」

「まさか。嘘だろ」

「いや、ブライアンは死んだよ」
ビルは殻をむきかけていた卵を置いた。
「諸君」そう言って新聞紙からチキンのもも肉を取り出した。「順番を逆にしよう。ブライアンのためだ。偉大なる平民に敬意を捧げよう。最初にチキンを、それから卵を」（126）

これ以下のブライアンについての会話は、当時の時代背景の知識がなければ理解できない一節であろう。ブライアンとは大統領候補に三度も選ばれたことのある大物政治家ウィリアム・ジェニングズ・ブライアンのことで、スコープス裁判あるいはモンキー裁判と呼ばれた事件に言及している。この裁判は『日はまた昇る』の舞台となった時期の一ヶ月後の出来事であり、実のところ「ブライアンの死」はジェイクやビルが知りえたはずのない情報である。実話小説とも言われ、ヘミングウェイの実体験にかなり忠実に書かれた本作品において、時間をゆがめてまで描かれねばならない強い理由があったと推測できる。

スコープス裁判はバイブルベルトと呼ばれるきわめて信仰心のあつい地域にあったテネシー州が、高校の生物の授業で進化論を教えることを禁止する法律を通したことに端を発する。ファンダメンタリストと呼ばれる、聖書の記述をすべて真実であると考える宗教家たちは、「創世記」に書かれたことが真実であり、人間は神が神の姿に似せて作ったものであると考えた。その彼らにとってダーウィンの主張する、人間が猿から進化したという進化論の考え方は、「創世記」の記述を否定するものに他ならなかったのである。その反進化論法にあえて逆らって進化論を教えた一生物教師ジョン・Ｔ・スコープスの弁護に当時のスター弁護士であったクラレンス・ダロウが、そして検察側にはブライアンがつくことで、このテネシー州デイトンという小さな地方都市で行われた裁判は、進化論対創世記、科学対宗教の争いとして、アメリカだけでなく世界中の注目を集めた。

この進化論論争はいまだにアメリカで続いており、特に一九八〇年代以降、保守勢力が台頭してくるにつれて、何度か裁判でも争われた。[4] こういった流れを念頭に置くと、現在の我々が一九二五年のスコープス裁判を見るとき、古い非科学的な宗教家が起こした狂信的な裁判としか見えないだろう。この裁判を取材し、連続記事を『ボルティモア・イヴニング・サン』紙に連載したH・L・メンケンは進化論論争を「実のところ、劣った人間が優秀な人間に向けた陰謀にすぎない」と述べている（Mencken 13）。つまり知的に優れた人間の足を引っ張るために、自分たちの理解できない科学知識にけちをつけているのだというのである。これは現在の我々が進化論論争を聞いたときに抱くとっさの印象と大差ないように思われる。

しかしスコープス裁判は後の進化論論争とは少し事情が異なっていた。たとえばスコープスが用いた生物の教科書はジョージ・ウィリアム・ハンターの書いた『市民のための生物学』であるが、ここではダーウィンの進化論とは「生物の複雑さの段階を描き出すもの」であり、「単純な生命の形態が徐々にゆっくりとより複雑な生命を生み出し、最終的にはもっとも複雑な形態を生ぜしめる」過程を述べた理論である（Hunter 194）。「もっとも複雑な形態」とは人類のことであるが、さらにその人類はさまざまに異なった人種に進化していき、「ヨーロッパとアメリカに居住する、文明化された白色人種に代表されるコーカソイドこそがあらゆる人種の中でもっとも高度な人種」とされるのである（Hunter 196）。[5]

白色人種をあらゆる生物の頂点に置く、このような進化論の理解こそが十九世紀後半の社会進化論《ソーシャル・ダーウィニズム》を生み出し、優生学思想につながった。一九二〇年代から三〇年代にかけてのアメリカは、この考え方にもとづいて三十五の州で優生学的に不適格と判断された精神病者、知的障害者、犯罪者、てんかん患者などの人々を異性から隔離し、去勢することを強いる法律を可決したのである。ハンターは同じ教科書で「そのような人々が下等動物だとしたら、そんな連中がはびこることのないように絶滅させてしまえばよい。そういった手段は人道的に許されることではないが、収容所やその他の施設に入れて異性から隔離し、様々な方法で他のまともな人間と結婚したり、そのような下等で退化した人種が子孫を残したりする可能性を防ぐ改善策なら、我々も持ち合わせているのである」と述べる（Hunter 263）。[6]

スコープスを始め、当時の進化論者が教えていたダーウィンの説がこのような理解のものであったということを知ってなお、これを旧弊な宗教と科学との戦いであると考えてよいだろうか。この裁判の結果、メンケンに「コカコーラ地帯のちゃちな法王」（Mencken 83）とまで揶揄され、道化と見なされたウイリアム・ジェニングズ・ブライアンは、まさに特定の人種の優越性を保証するような理論に反対していたのである。ブライアンはダーウィンの『種の起源』から、人間が収容所や医学などの文明を発達させたために弱い種を存続させることになり、本来なら死んでしかるべき種類の人間をはびこらせることになったという一節を引用している。そして進化論を「弱者を排除する残酷な法則」として非難し、そのような考え方にもとづいた優生学を「野蛮」であり（Bryan, *In His Image* 108）、「憎しみの法則――弱肉強食の容赦のない法則」と批判し（Bryan, "Prince" 269）、スコープス裁判の際にも進化論を教えてはならない理由として挙げている。女性の参政権や禁酒法制定などに尽力したブライアンは「偉大なる平民」

とも呼ばれ、常に弱者の味方であろうとしていた人物として知られているが、そのブライアンにとって弱者を排除しようとする進化論は許しがたいものであった。

ブライアンが危険視したのは、たんに進化論だけではなく、広く文化的な意味でのモダニズム運動であった（Larson 33-35）。モダニストたちは、聖書までをも文献学的解釈の対象としたいわゆる高等批評にもとづき、進化論の他に文化人類学や精神分析などの新しい知を活用して、伝統的な宗教観に挑戦し始めたのである。そしてこれは伝統的な宗教に対する攻撃であっただけでなく、第一次世界大戦とも密接に絡み合っていた。なぜなら進化論をベースにした適者生存の概念は、ドイツのアーリア人至上主義を生み出し、また近代科学の発展が機械化された大量殺戮兵器を生み出したからである。生粋の平和主義者であったブライアンは、ウッドロー・ウィルソンが第一次世界大戦参戦を決めると、当時就いていた国務長官の職を辞任し、反戦を訴える。その後世界大戦を目撃したブライアンは、ドイツの軍国主義者たちの思想的基盤がダーウィンの進化論にあることを知り、キリスト教国がこのような「野蛮な戦争」を引き起こした諸悪の根源が進化論であったと結論づけたのである（Larson 40）。

ブライアンを始めとするファンダメンタリストたちは、社会進化論の行き着く先が悪夢のような世界になるのではないか、と恐怖を感じた。そして進化論や解釈学などの近代思想を身につけたエリートこそが第一次世界大戦の原因であり、文明の危機を招いたのだと考えた。その結果、自動車などの物質文明が盛んになり、旧来の価値観が崩壊したかのような戦後において、過去の価値観を守るための戦いを起こし始めたのである。

もともと裁判そのものは、陪審員が全員ファンダメンタリストであったために、あらかじめスコープスの敗訴が決まっていたようなものであったが、実際に打撃を受けたのはファンダメンタリストの方であった。クラレンス・ダロウはブライアンを証言台に立たせ、聖書の矛盾をブライアンに説明させようとしたことで、ブライアンが無知で反知性的な人物という印象を与えることに成功したのである。その結果ブライアンはいわば全米の笑いものになった。裁判が終結した後もブライアンは精力的に遊説活動を行うが、五日後に再びデイトンに戻ってきて昼食をとった後、昼寝をしたまま目覚めることなく死亡してしまう。最初に引用した「ブライアンは死んだ」というセリフはこのことを指している。

後の世代のスコープス裁判に対する認識は、この裁判をレポートしたメンケンの影響をあまりにも強く受けており、ブライアンを道化とし、進化論派のクラレンス・ダロウをヒーローとする見方を定着させてしまった。しかしこれまで述べてきたことを考慮に入れると、この認識には大いに問題があるだろう。つまり科学と宗教の対決というよりはむしろ、進化論を思想的基盤としたモダニズムと軍国主義に対して、改めてキリスト教的平和主義を取り戻そうという戦いであったからだ。

ヘミングウェイがモダニストの一員であることは言うまでもないが、同時代のウィリアム・フォークナーやF・スコット・フィッツジェラルドなど大学教育を受けた作家たちとは異なり、ヘミングウェイは高校卒業後すぐに新聞記者として働いた人であり、いわゆるエリートではなかった。また、第一次世界大戦とそれを引き起こした軍国主義への敵意ということを考慮に入れれば、むしろエリートと軍国主義を憎むブライアンの戦いに深く共鳴していた可能性もある。[7] そして『日はまた昇る』でもしきりにメンケンへの敵意が言及されているように、他のエリート作家たちとは一線を画した反知性主義的姿勢でこのスコープス裁判を、そして伝統的な宗教の価値観を見ていたのではないだろうか。そう考えると一ヶ月という時代錯誤を犯してまで第十二章後半に描き込まれた「ブライアンの死」の一節がたんなる時代背景を写し取っただけの描写であるというのは問題があるであろう。そしてさらに重要なことは、ビルがモダニスト的立場からブライアンを茶化しているのに対して、ジェイクは決してそれに同調することなく、むしろこの箇所で急に自分の態度を表明しなくなることである。

これまで第十二章で言及されるスコープス裁判に注目したのはストーンバックの論文だけである(Stoneback, "For Bryan's Sake")。従来の批評ではジェイクとビルはともにブライアンを茶化し、馬鹿にしていると捉えられることがほとんどであったが、ストーンバックはジェイクがビルのあざけりにはっきりと答えていないことを指摘し、ジェイクがビルとは違ってブライアンとファンダメンタリストに批判的でないと論じている。その指摘は非常に重要であるが、その一方でストーンバックの言うようにジェイクがファンダメンタリストに共感を抱いているのであれば、なぜジェイクがここではっきりと自分の意思を表明していないのか説明できていない。自分が「厳密に言えば」「どうしようもないカトリック教徒」であると自認する、いまだ信仰への途上にあるジェイクは、ブライアンに親近感を抱いていたとしても、それをはっきり述べるほど信仰に確信を持っていないのである。

ブライアンはかつて当然視されていた神を中心とする安定した秩序を取り戻そうとして、モダニストの危険な思想に戦いを挑んでいたが、このブライアンの古い価値観を求める指向は、パリの喧噪を離れてパンプローナに向かうジェイクのそれときわめて近いものである。つまりパリとパンプローナの中間地点であり、物語の中心に置かれた「ブライアンの死」は、闘牛士ペドロ・ロメロ登場以前にジェイクに行動規範を与える役割を帯びているのである。ここでフィッシャーキング伝説というコンテクストを重ね合わせるなら、ブライアンもまた聖杯を求める騎士の役割を演じていると言えるだろう。戦後、物質文明が発達し、科学が唯一の絶対的真理として宗教に取って代わりつつある中、ブライアンが求めた神の秩序の回復は最初から不可能の追求であり、失敗を運命づけられた騎士の探求に他ならない。

そして同じくフィッシャーキング伝説をモチーフにしたＴ・Ｓ・エリオットの『荒地』と同様、『日はまた昇る』が描く世界もまたセックスにとりつかれ、不毛になった荒地である（「お前はセックスにとりつかれてるんだ」［120］）。『日はまた昇る』にはののしりことばも含めて合計六十七回も“hell”という単語が用いられるが、これは神の秩序を失った不毛の時代を描いているとも考えられる。負傷によって不能つまり不毛となったジェイクは、神なき時代に信仰に確信を持てずに「途上」にとどまり続ける。いわば不毛の傷を癒し、信仰と秩序を回復してくれる聖杯を求めて古い価値観の残るスペインに向かうのだが、いわばその途上で現代の秩序回復に立ち上がったブライアンの死を知るのである。

ジェイクにとって、不毛の回復が性的不能の回復を指すのであれば、もちろんそれは実現されるはずもない。ブライアンと同様、不可能の探求なのである。したがって聖杯探求は代理としての騎士に委ねるしかない。そしてその役割はペドロ・ロメロに託され、代理的にブレットを手に入れてもらうことになる。それが二度目の時間のゆがみ「ヒローネス物語」で明示されるのである。

3．ビセンテ・ヒローネス物語

『日はまた昇る』第十七章の中間に置かれている、牛追い《エンシエーロ》で死亡したビセンテ・ヒローネスに関する語りは、唐突に物語の時間軸を無視して提示されるため、多くの読者に違和感を与える。『日はまた昇る』のこれ以外の場所では時間を省略することはあっても、「回想」という形で時間を戻したり、これから起こる出来事を先取りして語ったりということはない。しかしこの「ビセンテ・ヒローネス物語」においては、次の章の内容を先取りしながら、まるでこれだけが完結した語りであるかのように描かれる。この語りは他の箇所とは異質の次元に属する語りであり、いわば作品全体の中心紋として機能しているのである。[8]

第十七章は冒頭でマイク・キャンベルらが債権者と騒動を起こし、ジェイクとマイクがコーンに殴り倒され、エンシエーロで人が死ぬなど、全体の中でももっとも血なまぐさい章と言ってもよいだろう。そしてそれに続く「ヒローネス物語」の全文は以下の通りである。

その日の遅くに我々は殺された男がビセンテ・ヒローネスという名であり、タファーリャの近くから来たことを知った。次の日の新聞にはヒローネスが二十八歳であり、農場を営んでおり、妻とふたりの子どもがいると書かれてあった。結婚してから毎年フィエスタに通い続けていたのだ。次の日、妻が遺体を引き取るためにタファーリャからやってきて、その次の日、サン・フェルミンの礼拝堂で葬式が執り行われた。棺はタファーリャのダンスと酒を楽しむ会のメンバーによって鉄道の駅まで運ばれた。太鼓が先導し、横笛の演奏がそれに続いた。棺を運ぶ男たちの後ろから妻とふたりの子どもが歩いていた……。さらにその後ろからは、パンプローナとエステーリャとタファーリャとサンゲーサのダンスと酒を楽しむ会のメンバーのうち葬式までとどまることのできた者が全員そろって行進した。棺は貨物車に積み込まれ、未亡人とふたりの子どもも乗り込んで、三人そろって屋根のない三等客車に座り込んだ。列車はがくんと揺れて動き始め、その後はなめらかに走り続け、平野の端を周って傾斜を降りて行き、タファーリャまで向かうあいだ、風に揺れる穀物畑に入っていった。
ビセンテ・ヒローネスを殺した牛はボカネグラという名で、サンチェス・タベルノ闘牛飼育場の第一一八番の牛であった。その牛は同じ日の午後、三頭目の牛としてペドロ・ロメロに殺された。その耳は民衆の拍手喝采の中で切り取られ、ペドロ・ロメロに渡された。ロメロはそれをブレットに捧げ、ブレットはそれを私が持っていたハンカチにくるんでそのまま耳もハンカチも両方とも、大量のムラッティのたばこの吸い殻とともに、パンプローナのホテル・モントーヤのベッド脇にあったサイドテーブルの引き出しの奥の方に押し込められたまま忘れ去られた。(202-203)

この語りを誘発したのは明らかにその直前に登場するカフェのウェイターである。それまで作品はアフィシオナードであるジェイクによって語られていたが、このウェイターは闘牛に批判的な人物であり、「たかが娯楽のために」と何度も繰り返しながらヒローネスの死の無意味さを嘆く。それに対してジェイクは何も答えないが、その代わりにこの短い作中作とも言うべき語りを挿入するのである。言ってみれば闘牛を見下すウェイターに対する応答として語られたと言ってよいだろう。

この短い語りの構造を見ると、ロメロを主役としたひとつの復讐物語を形成していることが分かる。妻と子どもを残して殺されてしまったヒローネスの悲哀を、その葬式と棺の帰郷を淡々と描くことで、読み手に伝える。そしてその次の段落でヒーローとして登場するロメロが復讐を遂げるのである。つまりは闘牛などただの娯楽に過ぎない、ヒローネスの死が無意味なものであるとするウェイターに対して、古典的な復讐譚の構造を用いて反論しているのである。そして闘牛がただの娯楽ではなく、伝統的に続いてきた儀式の一環であり、したがってヒローネスの死は無意味ではないということを主張していると考えられるだろう。いわばロメロは復讐を果たす騎士であり、その成功に際して牛の耳という戦利品《トロフィー》を与えられるのである。

ところがそう考えるブレットがロメロに与えられた戦利品である牛の耳を引き出しにしまったまま忘れてしまうという結末は、明らかにアンチクライマックスである。この語りがウェイターへの反論として闘牛の儀式性を主張しているのだとすれば、その儀式性をブレットは理解できていない。つまりこのヒローネス物語は、闘牛という伝統的語りの構造がもはや成り立っていないことを自ら暴露してしまっているのである。闘牛はウェイターやブレットのような無理解にさらされ、儀式としての意味を失ってしまい、ただのスペクタクルと化している。

そしてさらに重要なのは、作品全体の中心紋としてのこの「ヒローネス物語」が、作品後半の流れと正確に重なっていることである。ロメロの闘牛、牛殺し、その結果の戦利品《トロフィー》の獲得、そしてその戦利品が忘れ去られる結末という流れは、そのままロメロのコーンとの対決、ロメロの（実質上の）勝利、そしてブレットという戦利品《トロフィー》の獲得、そして作品最終章でブレットがマドリードのホテルに捨てられるという結末によってなぞられる。「ヒローネス物語」を中心紋として認識することで、ブレットが闘牛の牛と同様の獲物として伝統儀式の犠牲にされ、かつその無意味さが強調されるのである。

ブレットはそもそもパンプローナに来たときから、ワインショップの店員たちにじろじろと眺められ

（「ワインショップの戸口に立っていた女性は我々が通り過ぎるのを見ていた。彼女は家の中にいる誰かに声をかけ、三人の少女が窓のところに現れて我々をじろじろと眺めた。みなブレットをじっと眺めていたのだ」[142])、教会には入れてもらえず（「ブレットは帽子をかぶっていなかったので、ドアを入ったところで止められた」[159])、フィエスタが始まるとダンスの中心に据え置かれる偶像となる（「みな歌を歌っていた。ブレットも踊りたがったが、その連中が踊らせようとしなかったのだ。連中はブレットを、周りを踊って回る偶像にしたかったのだ」[159])。ヒローネスを殺した牛も、ブレットも、宗教儀式の中の「異物」[9]としてともにロメロによって「刺され」、器《トロフィー》となるのである。[10]牛が殺された後、ロメロをたたえるために多くの観客が乱入してくるが「連中は牛の周りで踊り始めた」(224) という描写は、フィエスタが始まった直後に踊り子たちがブレットを囲み、「周りを踊って回る」ための偶像として祭り上げたことと明らかな呼応関係がある。

作品結末近くでジェイクがブレットを迎えに行くホテル・モンタナは、建物の二階にあり、外観も安っぽく、エレベーターが動いていないなど、作中の他のホテルとは明らかに格が違うことが見てとれる。ベルを鳴らしても誰も出てこず、やっと出てきたメイドは不機嫌な顔で、おそらく女性を連れ込むための三流ホテルであることが分かる。つまりジェイクが代理的に不毛の回復を委ねたロメロはブレットを売春婦のようにしか扱っていなかったのである。ブレットはロメロと別れた理由を説明するのに、最初は自分の髪を伸ばすように言われたからだと言い、次には若者をだめにしたくないから自分が出て行かせた、つまり自分から別れたのだと主張する。このようにブレットの言うことには矛盾があり、実際とは違っていただろうことが読み取れる。そしてロメロから金を受け取らなかったと言うが、この

「金」とはロメロがブレットを売春婦のように扱っていたことの証拠に他ならない。ふたりの別れが実際にはどのようなものであれ、ロメロは「戦利品」として手に入れたブレットを安ホテルに置き去りにするのである。これは「ヒローネス物語」でブレットが引き出しの奥にたばこの吸い殻と一緒に捨ててきた牛の耳によって先触れされている。

この「ヒローネス物語」は、闘牛の宗教儀式的重要性を説こうとするジェイクの語りとその失敗であり、作品全体の結末を予示する中心紋として機能している。そしてそれは古典的騎士道物語の失敗であり、聖杯《トロフィー》探求の失敗でもあるのである。

4. 巡礼

ジェイクはフィエスタが終わった後、かつてコーンとブレットがふたりで過ごしたサンセバスチャンに向かう。ここでのジェイクの水泳はこれまでもしばしば洗礼になぞらえて解釈されてきた。[11] しかしジェイクはここで洗礼を受けて生まれ変わるというよりは、ブレットの電報に呼び出されてもとの状況を繰り返すことになる。最後のマドリードでのタクシーの場面が第四章のパリでの馬車の場面を反復していることは、その明確な証拠である。

「ああ、ジェイク」ブレットが言った。「私たち一緒にいたらひどく楽しい時を過ごせたでしょうね」

前方には台に乗ってカーキ色の制服を着た警官が交通整理をしていた。警官はバトンを持ち上げた。

車は急に速度を落とし、ブレットは私の方に身体を押しつけた。
「そうだな」私は言った。「そう考えておくのも愉快だな」(251)

ブレットのセリフの直後、台に乗った警官がバトンを持ち上げるという描写は、これまで何度も指摘されてきたように、あまりにもあからさまな性的メタファーである。そしてバトンを持ち上げる描写は、フィッシャーキング伝説で描かれる王の性的不能が治癒する瞬間にそのまま対応しているのである。ただしジェイクの性的不能が回復することはもちろんありえない。この持ち上げられたバトンは同時に「停止」するようにという合図でもあり、回復と停止という矛盾したふたつのイメージが投影されているのである。

ジェイクのセリフ「そう考えておくのも愉快だな」は、自らの回復を仮託した騎士を失い、聖杯探求の失敗を実感した人物としての諦念に聞こえてくる。そして同時にパリの状況を反復する円環構造をなすことで、この後も同じ状況が何度も反復されることを示唆しながら終わっている。

ただしこれは従来考えられてきたように、ジェイクの信仰心の欠如を示すものではない。列車で出会うルルドの巡礼の集団がそうであったように、(不能の回復という)奇跡を求めることそのものの無意味さを認識することに他ならないのである。本来は巡礼とは殉教者の墓地に敬意を示すために行われたものであるが、後の時代に病の治癒などの奇跡が求められるようになった。ルルドはその典型的な例であり、またフィッシャーキング伝説の聖杯もまた、巡礼の奇跡が発端となって生まれた[12]。これらは宗教的外観を伴いながらも、『日はまた昇る』に描かれたルルドへの巡礼集団がその典型であるように、実際には空疎な御利益を求める神頼みに過ぎない。ジェイクの巡礼が途上で終わっていることは、ロメロという騎士に託した救いも、聖地の奇跡も、ともに現代の荒地において無意味であり、自らの負傷を受け入れなければならないということの認識なのである。そういう意味でこれは「T・S・エリオットが描いたような回復の気配もないヘミングウェイ流のフィッシャーキング」(Waldhorn 100) というよりはむしろ、エリオットが「荒地」で回復の奇跡という可能性を残したことへのアンチテーゼであろう。

ジェイクが託した騎士の聖杯探求は失敗に終わり、ジェイクは再び「途上」にとどまることになる。しかし神が死んだとされる時代に信仰を捨てることもできず、なおかつ信仰に確信を持てないまま、それでも信仰を求めて同じ場所を回り続けることにこそ、ジェイクの信仰の本質はあるのだ。そして物語はエピグラフの「伝道の書」に書かれるように円環を描き出すが、それは絶望の円環ではなく、確信を持てないながらも信仰を希求するジェイクの迷いの昇華なのである。

注

［1］『日はまた昇る』の第十二章に関しては、二〇一三年十二月、日本ヘミングウェイ協会第二十四回全国大会のシンポジウムで論じられた。『ヘミングウェイ研究』第十五号はこのシンポジウムをもとにした特集となっており、本章はその一部にもとづいている。他の論者は辻秀雄、山本洋平、上西哲雄であり、すべて第十二章を出発点にして『日はまた昇る』の宗教を論じている。

［2］最初に教会に言及するのは第四章で性器を失ったジェイクが、禁欲を説く教会のアドバイスを思い出すところである。「たいしたアドバイスだ。そのうち試してみよう」（27）というジェイクのことばからは、むしろ不信感を伴った皮肉が感じられる。

［3］Cowley, Young などを参照。

［4］この点に関しては Eldridge に詳しい。

［5］ヘミングウェイが高校生の時に使っていた動物学の教科書はヘンリー・リンヴィルとヘンリー・A・ケリーによって書かれた『動物学概論』であり、ダーウィンの進化論にもとづいたものである。リンヴィルは後にスコープス裁判が起こった時にテネシー州の反進化論法に反対した急先鋒である（Roos 9-10）。

［6］ヘミングウェイの用いていた教科書は優生学に特別ページを割いていないが、この教科書を用いてヘミングウェイに動物学を教えた教師エイダ・ウェッケルはおそらく優生学の信奉者であり、ヘミングウェイのノートにはウェッケルが補足した優生学者の名前が書かれている（Roos 16-17）。

［7］マイケル・ルーズはヘミングウェイが高校生のころに受けた動物学の授業ノートを精査した結果、ヘミングウェイが「優生学の問題に不快感をもっていたか、あるいは反ダーウィン主義の両親を過度に意識していた」のではないかと述べている（Roos 21）。

［8］アンドレ・ジッドの概念。作品の中心的テーマが別の作品の形をとって埋め込まれている構造のこと。もともとは紋章の図柄のことを指す概念で、ある紋章の中心にその紋章の小型のレプリカが配置されている図象を指す。

文学においては、いわば合わせ鏡のように、作品そのもののテーマを内包するものが描き込まれている作中作を指す。ジッド自身引き合いに出したのは『ハムレット』の劇中劇や「アッシャー家の崩壊」であるが（「完全に適切なものとは言えない」とされている）、ほかにもトルーマン・カポーティの「無頭の鷹」で狂気の少女D・Jの描いた頭のない鷹の絵なども典型的な中心紋と言えるだろう。

［9］ブレットがジェイクに異物として語られていることは拙論「素脚」を参照。

［10］そう考えると松下千雅子やデブラ・モデルモグが作品クライマックスの闘牛場面をセックスになぞらえた解釈もまた、新たな意味を帯びてくるだろう（松下 一四五、モデルモグ 一八〇）。

［11］たとえば Stoneback, "From the Rue Saint-Jacques" を参照。

［12］Sumption あるいは Weibel を参照。

【コラム】 離婚と再婚

一九二七年四月二十五日、パリ大司教区で聖堂参事会の査問により、ヘミングウェイと最初の妻ハドリーとの婚姻が絶対的婚姻障害（婚姻を無効とする欠格事由）のため、解消される。これは「パウロの特権」（皮肉にも英語では「ポーリーンの特権」）と呼ばれるもので、婚姻を結ぶもののうち片方が非受洗者であり、受洗者の信仰を妨げる場合、受洗者に他のキリスト教徒と結婚する権利を与えるというものである。ヘミングウェイはこの特権を手に入れるため、戦場でのジュセッペ・ビアンキ神父による洗礼の証拠を手に入れ、カトリック教会内で自分が受洗者、ハドリーを非受洗者とする必要があった。本書第三章でも触れるように、この証拠を入手するためにガイ・ヒコックとビアンキ神父を探す旅に出るのである。査問の決定は決議第百四十六号として現在もサントノーレ・デイロー教会に保管されている（Stoneback, "In the Nominal" 109-110）。

第3章 届かない祈り
——戦争とカトリシズム

1．祈りの意味

一九二七年、アーネスト・ヘミングウェイは二度目の結婚を控え、ファシスト政権下のイタリアを見てみたいという友人ガイ・ヒコックの誘いを受けて、男ふたりでイタリア旅行に出発した。ムッソリーニの支配するイタリアは不愉快な出来事の連続であり、その時の様子は『ニュー・リパブリック』誌に「イタリア、一九二七年」と題する記事にまとめられた。その記事は後にほんのわずかの修正を加えられ、短編小説「祖国は君に何を語るか？」として短編集『女のいない男たち』に収録される。

記事および短編小説でヘミングウェイが描いたのはイタリアの政治状況に対する批判であったが、ヘミングウェイにとって、この旅はもうひとつ別の意味を帯びていた。それは、かつて第一次世界大戦で負傷していたときに、病院で終油の秘蹟をほどこしてくれた神父ジュセッペ・ビアンキを見つけ出したことである。ビアンキとの再会が重要な意味を持つのは、ヘミングウェイの二度目の結婚と関係があるからである。ヘミングウェイはカトリック教会にひとり目の妻ハドリーとの離婚を認めてもらうために、ハドリーとの結婚前、自分がすでにカトリック教徒であったという証明を得て、最初の結婚が異教徒（プロテスタント）との結婚であると主張したかったのである。カトリック教会が認める離婚の理由は、配偶者が異教徒であることが信仰の妨げになる場合に限られていたため、自分がカトリック教徒であったことを証明すればハドリーとの離婚が正式に認められることになるのである。第一次世界大戦の時にビアンキに受けた終油の秘蹟がカトリックへの改宗の証明になるので、ビアンキを探し出してハドリーとの離婚を教会に認めさせようとしたのである。

その後ヘミングウェイは道中で聖堂が見つかると、その都度車を停めてもらい、長い時間祈り続け、その頬には涙が流れていたという。ふたりのイタリア旅行のあいだずっと、ヘミングウェイは頻繁に涙を流しながらの祈りを繰り返す。これまでカトリック改宗が結婚のための名目上のものとされてきたために、この時のヘミングウェイの祈りもまた、ハドリーと別れたことに対する罪の意識であると簡単に断じられるだけで（Baker, *Life* 183）、深い考察の対象にはなってこなかった。しかしハドリーと別れてふたり目の妻と結婚するためにカトリックに改宗したのであれば、そしてその改宗が名目上のものでしかないのであれば、ハドリーに対する罪の意識を和らげるためにカトリック教会を利用するというのは奇妙なことではないだろうか。

このときのヘミングウェイの祈りは、改宗そのものが軽視されてきたために深い考察の対象になっていないが、改宗以前に書かれた最初期のスケッチ集『ワレラノ時代ニ』からすでに、ヘミングウェイの主人公たちは非常に頻繁に祈るのである。彼らはいったい何を祈っていたのか。本章では二〇年代の作品を中心にし、ヘミングウェイにとっての「祈り」の意味を探ってみたい。

2．隠蔽された告白

祈りをモチーフにした最初のヘミングウェイ作品は『ワレラノ時代ニ』の「第八章」であろう。以下に原文とともに全文を引用する。

フォッサルタで爆撃が塹壕を粉々に砕いているあいだ、彼は地面にひれ伏し、汗をかき、祈っていた、ああイエス・キリスト様ここから出してください。愛しいイエス様お願いですから出してください。キリスト様、お願いですお願いですお願いですキリスト様。殺されないですむようにしてくださったら何でもあなたの言うことを聞きます。あなたがいることを信じていますし世界中のみんなに大切なのはあなただけだと伝え広めます。お願いですお願いです愛しいイエス様。砲撃は前線に沿って遠ざかっていった。私たちは塹壕を修復しに向かい、朝になって太陽が昇ると暑く、じめじめとし、陽気で静かな日になった。次の夜メストレに戻り、ヴィラ・ロッサで一緒に二階に上がった女の子に彼はイエスのことを話さなかった。そしてその後も誰にも話さなかった。

While the bombardment was knocking the trench to pieces at Fossalta, he lay very flat and sweated and prayed oh jesus christ get me out of here. Dear jesus please get me out. Christ please please please christ. If you'll only keep me from getting killed I'll do anything you say. I believe in you and I'll tell every one in the world that you are the only one that matters. Please please dear jesus. The shelling moved further up the line. We went to work on the trench and in the morning the sun came up and the day was hot and muggy and cheerful and quiet. The next night back at Mestre he did not tell the girl he went upstairs with at the Villa Rossa about Jesus. And he never told anybody. (Collected 22)

このスケッチは第一次世界大戦の塹壕で怯える兵士が、イエス・キリストに「どうか助けて下さい」と祈っているところから始まる。「助けてくれれば世界中の人びとにあなただけが大切だと伝え広めます」と約束するが、その後無事助かった兵士は売春宿に行き、売春婦にイエスのことを話さず、その後も誰にも話さない。

ロバート・スコールズはこの引用の中ほどに現れる「私たち」(“*we*”)という単語を取り上げて、実はこのスケッチがそもそも一人称で書かれていた可能性を示唆している (Scholes 29, 37)。確かにこの「私たち」という代名詞は大きな矛盾を生んでいる。「私たち」と書かれている以上、描かれる兵士以外の一人称の語り手が存在していることになるが、その語り手とは誰なのか。「ああイエス・キリスト様」(“*oh jesus christ*”)で始まる祈りのことばが実際に声に出されたものであるとするならば、この兵士の隣に横たわっている別の兵士が「彼」("he") の様子を観察して描いていると想定することは可能であろう。しかし、ではその語り手は売春宿で売春婦に「イエスについて」話さなかったことをどうして知っているのだろうか。そして決定的な解釈上の矛盾は最後の文章である。「そしてその後も誰にも話さなかった」という一文は、その兵士以外の第三者には決して分からないはずの内容である。しかしこの短いテクストに現れる三カ所の「彼」を「私」に書き換えれば、まったくなんの問題もなく物語は成り立つのである。「この操作［一人称で物語を書き換えること］を行ってみれば、この物語は告白の物語、それまで話されなかった罪についてついに打ち明ける物語と変わるだろう。そしておそらくは実際そういうことなのだろう」(Scholes 37)。

スコールズは指摘していないがもう一点このテクストには重要な齟齬が現れる。日本語訳では訳出できないが、イエス・キリストの表記の仕方である。一般に英語ではキリストを表すことばの頭文字は代名詞も含めてすべて大文字で書かれる。このテクストでは、"jesus christ" という名前そのものを含めて兵士の祈りの中に現れるキリストを表すことばが、文の冒頭に置かれた場合を除いてすべて小文字で表記されている。これは兵士の祈りがたんに死に怯えたためのものでしかなく、信仰心が欠如していることを表していると考えられる。しかし奇妙なことにテクストには最終行で一カ所だけ大文字の "Jesus" が現れるのである。スコールズの示唆するように、三人称の語りが偽装であり、その中に一人称の語りが隠されているのであれば、この "jesus" から "Jesus" への変更は何を意味しているのだろうか。

ここで我々は『武器よさらば』に見られる一人称の語りの戦略を思い出すべきであろう。それは語り手が語っている時間と語られている物語の時間との差異である。『日はまた昇る』の一人称の語りは、この時間的差異がほとんど見られず、ほぼ物語の時間と語りの時間が一致していると言ってよいだろうが、『武器よさらば』は物語の時間から十年ほど隔てた後の語りであり、この時間的差異を見ることが物語の解釈にとってきわめて重要なのである（Nagel 171-72、第四章参照）。

「第八章」は『武器よさらば』ほどには長くないので、語り手がいつ語っているのかを特定するのは難しいが、「その後も誰にも」という最後の文の表現からすると、かなり時間がたってからの語りであることは明らかである。つまり隠蔽された告白としてのこの物語は、時間を隔てて成長した（キリストに大文字で呼びかける）現在の語り手が、かつての（キリストに小文字で呼びかけていたころの）自分を描いた物語であると言えるだろう。『武器よさらば』の語り手フレデリック・ヘンリーが過去の自分を批判的に見ていたように、語り手は過去の自分を「彼」と呼び、距離をおいて観察しているのであり、かつての自分の信仰心の欠如を「告白」しているのである。つまり語りの時点で語り手が信仰心を持っているらしいことが示唆されているのである。

『ワレラノ時代ニ』はこれまで、戦後の価値観を喪失した時代に書かれた実存主義的作品として読まれてきた。ヘミングウェイは二〇年代を通して、神なき世界の荒廃を描く戦後世代の代表として捉えられているのである。そしてもちろんその解釈は一面において成り立つだろう。上で見た「第八章」の直前に置かれた「第七章」もまた戦場を描いたスケッチであるが、ここにも宗教のモチーフが描き込まれる。教会の壁を背にして重傷を負ったニック・アダムズと同僚の兵士リナルディは、その向かいの家で死んでいる敵兵と対比され、まるで教会に守られているかのように描かれている。まるで神への祈りが通じたかのように描かれる「第八章」と同様、読者は神の力を感じるというよりはむしろ、ただの偶然が神の恩寵のように見えてしまうことの皮肉をこそ感じるはずである。

おそらく戦後の実存主義的風潮の中で、ナイーブに神への信仰を描く作品を書くことは難しかっただろうが、このスケッチは一見神を失った世界の荒廃と神に頼らざるをえない絶望的状況との矛盾した価値観を併存させているのである。最初の機械化された戦争である第一次世界大戦において、人々は近代兵器による無差別な大量殺戮の状況に驚愕した。それはそれまで当然のように人びとの価値観の根底にあった神への信仰を大きく揺るがすものであった。その一方で実際に戦場で重傷を負った経験のあるヘミングウェイは、死への恐怖の中で何らかのよりどころを必要としたのである。とうてい神を信じられない状況の中で、神にすがらざるをえない現実、ヘミングウェイが描こうとしたのはこの矛盾であり、だからこそ兵士の告白は「隠蔽」されなければならなかったのである。

3．失敗する祈り

『日はまた昇る』もまた、これまで実存主義的文脈で読まれることの多かった作品であるが、ここではむしろヘミングウェイはそういった実存主義から離れようとしていることが見て取れる。「失われた世代」と呼ばれることに対して反発を感じており、タイトルのもとになった「伝道の書」からのエピグラフの「空の空、すべては空」という虚無的に解釈されかねない一節を第二版で削除するなど、実存主義的文脈を極力排除しようとしていたことは第一章で論じた。ここでは前章でも取り上げた主人公ジェイクの祈りを改めて検討してみたい。

私はひざまずき、祈り始めた。そして思いつく限りですべての人々のために祈りを捧げた。ブレット、マイク、ビル、ロバート・コーン、そして自分自身のために。さらにあらゆる闘牛士のために、気に入った連中にはひとりずつ、残りの連中はまとめて。それからもういちど自分のために祈り、自分のために祈っているあいだ、だんだん眠くなってきた。それで闘牛がよいものになるように、すばらしいフィエスタになるように、そして多少釣りもできるようにと祈った。他にも何か祈りを捧げるものがあるだろうかと考え、まとまったお金が手に入るとよいなと思って大金が稼げるようにと祈った。そしてそれからどんな風にしたら稼げるだろうかと考え始め、金を稼ぐことを考えていると伯爵のことを思い出した。それで今彼はどこにいるだろうかと考え始め、モンマルトルの夜以来会っていないことを残念に思い、そしてブレットが伯爵について言ったおかしなことを思い出した。そのあいだずっとひざまずき、額を目の前の木に押し当てて、祈っている自分自身のことを考えると少し恥ずかしくなり、自分がこんなにどうしようもないカトリック教徒であることを残念に思った。しかしそれもどうにもできないことだと気づいた。少なくとも当面のあいだは。ひょっとするとこの先もずっと。でもとにかくカトリックはたいした宗教だし、ただ敬虔な気持ちになれればよいのにと思い、ひょっとすると次の機会にはなれるかもしれないと考えた。それから私は暑い太陽の中、大聖堂の階段へと出て行き、右手の四本の指と親指がまだ湿っていたのだが、それが太陽に当たって乾いていくのを感じた。（*SAR* 102-103）

ここで描かれるジェイクの祈りがスケッチ「第八章」の兵士のそれと決定的に異なるのは、助かりたいという利己的な願いを神に向けている兵士と違って、ジェイクは祈りの対象を他者にまで拡大していることである。フリードリッヒ・ハイラーは祈りに関する古典的研究書において、祈りを原始的祈り、儀式的祈り、ギリシャの宗教における祈り、哲学的祈り、神秘的祈り、予言的祈りという六つの類型に分類しており、後者に向かうにしたがって徐々に人間から神を中心とする祈りへと発展していくと捉えている。「第八章」の兵士の祈りは、「不幸」や「危険」に由来する「原始的祈り」に分類される（Heiler 34）。それに対してジェイクの前半の祈りは神に何も求めていないという点で、より高次の「哲学的祈り」に達していることが分かる（Heiler 87-88）。

またジェイクの祈りが必ずしもうまくいかず、雑念に捕らわれて失敗に終わっていることも重要である。失敗に終わることからジェイクの信仰心を疑問視する研究者もいるが[1]、むしろこれはジェイクが信仰を真剣に考えていることの表れである。「第八章」の兵士のような自己保身の祈りが途中で挫折し、失敗に終わるということは考えがたい。信仰心を持たない者の祈りはそもそも途中で挫折し、「失敗」するような種類のものではなく、願いが叶えられたという実感があるかどうかの問題でしかないだろう。信仰心を持っているからこそ、祈りが大切な行為であり、はじめて「失敗」する可能性が生じるのである。

ジェイク本人は「厳密に言えば」（technically）カトリック教徒であると言っており（*SAR* 129）、自らの信仰心をそれほど強調していない（第二章参照）。上の引用でも「どうしようもないカトリック教徒」であることを残念に思ってもいる。しかしジェイクは信仰を持とうとしながらそれがうまくいかないことに苦しんでいる人物として描かれており、従来考えられていたように[2]、神のない時代の虚無的な主人公とは決定的に異なる。ジェイクが信仰とその失敗とのあいだを揺れ動いているのは、戦傷による性的不能とブレットへの愛情に引き裂かれていることと根底でつながっているのである。つまり現実を受け入れることもできず、ブレットと一緒になれないながらも離れることもできない。このジレンマこそがジェイクを教会へと向かわせていたが、教会での祈りが必ずしも慰めになるわけでもない。上で引用したようにジェイクの祈りは失敗し続けるのである。いわばジェイクは神をナイーブに信じることの不可能な時代に生きながら、にもかかわらず神を求めざるをえないという矛盾の中にいるのである。

『日はまた昇る』の出版直後に書かれた「身を横たえて」もまた、祈りの失敗の物語である。タイトルの由来は子どもが寝る前に唱える祈りのことばである。

私は今我が身を横たえ眠りにつきます
主よ、どうか私の魂をお預かりください
目覚める前に死んでしまうのなら
主よ、どうか私の魂をお連れください

Now I lay me down to sleep,
I pray the Lord my soul to keep,
If I shall die before I wake,
I pray the Lord my soul to take.

そして「長いあいだずっと暗闇で目を閉じて意識を解き放つと、魂が身体から抜け出すのだと思って生きていた。夜、爆撃で吹き飛ばされ、魂が身体から抜け出して離れていき、そして戻ってくるのを感じて以来ずっと長いあいだ、そんな感じだった」（CSS 276）と言って夜眠らないニックは、魂を預かる（"keep"）神に対して疑いを抱いているらしいことが分かる。

しかし繰り返すが、これはカーロス・ベイカーやジェフリー・マイヤーズなどが考えているような宗教に対する無関心とは根本的に異なっている。宗教に無関心な人物は、神を信じ切ることができずに苦しむ主人公を描いたりしないはずである。むしろ半自伝的登場人物であるニックは、この作品中で必死に失った神を取り戻そうと試みているのである。

従来「身を横たえて」で描かれるニックの不眠症は、戦場で負傷したことのトラウマという個人的な病理として理解されてきたが、むしろこれは戦場で不条理に人が傷つき死んでいく様子を目撃し、神への信頼を維持できなくなったことの表れではないだろうか。だからこそジョセフ・デファルコが言うように[3]、眠れないニックが幼少期の記憶に退行し、そこに現れたあらゆる人びとに祈りを捧げる様子は、この失った神、すなわち父なる秩序を探し求める記憶の旅と考えられるのである。

> しかし［記憶の中で］どうしても釣りのできない夜もあった。そんな夜にはすっかり目を覚まして何度も何度も祈りのことばを繰り返し、それまで知り合ったすべての人に祈りを捧げようとした。そうするには相当な時間がかかった。なぜならこれまで知り合ったすべての人々を思い出そうとし、もっ

とも早い時期の記憶にまでさかのぼると——私の場合それは私の生まれた家の屋根裏の記憶で、ブリキの箱に入ったお母さんとお父さんのウェディングケーキが垂木からぶら下がっていて、その屋根裏にはお父さんが子どもの時に集めてアルコールで保存していた蛇やその他の標本の瓶があって、アルコールが瓶の中で量が減ってしまったために、何匹かの蛇や標本の背中がむき出しになり、その部分だけ白く変色していた——そんなに昔にまでさかのぼるととてつもない数の人々を思い出すことになるからだ。そういった人たち全員に祈りを捧げ、それぞれ聖母への祈り《アヴェ・マリア》と主の祈りをいちどずつ唱えると、長い時間がかかったし、ついには外が明るくなって、それから眠りにつくことができたのだ。日中に眠ることのできるような場所にいたのなら。（CSS 277）

もっとも古い記憶に登場するのは自分が生まれた家の屋根裏部屋であり、そこにあった両親のウェディングケーキである。しかしその情景はすぐさま、父親が収集した蛇やその他の生き物の標本がグロテスクに破壊されていく様子につながっていく。

この標本を燃やしたのが誰なのかは明示されていないが、ニックの次の記憶に現れるのは、父親が収集して地下室に保存していたネイティヴ・アメリカンの斧やナイフや鏃などを母親が「そこにあるべきではない」と言ってすべて焼却処分してしまう様子である。そしてそれに文句も言えず、燃えかすの中から自分の収集物をかき集める父親の姿は、全能であるはずの父が母親に屈服する姿に他ならない。戦場で神＝秩序を失ったニックは幼少期まで記憶をたどるが、結局はそこにも父なる神は見つからないのである。

眠れないニックは記憶に登場するあらゆる人物に「主の祈り」と「聖母への祈り」を唱え続けるが、時として「祈りの文句すら思い出せない」(CSS 278)。この祈りの失敗には、父親＝神＝秩序を失ったニックの苦しみが明確に描き出されている。しかし、作品冒頭でニックが「今は魂が実際に抜け出したりしないことがはっきり分かっているが、あの夏にはまだ試してみる気にはならなかったのだ」(CSS 276) という点には注意すべきだろう。この作品もまた、『ワレラノ時代ニ』の「第八章」や『武器よさらば』と同様、語られている時間と語っている時間との差異に注目しなければならない。「今は、魂が実際に抜け出したりしないことがはっきり分かっている」ニックは、語りの時点では神への信頼を取り戻しているように見える。そしてかつて神を疑い、信頼感を取り戻そうと必死で祈っていたころの自分を回想しているのである。はたしてこれはヘミングウェイの執筆時の状況であったのか、あるいは願望の投影であったのか。[4]

4. 届かない祈り

「身を横たえて」を書いた後、ポーリーンとの結婚に際し、ヘミングウェイは正式にカトリック教徒であると公表する。しかしその直後に書いた『武器よさらば』の主人公フレデリック・ヘンリーは、一見信仰心を持っているようには思えない。作品の結末近くでも「私は信仰を持っていなかった」(*FTA* 279) と明言しているからだ。しかしフレデリックは同じ部隊に所属する神父と仲がよく、同僚とは違って神父の言うことに耳を傾ける。最初に休暇を取るときに神父の故郷であり「人が神を愛することが分かってもらえる土地」（*FTA* 62）であるアブルッツィに行くよう薦められるが、結局ミラノやフィレンツェ、ローマなどで放蕩生活を続けるだけである。「私はアブルッツィに行きたかったのだ。道が凍って鉄のように堅くなり、空気は澄んで冷たく乾燥していて、雪は乾いた粉雪で、雪の上には野ウサギの足跡が残り、農民は帽子を取って旦那様と声をかけ、よい狩りができる。私が行ったのはそんな場所ではなかった。私が行ったのはカフェの煙で部屋がぐるぐる回って見えてそれを止めるには壁をじっと見ていなければいけないそんな夜で、酔っ払って眠る夜、それがすべてで変に興奮して目覚めて誰と寝ていたのかも分からない（中略）そんな場所であった」（*FTA* 11-12）。フレデリックはここで情欲に負け、神父の価値観を受け入れることのできない人物として描かれているが、信仰に無関心であるわけでもない。アブルッツィに行きたいと思いながら結局行かないですますことには、信仰を持ちたいと思いながら持てずにいるフレデリックの揺らぎが描きだされているのである。

出版時に削除された一節ではフレデリックの信仰の揺らぎはもっと細かく描き出されていた。フレデリックは野戦病院に見舞いに来た神父が立ち去った後「私も神を愛していることに気づいた、ほんの少しだがが。私は何に対してもそれほど愛したりはしないのだ」と言う（*FTA* 294）。[5] その一方でミラノの病院で手術を受けた直後にはフレデリックは神に疑いを持っているらしいことが描かれる。「……それから私はじっとしたまま痛みが頂点に達し、和らぐのを待ったが、痛みには限界などなく、今までいつも痛みが止まっていた段階をとっくに越えていた。今までは我らが主は我々が耐えられる以上の痛みをお与えにならないのだと思っていたし、痛みがあまりにひどくなったら意識を失うものだといつも信じていた。だから殉教者は殉教に成功するのだと。しかし今そうではなかったし、痛みは骨やあちこちで耐えられる段階をはるかに越えていた。そして胸の内側で痛みが飛び跳ね、飛び跳ね、そして私は声を出すことなく叫んで叫んだ。ただ横隔膜が飛び跳ね、飛び跳ね、そして徐々に痛みが引き始め、どうやら耐えられそうだと分かってきた。しかしだからといって我らが主への信頼は戻らなかった。我らが主のことなど考えなかったが、ただ痛みがましになったのだ」(*FTA* 299)。

　しかしその後、ストレーザでグレッフィ伯爵とビリヤードをするとき、伯爵に「もしこの先信心深くなったら、私が死んだときに祈ってほしい」と頼まれ、フレデリックは「とても信心深くなるかもしれません。(中略)とにかくあなたのために祈りましょう」と答えている(*FTA* 227)。明らかにフレデリックの信仰は揺れ動いている。結末近くでキャサリンの出産を待つあいだのフレデリックの有名な瞑想は、戦後の虚無的な時代風潮の典型であるように見えるが、この点を考慮に入れてもう少し慎重に考えてみる必要がある。

> いちどキャンプで薪をたき火にくべたのだが、その薪にはたくさんの蟻がいた。薪が焼け始めると蟻は群れをなして最初は火のついた中心に向かって動き出した。それから引き返して薪の端の方へ動き始めた。端の方にたまりすぎると、蟻たちは火の中へと落ちていった。何匹かは逃げおおせたが身体は焼け、平らになっていて、どこへ向かっているのかも分からずにどこかへ行ってしまった。しかし大半は火の方へ向かい、その後端の方へ引き返し、まだ熱せられていない端に群がってついには火の中に落ちていった。思い返すとそのとき私はそれこそが世界の終わりであり救世主《メシア》になるすばらしい機会だと考えたのだった。薪を火から持ち上げて蟻が地面に逃げられる場所に投げてやればいいだ

けなのだ。しかし私はブリキのコップに入った水を薪に投げかけることしかしなかった。コップを空にして、先にウィスキーを入れてから水を注ぎ込みたかったのだ。焼けた薪にかかったコップの水はただ蟻を蒸しただけだったと思う。(*FTA* 279-80)

フレデリックは戦場で人がいわれなく無意味に死んでいったことを思い、人の運命を左右しているのが偶然でしかないように感じている。そして神の視点に立って暖炉の薪の上で火から逃げ惑う蟻を見て、「救世主《メシア》になるすばらしい機会」であると考えながら結局はそうしない。これは一見世の中の秩序などその程度の偶然性に左右されているだけであり、神意が働いていないことを嘆いているように思えるが、多くの研究者が考えてきたように単純に「神の不在」を表現した虚無主義と捉えることはできない。[6] フレデリックが蟻を助けようとしなかったように、神は人の願いにたんに無関心なのであり、ストーンバックも指摘するように神の意志の不可知性はむしろユダヤ・キリスト教に伝統的に見られる考え方である (Stoneback, "Lovers'" 67)。この一節を取り上げてフレデリックが神を信じていないとみなすのはむしろ無理があるだろう。

ただしストーンバックのようにここでフレデリックがその「真理」に気づき、信仰心を獲得したと判断するのは早計である。キャサリンの死を目前にして神意の不可知性を悟ることが信仰につながるとは思えないからである。キャサリンは出産の手術後に死亡するが、その妊娠の少なくとも半分はフレデリックの責任であり、次章で詳しく論じるように、むしろここでフレデリックはキャサリンの死に対する責任を神の無関心に転嫁しているのである。むしろここではその責任転嫁の中でフレデリックが神の存在を前提としていることを指摘しておきたい。

いよいよキャサリンが死のうという間際にフレデリックは以下のように神に祈りを捧げる。

私は廊下に出て座っていた。私の中であらゆるものがうつろになった。何も考えていなかった。何も考えられなかった。キャサリンが死ぬだろうとは分かっていたが、死なないでほしいと祈りを捧げた。彼女を死なせないでください。彼女を死なせないでくれたら私は何でもします。ああ、神様、お願いですから彼女を死なせないでください。死なせないでください。愛しい神様、彼女を死なせないでください。お願いです、お願いです、お願いです、愛しい神様、彼女を死なせないでください。愛しい神様、彼女を死なせないでください。お願いです、お願いです、お願いです、彼女を死なせないでくれたらあなたの言うことを何でもします。神様お願いですから彼女が死なないようにしてください。彼女を死なせないでください。子どもはかまいませんが、彼女は死なせないでください。そっちはかまわないから彼女は死なせないでください。お願いです、お願いです、愛しい神様、彼女を死なせないでください。（*FTA* 282）

この一節が『ワレラノ時代ニ』の「第八章」の兵士の祈りにきわめて似ていることは明らかである。どちらもジェイクやニックの祈りとは異なり、キャサリンの生命を助けてほしいという目的を持った「願い」であるという点で、ハイラーなら「原始的祈り」に分類するであろう。マイケル・レノルズもこの箇所を論じて、「マタイによる福音書で描かれる山上の垂訓でキリストはこれを祈りの不適切な形態であると述べている。「また、祈る場合、異邦人のように、くどくどと祈るな。彼らは言葉かずが多ければ、聞きいれられるものと思っている。だから、彼らのまねをするな。あなたがたの父なる神は、求めない先から、あなたがたに必要なものはご存じなのである」（六：七－八）。フレデリックは間違ったことを間違ったやり方で祈っているのである」（Reynolds, *First War* 44-45）。しかしキャサリンに死んでほしくないというフレデリックの悲痛な願いはたとえ教会の教義においてどれほど問題があったにせよ、「間違い」と切り捨ててしまってよいものだろうか。先ほども触れたグレッフィ伯爵が、夜にしか信心深くならないというフレデリックに対して「それではあなたも恋をしているのですね。それもまた宗教的な感情だということを忘れてはいけません」と言うように（*FTA* 227）、キャサリンを助けてほしいという願いもまた、「宗教的な感情」と言ってよいのではないだろうか。ジェイクやニックがそうであったように、フレデリックもまたたとえ神に聞き届けられることがないと分かっていながらも、それでも神に祈らざるをえないのである。

『武器よさらば』を執筆するに当たって、出版された原稿に落ち着くまでヘミングウェイは数多くの結末を試みている。[7] 退けられた結末のうちのひとつは現行の結末に次の二文が加えられている。「結局それについてはどうにもできないということだ。神を信じ、神を愛していればそれでよいのだ」（*FTA* 304）。現在形で書かれたこの文は語りの時点でフレデリックがキャサリンの死を「どうにもできない」こと、つまり神は人の願いを聞き入れたりすることはなく、人は神意を理解することもできないという事実を受け入れていることを示している。そしてそれでもフレデリックは「神を信じ、神を愛して」いるのである。これは少なくとも語りの時点でフレデリックが、神が存在するなら第一次世界大戦の殺戮がなぜ許されるのか、という素朴な疑問に答えを見つけたことを意味している。神は常に人の行いに対して無関心であったのであり、それでも神を信じ、愛することしかできないという不可知論の立場そのものである。

冒頭の疑問に戻ろう。イタリア旅行中に涙を流しながら祈っていたヘミングウェイは、いったい何を祈っていたのだろうか。もちろん祈りの内容そのものは本人にしか分からない。しかしヘミングウェイが少なくとも祈ることそのものに慰めを感じていたことは間違いないだろう。おそらくハドリーに対する罪悪感を和らげたいという直接的な目的も含まれていたに違いない。しかしフレデリックと同様、ヘミングウェイの祈りもまた直接神が聞き届けることがなかったのも間違いないだろう。『武器よさらば』の結末でフレデリックの「信仰告白」を原稿から削除したヘミングウェイはもしかするとまだ信仰に迷いを抱いていたのかもしれないが、それでも二〇年代のヘミングウェイは神に祈り続けたのであり、そして届かない祈りを作品に描き続けたのである。

注

［1］たとえばアーサー・ウォルドーンは「彼は「どうしようもないカトリック」である。それは彼の求める「重圧のもとでの優雅さ《グレイス・アンダー・プレッシャー》」が神ではなく、人にこそその源泉があったからである」(Waldhorn 101) と述べている。

［2］実存主義的解釈の代表としては、Killinger を参照。またケネス・リンはこの一節を根拠にしてヘミングウェイが宗教に幻滅していたとしているが (Lynn 313-14)、逆に幻滅していたのなら祈りの失敗を描くことはなかった

はずであり、ジェイクの苦しみの本質を理解できていない。

［3］「魂を失う恐怖は権威の象徴としての、この世の方を決定する存在としての、そして世界の秩序を形作る存在としての神を失う恐怖につながる。瞑想の場面でニックは自分の思考を釣りと幼いころの家族の状況へと向ける。両方の出来事は平和と秩序が可能であった幼少期への重要な退行を劇的に物語っている。しかし幼少期の環境において自分と本質的に異なるものを取り込み、和解することに明らかに失敗しているが、それは現在の苦境と類似のものである。子供のころの「失敗した神」とは実のところ少年の父親にほかならず、もっとも強い人物として立ち現れてくるのは彼の母親なのである」(DeFalco 107)。

［4］神を唯一の信仰対象とするプロテスタントには、聖母マリアへの信仰を表明する後者の祈りは存在しない。ヘミングウェイの半自伝的登場人物ニックは、ここではっきりとカトリック教徒であることが示唆されているのである。伝記作家たちが言うようにヘミングウェイがポーリーンと結婚するために名目上のカトリック改宗をしたのであれば、改宗以前のニックのカトリシズムをどう解釈すればよいのか。

［5］二〇一二年に出版された「ヘミングウェイ・ライブラリー・エディション」には削除された原稿の一部が収録されている。本書で用いる『武器よさらば』のテクストはすべてこの版からのものである。

［6］たとえばリチャード・B・ホヴィは「神に見放された世界」を描いていると主張する(88)。

［7］マイケル・レノルズは『武器よさらば』の草稿研究の古典的著書で三十五種類とし(Reynolds, *First War* 49)、バーナード・オールドジーは結末を構成する三十二から四十一の要素を発見したと述べるが(*Oldsey* 48)、ヘミングウェイ・ライブラリー・エディションには四十七の断片が掲載されている。

第4章 異端審問にかけられたキャサリン

1．パウロの特権

『武器よさらば』の結末近くで帝王切開手術の後内出血が止まらず死ぬ直前、キャサリンはフレデリックと最後の対話をするが、その様子に非常に奇妙な一節が混ざり込む。

「かわいそうなあなた」キャサリンはとても穏やかに言った。顔色は灰色であった。

「きっとよくなるよ、キャット」私は言った。「きっとすぐによくなるよ」

「私、死ぬの」彼女は言った。そして少し間を開けて言った。「それが憎い」

私はキャサリンの手を取った。

「触らないで」と彼女は言った。私は手を離した。彼女はほほえんだ。「かわいそうなあなた。好きなだけ触っていいのよ」

「すぐによくなるよ。きっとすぐによくなるよ」

「万一の時のために手紙を書いて持っているつもりだったの。でも書かなかった」

「神父か何かに来てもらおうか？」

「あなただけでいいわ」彼女は言った。それから少しして、「怖くはないの。ただ憎いだけ」（*FTA* 292、強調引用者、以下、本章においては『武器よさらば』からの引用箇所は括弧内にページ数のみ記す）

ここでキャサリンが憎んでいたものは何だったのか。恋人同士の最後の別れを描く非常に痛々しい場面であるにもかかわらず、キャサリンが恋人の手を「触らないで」と拒否するのはなぜなのか。その後で「好きなだけ触っていい」という言い方にもとげがあるように感じられる。一見物語はふたりのラブストーリーのようだが、この場面を見る限り、ふたりの関係の深層にはもう少し複雑な問題が隠されているのではないだろうか。

『武器よさらば』は、そのオリジナルタイトル（*A Farewell to Arms*）の"Arms"に「武器」と「恋人の腕」というふたつの意味が込められていることからも分かるように、一般には愛と戦争の物語として捉えられている。[1] 確かに物語は主人公フレデリック・ヘンリーが戦争とも恋人とも（前者とは自発的に、後者とはむりやりに）引き離される過程を描き出している。フレデリックは「単独講和」を宣言して前線から離脱し、恋人キャサリン・バークリーとともにスイスに逃亡するものの、キャサリンは出産の際に死亡してしまうのである。しかし当時の読者にとってはこのふたりの関係はたんなる「愛」の物語として片づけることのできない不道徳性を持っていた。現在の読者にとってはそれほど大きな問題とは思えないかもしれないが、結婚することなく性的関係を結び、それを肯定的に描くことは、たとえば世紀転換期の『シスター・キャリー』ほどではないにせよ、古い世代の読者にとっては非常に挑発的であると見なされたのである。この作品の連載第二回が掲載された『スクリブナーズ・マガジン』六月号はボストンで発売禁止処分を受けるが、それは猥褻なことば遣いとともに不義の恋愛と私生児を描いたこと、そしてそのような行動をする主人公たちが同情的に描かれていることをボストン警察署長が「みだらである」と考えたからであった（"Boston Police"; Donaldson, "Censorship" 75-76）。

したがって必然的に作中には結婚に関する言及がきわめて多い。主人公ふたりが結婚していないことは作品中で無数に問題にされているが、それだけでなく、キャサリンの同僚の看護師ファーガソンやフレデリックの親友リナルディ、またフレデリックの部下の兵士たちと結婚に関して議論する場面が頻繁に描かれる。この作品より少し前に書かれた短編「異国にて」や「身を横たえて」が戦争の物語であるとともに結婚についての物語でもあるのと同様、『武器よさらば』もまた、主人公ふたりは結婚こそしないものの、実は結婚の物語であるように見えてくる。

フレデリックはキャサリンとはじめて会話をしたとき、キャサリンがかつて婚約者であった兵士をソンムの戦いで失っていることを聞かされる。フレデリックは「どうして結婚しなかったのですか」と問いかけるが、それに対してキャサリンは「結婚しなかったのは愚かでした。あの人にならあれを捧げてもよかったのに。でもそんなことをしたらあの人にとってよくないと思ったのです」と答える(16)。ここでふたりの言う「結婚」は制度上の行為を指しているのではなく、明らかに肉体関係を持つことの隠喩として用いられている。逆に言えばふたりの意識の中で、肉体関係を持つことはすなわち結婚につながるということなのである。

その一方、実際にはフレデリックとキャサリンはミラノの病院に移送されたその日に(もちろん結婚することなしに)最初の性行為を行う。フレデリックも自分たちの行為の「不道徳さ」を意識していたことは以下の一節から見て取れる。

私たちはキャサリンが病院にやってきたその日に結婚をしたのだとお互いに言い聞かせていて、その日から結婚何ヶ月になるか数えていた。私は本当に結婚したかったのだが、キャサリンがもしそうすると[病院を]解雇されるはずだし、正規の手続きを取ろうとするだけで見張られるだろうし、仲を引き裂こうとしてくるだろうと言った。当然イタリアの法律で結婚しなければならないだろうが、そのための手続きはとんでもなく面倒だ。それでも本当に結婚したいと思ったのは、子どもができたときのことを考えると心配だったからだ。だが私たちはさも結婚しているかのように振る舞い、それほど心配することもなかったし、実のところ私の方は結婚していないことを楽しんでいたように思う。
(中略)
「どうにかしてこっそり結婚することはできないだろうか。そうしたらもし私に何かあったり、子どもができたりしても」
「教会か国に認めてもらわない結婚なんてないわ。ねえ、分かるでしょう。もし私が信仰を持っていたら結婚は何より大事だけれど。でも私は信仰なんて持っていないの」(99-100)

ここでふたりは出会いの場面とは異なり、もはや結婚していることが肉体関係を持つための必要条件であるとは考えていない。フレデリックは「結婚していない（まま肉体関係を持つ）ことを楽しんで」すらいるのである。

また、とりわけここで強調しておきたいのは、キャサリンが「教会か国に認めてもらわない結婚」などないと断言しながら「信仰を持って」いないことを二度にわたって繰り返していることである。ここからふたりの性行為が宗教的な罪であることが強く印象づけられていることは明らかであろう。結婚の関係にないふたりの性行為は聖書で禁じられた姦淫の罪に当たる。そしてここで積極的に信仰を否定しているのがフレデリックではなく、キャサリンであるということも注意すべきである。この引用直後、キャサリンは「あなたこそ私の宗教なの」と言って完全に信仰を否定しているのに対して、[2] フレデリックは従軍神父と非常に仲がよく、作品後半で九十四歳のグレッフィ伯爵に「夜には」信心深くなると認めてもいる(226)。実際には不義の恋愛を「楽しんで」いるのはフレデリックであるにもかかわらず、罪を犯しているように見えるのがキャサリンの方である点は、作品後半でキャサリンが帝王切開手術を受ける様子が「異端審問の絵」のように見えることを合わせて考えると示唆的である(278)。出産はフレデリックとキャサリンふたりの行為の結果であるにもかかわらず、その罪の罰を与えられ、命を落とすることでその代償を支払わされるのはキャサリンだけなのである。

フレデリックこそが信仰であると明言して異端審問にかけられるキャサリンをヘミングウェイがこのとき描いたのは、最初の妻ハドリーとの離婚とふたり目の妻ポーリーンとの再婚が念頭にあったからだと考えられる。ヘミングウェイは『武器よさらば』を書き始める前年、一九二七年四月二十五日にポーリーンと結婚している。前章でも述べたようにポーリーンが厳格なカトリック教徒の家庭に生まれていたので、離婚歴のあるヘミングウェイがポーリーンと結婚するためには最初の妻ハドリーとの結婚が無効であったことを示さなければならなかった。第一次世界大戦で負傷したとき、カトリックに改宗していた証拠を提出することができれば、カトリック教徒でないハドリーとの婚姻を無効にできる。これは「パウロの特権」（皮肉にも英語では「ポーリーンの特権」）と呼ばれる絶対的婚姻障害、すなわち婚姻を結ぶもののうち片方が非受洗者であり、受洗者の信仰を妨げる場合、受洗者に他のキリスト教徒と結婚する権利を与えるという取り決めである（Stoneback, "In the Nominal" 109-10）。いわばヘミングウェイはハドリーを「異端」として教会の外に追い出すことによって、ポーリーンと新たな生活を始めたのである。状況は決して同じではないものの、修業時代から自分を献身的に支えてくれたハドリーを「異端」として排除した罪の意識が、『武器よさらば』のキャサリンの描写に投影されていたとしても不思議ではないだろう。

『武器よさらば』にはフレデリックがミラノの病院から前線に戻り、リナルディと再会した直後、短い間隔を置いて二度、聖パウロへの言及が見られる。最初に聖パウロの名前を出すのはフレデリックである。「お前の肝臓のために［コニャックを］もう一度飲もう」というリナルディに対し、「聖パウロのように」と答え、リナルディはすかさず「お前は間違っている。あれはワインだし胃のためだ」とやり返すのである（150）。これは「テモテの手紙」で聖パウロが「これからは水ばかり飲まないで、胃のために、また、たびたび起こる病気のために、ぶどう酒を少し用いなさい」と述べたことを指している（五：二十三）。その直後、食事の際に同席していた神父をからかうためにリナルディは以下のように話し始める。


「あの聖パウロのやつ」リナルディは言った。「あいつが諸悪の根源なんだ」神父は私の方を見てほほえんだ。からかわれてももはや気にならないらしいことが分かった。

「あの聖パウロのやつ」リナルディが言った。「あいつはろくでなしの女たらしで自分の欲情がさめたとたんにそんなことはよろしくないと言いやがる。自分が終わったとたんに、まだ欲情している我々にはそんなことをするなと掟を作りやがった。そうだろ、フレデリコ」

少佐がほほえんだ。私たちはミートシチューを食べているところだった。

「俺は暗くなってから聖人については話さないことにしてるんだ」と私は言った。神父はシチューから顔を上げ、私にほほえみかけた。（151-52）

ここでリナルディが言及しているのは「コリント人への手紙一」の第七章であり、ここでパウロは結婚について説いている。そしてこの章こそがヘミングウェイの再婚を可能にした「パウロの特権」について触れられている箇所なのである。おそらくここでヘミングウェイが聖パウロに触れているのは偶然ではないだろう。聖パウロに言及する際に、そのわずか一年あまり前に自分が利用することになったパウロの特権を思い出さなかったとは考えられない。題材としては自らの第一次世界大戦での負傷を用いながら、ヘミングウェイは実のところ、この作品に数年前のハドリーとの離婚で生じた罪の意識を描き込んでいるのであり、だからこそ次節以降で論じるようにフレデリックの未熟さと身勝手さが大きく前面に押し出されているのである。

2. 不道徳な語り手

ヘミングウェイは一九四一年、ハワイ大学の文学教授数人と会食をするが、その際に教授のひとりがハワイ大学で学生に『武器よさらば』を読ませていると伝えたところ、ヘミングウェイはその作品は「不道徳な本」なので読ませるべきではないと述べている（Baker, *Life* 359）。どういう意図でヘミングウェイがこのような発言をしたのかは不明であるが、出版以後あまりにも主人公フレデリックと作者本人を重ね合わせる解釈が多いことに辟易していたのかもしれない。[3]『武器よさらば』はいわゆる信頼できない語り手を用いた物語であり、語り手と作者の価値観にははっきりと距離が置かれている。[4]初期の読者はフレデリックを無批判に参照枠として受け入れ、作品を悲劇的な愛の物語として読んだが、語りの構造を意識して読む限り、物語はもっと複雑な様相を見せてくるのである。

ジェイムズ・ネイグルはこの作品がおよそ十年を経過した後のフレデリックの語りであることに注目し、[5]語り手フレデリックが過度にキャサリンを理想化する一方で自らの行為を卑俗なものとして提示していると主張するが（Nagel 165）、ネイグルの言うように少なくとも物語の時点でフレデリックは決して道徳的に優れた人物としては描かれていない。こういった複雑な物語提示の方法は、初期批評が行ってきたような粗雑な伝記解釈を退けるものであるが、その一方で別の意味での隠蔽された伝記的モチーフを導くように思われる。つまりヘミングウェイの戦場での負傷体験が投影されていると言うよりは（もちろんその体験がモチーフであることは間違いないであろうが）むしろヘミングウェイの執筆時点（フレデリックの語りの時点とほぼ一致する）での自責の念が投影されている可能性を読み込むべきなのである。[6]

ヘミングウェイは自分をカトリック教会に所属させ、ハドリーをそこから排除することでポーリーンと再婚することができたが、このことが大きな欺瞞であったことは認識せざるをえなかっただろう。教会にいる側が明らかに不道徳であり、そこから排除された側が犠牲になるという状況はヘミングウェイにとって罪の意識を生む原因になっていたはずである。『武器よさらば』においてもフレデリックの語りの中でキャサリンは信仰を持たず、表面上は結婚を提案するフレデリックを拒み、聖書の定める姦淫の罪を続ける。しかし実際にはキャサリンはフレデリックより勇敢でヒロイックな人物でもある。自分がパウロの特権を利用したという罪の意識のために、ヘミングウェイはフレデリックをはっきりとカトリック教徒として描くことができず、信仰の入り口にいながら信仰を持てないでいる中途半端な人物として描いたのではないだろうか。フレデリックはいわばヘミングウェイの代わりに罪を背負う人物であるからだ。

物語中でリナルディがフレデリックのことを「分かってるんだ、お前は立派で善良なアングロサクソンの男の子だ。分かってるんだ。お前はいつも良心のとがめる男の子だ、分かってるんだ。お前が売春婦のにおいを歯ブラシでこそぎ落とそうとするのを見るまで待っててやるよ」と言うが（147）、カトリックで「ラテン的な」（149）リナルディに対してアングロサクソンのピューリタン的フレデリックは常に自責の念に捕らわれている。ネイグルはフレデリックの卑俗さを作品前半にのみ見て取り、徐々にキャサリンへの偽りのない愛情に取って代わられると解釈し、かつての卑俗さを語りの時点で後悔していると考えているが、フレデリックは最初から「いつも良心のとがめる男の子」であったことが描かれている。

フレデリックは当初リナルディと同様複数の売春婦と過ごし、乱れた生活を送っていたが、物語の最初でキャサリンと出会ってからは他の女性とは関係を持たずにキャサリンだけを求めるようになる。しかしこれでフレデリックが不道徳な生活を返上したことにはならない。先にも言及した「コリント人への手紙一」で聖パウロは「未婚者とやもめに言いますが、皆わたしのように独りでいるのがよいでしょう。しかし、自分を抑制できなければ結婚しなさい。情欲に身を焦がすよりは、結婚した方がましだからです」（七：八―九）と説く。確かにフレデリックはキャサリンと出会う前に「情欲に身を焦が」していたらしいことが負傷したフレデリックを見舞う神父との会話から見て取れる。

「あなたは神をまったく愛していないのですか？」と神父が尋ねた。
「夜にはときどき神を恐れることもあります」
「あなたは神を愛すべきです」

「あまり愛せないんですよ」

「いえ」彼は言った。「愛するようになりますよ。夜についておっしゃったこと。それは愛ではありません。たんなる情欲であり、肉欲でしかないのです。人は愛するとき、そのために何かをしてあげたいと願うようになるものです。犠牲になりたいと願うものです。役立ちたいと願うものです」

「じゃあ私は愛したりしませんよ」

「そのうち愛するようになりますよ。きっとそうです。そうすれば幸せになれる」

「今も幸せですよ。ずっと幸せでした」

「それとは違うのです。そうなってみないと分からないものなのです」(62)

夜にだけ「神を恐れる」フレデリックは、神父の言うように「情欲」と「肉欲」にふける罪を犯したことを恐れているだけであり、神の愛を理解しているわけではない。神父の説くキリスト教的「愛」は作品に通底する価値観を伝えている。そしてここで「愛せない」というフレデリックは、ミラノの病院で再会したキャサリンを目にしたとたんに「私は彼女を愛していた」と悟る(80)。しかしここでフレデリックの言う「愛」は神父の説く愛とは大きく異なっているように見える。なぜならフレデリックはキャサリンのために「何かをしてあげたい」「犠牲になりたい」「役立ちたい」と願うことは一度も描かれず、むしろひたすら自らの欲望のためにキャサリンを求めているように見えるからである。出会ったばかりのころフレデリックは「チェスのように先の手をあらかじめ読んで」キャサリンを口説こうとするが(22)、それは「毎晩将校用の売春宿に行くよりはましだった」からである(26)。ミラノの病院では性行為をしたいために、同僚のファーガソンがキャサリンの体調を心配するほど夜勤を続けさせ(95)、キャサリンの妊娠が発覚したときには自分の責任を棚に上げて「生物学的罠にかかったように感じる」(121)。前線に戻る直前には自分の欲望だけに突き動かされて安っぽいホテルにキャサリンを連れ込み、「売春婦になったように感じ」させる(133)。スイスに脱出してからはふたりきりの牧歌的な生活を営んでいるようではあるが、しばしば妊娠して体型の変化を気にするキャサリンに対して無関心でいることが描かれる(とりわけ264)。こういった一連のフレデリックの振る舞いを見ていると、フレデリックがキャサリンに抱いているのは愛というよりは情欲であるように見える。むしろ神父の言う「愛」の条件を満たしているのは、病院で献身的にフレデリックを看護し、フレデリックの性欲を受け入れた結果、犠牲となって死んでいくキャサリンの方ではないだろうか。

先にも触れたが物語の終盤、ストレーザでキャサリンと再会した後、グレッフィ伯爵に「あなたは信仰を持っているのですか?」と尋ねられ、フレデリックは「夜には」と答えているが(226)、これはかつて神父との会話で夜にだけ「神を恐れる」と言っていたこととそれほど変わっているようには思えない。フレデリックは果たして「情欲」ではない愛をキャサリンに対して抱いていると考えられるだろうか。キャサリンと結婚できない事情については作中何度も触れられ、それもキャサリン自身が拒んでいたように描かれているが、「実のところ結婚していないことを楽しんでいた」フレデリックは「情欲に身を焦がすよりは、結婚した方がまし」という聖パウロの戒めすら守っていないことになるはずである。

フレデリックの語りはそのような自分の身勝手さを相殺するかのようにキャサリンを理想化し、崇拝していように見える。これはヘミングウェイが自分とポーリーンの再婚のために犠牲になったハドリーへの想いが投影されているようにも思える。作中フレデリックは一度だけはっきりと信仰を持たないことを断言する。

私は信仰を持っていなかったがその子が洗礼を受けるべきだとは思った。しかし一度も呼吸をしなかったとしたらどうなのだろう。実際そうだったのだ。最初から生きていなかったのだ。キャサリンの身体の中以外では。しょっちゅうおなかを蹴っていたのは感じていた。しかしここ一週間はそれがなかった。おそらくずっと「へその緒が絡まって」窒息していたのだろう。かわいそうな子だ。私の方があんな風に窒息すればよかったのだ。いやそれは嘘だ。でもそうなっていればこんな風に死んでいくのを見なくてすんだのだ。キャサリンは死ぬだろう。それが誰もが向かう運命だ。人は死ぬのだ。人は死が何なのか分かってもいない。知る時間など残されていないのだ。いきなり放り込まれてルールを教えられ、ベースを離れるやいなや殺されてしまう。あるいはアイモ［退却中に味方の兵に間違って撃たれて死んだフレデリックの部下］のようにいわれもなく殺されてしまうのだ。あるいはリナルディのように梅毒をうつされる。だが結局のところみな殺されてしまうのだ。それだけは間違いない。ぼんやりしていると殺されてしまうのだ。（279-80）

人がいわれもなく死ぬ運命について思いをめぐらせるフレデリックのこの有名な瞑想は、差し迫ったキャサリンの死に直面した悲しみの中で非常に虚無的になっているように見える。しかし世の中に神の与える秩序が存在せずに「いわれもなく」運命が決定されるという考え方はむしろフレデリックの悲しみというよりは責任逃れのロジックのように聞こえる。ここで例に挙げているアイモの死もフレデリックの取った退却のルートが原因であり、リナルディの梅毒もけっして「いわれもなく」与えられたものではなく、自らの放蕩の結果でしかない。そしてなによりキャサリンの死もフレデリック自身の行為の結果であり、それをいわれもない運命と捉えるのは明らかに責任転嫁であると言えるだろう。ここにはキャサリンの妊娠を「生物学的罠」(121)と呼んだのと同じ論理が見られる。

このようにフレデリックの語りは作品中ずっと罪の意識と責任転嫁のあいだを揺れ動く。キャサリンの身体の中で「窒息していた」胎児を思い、すぐに否定はするもののフレデリックは自分が身代わりになってやりたかったと考える。これはたんなる願望ではなく、この窒息死した胎児はフレデリックの罪の象徴であり、その罪の意識を死んだ胎児に投影しているのである。それはフレデリックの負傷の場面にはっきりと現れている。フレデリックは迫撃砲で吹き飛ばされた際に一度「死」を経験しているが、その様子は次のように描かれる。「それから溶鉱炉のドアが急に開いたように閃光が差し込み、轟音とともに白く光り、赤く変化して突風の中でいつまでも続いた。私は息をしようとしたが息を吐くことができず、自分が身体ごと自分自身から飛び出したように感じ、そのまま外へ外へ外へとずっと身体ごと風にもまれていた。私は速やかに身体の外に出て、私のすべてが外に出て、そして自分が死んだことを知った。人はただ死ぬだけだと思ったのは間違いであったことを知った」(47)。短編「身を横たえて」でも主人公ニックは魂が身体を抜け出すことを感じるが、とりわけここで注目したいのはフレデリックが経験する「死」が窒息と結びつけられていることである。中盤で手術を受ける際にも麻酔と死の違いを「私は死んでいなかった。そんな風に死んだりはしないものだ。ただ窒息するだけなのだ。死ぬような感覚ではなく、ただ化学的に窒息させられるので何も感じなくなるのだ」と述べるが（93）、フレデリックにとって「死」は必ず窒息の感覚を伴うものである。いわばフレデリックがキャサリンの手術の後で目撃した「小さく浅黒い顔と浅黒い手」の窒息した子どもは（277）、キャサリンを死に至らしめたフレデリックの罪の象徴であり、フレデリックの身代わりとして死んでいったのである。フレデリックは作中でその名を呼ばれることはほとんどなく、[7] リナルディには「ベイビー」と呼ばれ、キャサリンには「男の子」と呼ばれているが、こういった呼び名は物語の時点でのフレデリックの未熟さを指し示すとともに、フレデリックと死んだ胎児との共通性を伝えている可能性もある。

3. ノリ・メ・タンゲレ

『武器よさらば』の男性中心的側面を批判的に解釈し、「女であるがゆえに殺される」ことになるキャサリンに、女性に対する「巨大な敵意」が見て取れると主張したのはフェミニズム研究者のジュディス・フェタリーであった（Fetterley）。フェタリーの論は信頼できない語り手フレデリックの偏見を相対化できておらず、後にフェミニストを含めて多くのヘミングウェイ研究者に批判されることになるが、[8] フェタリーの見解にはある程度の妥当性があることも事実である。フェタリー以後、キャサリンの人物像の読み直しがはかられ、フレデリック以上に勇敢でヒロイックな人物として評価されるようになってきたが、その反面キャサリンを過度に理想化するフレデリックの語りの中にキャサリンに罪を背負わせる責任転嫁のロジックが隠されていることも見逃してはならない。

作品の最終章はキャサリンがローザンヌの病院に入院してから、キャサリンの死後フレデリックがその病院から立ち去るところまでを描いている。フレデリックはキャサリンが死に向かう中、キャサリンが死なないようにしきりに祈りを捧げるが、その一方で三度にわたって食事を取りに行く様子が描かれ、食べたものが細かく描写されるなど、キャサリンの苦しみに対してどこか距離を保っているようにも見える。キャサリンの入院後すぐに朝食をとりに行くが、「老人が白ワインのグラスとブリオッシュを出してくれた。ブリオッシュは昨日のだった」と感想を述べる（269）。二時ごろには遅めの昼食に行き、「ウェイターはてっぺんにハムを一切れ載せたザウアークラウトと熱いワインに浸したキャベツで包んだソーセージの皿を持ってきた。私はそれを食べてビールを飲んだ。私はとても腹が減っていた」と言う（272）。そしてキャサリンが帝王切開手術を終えた後で夕食をとりに行く。「私はハム・エッグを食べてビールを飲んだ。ハム・エッグは丸い皿に乗っていて、ハムが下でその上に卵が乗っていた。とても熱かったので最初の一口をほおばると口の中を冷ますためにビールを飲まなければならなかった。私はとても腹が減っていて、ウェイターに次の注文をした。ビールを何杯か飲んだ」（281）。そしてそのあいだキャサリンはずっと苦しみ続けるのである。

帝王切開手術を受けるキャサリンは「明るく小さな見物席のある手術室」に入れられ、興味本位の看護師が見物する中（「「帝王切開よ」ひとりが言った。「帝王切開をするところだわ」。もうひとりが笑った。「ちょうど間に合ったわ。ラッキーじゃない？」[277]）、手術を受ける。その様子は「異端審問の絵のように見え」る（278）。物語中で「生物学的罠」の代償をひとりで背負わされ、その結果「異端審問」にかけられて死んでいくことに語り手の密かな責任転嫁の策略を見て取ることが可能であれば、冒頭に引用したキャサリンの拒絶は最後の瞬間の反撃であったと考えてもよいのかもしれない。もう一度引用しておこう。

> 「私、死ぬの」彼女は言った。そして少し間を開けて言った。「それが憎い」
> 私はキャサリンの手を取った。
> 「触らないで」と彼女は言った。私は手を離した。彼女はほほえんだ。「かわいそうなあなた。好きなだけ触っていいのよ」(292、強調引用者)

「死ぬ」ことを「憎い」と言いながら、その憎しみが自分の手を取ったフレデリックにまであふれ出ている。

しかしそれとともにこの「触らないで」("Don't touch me") ということばはキリスト教絵画の重要なモチーフのひとつ「我に触れるな《ノリ・メ・タンゲレ》」を思い出させる。この連想は少し突飛に思われるかもしれないが、作品中で宗教的モチーフがきわめて多用され、そして直前で「異端審問の絵」が持ち出されていることを考慮に入れるならば、あながち無理な結びつきとは言えないのではないか。なによりノリ・メ・タンゲレのモチーフは、ジェンダーを入れ替えればほぼそのまま『武器よさらば』のこの場面と一致するのである。

このモチーフはキリストの復活の瞬間を描いた場面であり、墓からよみがえったキリストは最初にマグダラのマリアの前に姿を現す。聖書ではこの場面は以下のように描かれる。

彼女はそこにいるイエスを見たのだが、彼女はそれがイエスだということが分からなかった。イエスは彼女に言った、「女よ、なぜ泣くのだ。誰を捜しているのだ」。彼女はそれが園丁だと思い、彼にこう言った、「もしあなたがあの方を連れ去ったのなら、どこに安置したのか話してください。私がその方を引き取ります」。イエスは彼女に言った、「マリアよ！」。彼女は振り返り、彼にヘブライ語で言った、「ラボニ！」（つまり師）。イエスは彼女に言った、「私に触れるな。なぜなら私はまだ〈父〉のもとへ上っていないのだから。しかし、私の兄弟たちのところへと行きなさい、そして、私の〈父〉でありあなた方の〈父〉であり、私の神でありあなた方の神である者のもとへと私は上ってゆく、と伝えなさい」。マグダラのマリアは、彼女が主を見たということを、そして主が彼女に言ったことを、弟子たちに伝えることとなる。[9]

ジャン＝リュック・ナンシーはこのモチーフについて一冊の本を書き、哲学的考察を加えているが、「イエスの（あるいは誰か他の登場人物たちの）別の言葉は、それらもまた模範的引用の地位に、慣用的な連辞の地位に達してはいるが（「ザアカイよ、さあ、降りてきなさい！」あるいは「ラザロよ、起きなさい！」のように）、だからといって場面のタイトルになり、絵画的モチーフのタイトルになるわけではない。それに反して「ノリ・メ・タンゲレ」は、「一枚の《復活》」とか「一枚の《エマオの晩餐》」と言われるように、「一枚の《ノリ・メ・タンゲレ》」と言えるまでに至ったのである」と述べている（二二）。このように「ノリ・メ・タンゲレ」はキリスト教圏では非常によく知られたフレーズである。復活を遂げたキリストは、この世に現前しながらも「まだ〈父〉のもとへ上っていない」存在、すなわち天上に属する存在として、この世の死すべき人間には触れることは許されないのである。この場面は聖書の中でも生と死、肉体と精神、そして地上と天上の境界線を描き出すきわめて重要な意味を帯びている。

キリストが復活後に最初に姿を見せるのはマグダラのマリアであるが、マグダラのマリアは娼婦として罪を犯しながら後に改悛して聖女にまでなった[10]ヨーロッパでも最も人気のある信仰対象である。画家たちがこの場面を好んで作品に描いているのは、マグダラとキリストとのふたりだけの場面が、「我に触れるな」という禁止のことばによって暴力性と官能性とを併せ持っているからである。

ヘミングウェイが他の作品でマグダラのマリアに直接言及しているのは「今日は金曜日」だけであるが、『誰がために鐘は鳴る』では明らかにマグダラのマリアを意識した一節が見られる。

「お前の髪で私の足を拭いてくれないか?」彼はピラールに聞こえるようにそう言った。「なんて下品なやつだ」彼女［ピラール］は言った。「最初は荘園領主みたいな振る舞いだ。それで今度は私たちのかつての神様になろうって言うんだ。マリア、薪でぶん殴ってやりな」（*FWBT* 202-203）

マリアという名前の連想も働いているのだろうが、マグダラのマリアがキリストの足に自らの髪を用いて香油を塗り込む場面はノリ・メ・タンゲレと並んでもっともよく知られたマグダラのマリア表象のひとつである。

『武器よさらば』に戻るならば、キャサリンからフレデリックに向けられる「触らないで」ということばは、それまで「好きなだけ触って」よかったふたりのエロティックな関係を前景化するとともに、最後の瞬間でそれを拒絶することによって、神父の説くアガペー的愛（触れる必要のない愛）が欠けていたことを強烈に示してみせるのである。ここで聖書の場面を想起すれば、これから天に昇るキャサリンが地上にとどまりキャサリンのことを「伝える」ことになるフレデリックを拒否している様子は、ジェンダーの反転した「ノリ・メ・タンゲレ」そのものである。[11] とりわけフレデリックがキャサリンを過度に理想化し、崇拝の対象としながら（リナルディのことばを借りるならば「お前のかわいらしいすてきな女神だ。イギリスの女神だよ。まったくあんな女、崇拝する以外にどうしようって言うんだ」[57]）「犠牲」として捧げていることを考えれば、キャサリンは望まぬままに異端のキリストとされ、フレデリックの身代わりに罪を贖うのである。そしてその結果フレデリックはマグダラのマリアの立場におかれ、売春婦通いから改悛して列聖されることにつながる。

かつてキャサリンはフレデリックを「私の宗教」と呼び、フレデリックはストレーザからスイスに向けてボートで脱出した直後、手の傷を見ながら「脇腹に穴は開いていない」と、自らをキリストになぞらえる（第七章参照）。しかし『誰がために鐘は鳴る』のロバート・ジョーダンとは異なり、フレデリックは最後の瞬間に犠牲になる役割をキャサリンとすり替えるのである。

本来カトリックは婚姻に関してプロテスタントよりはるかに厳格である。それはプロテスタント諸宗派が婚姻を当人同士の契約として捉えるのに対し、カトリックでは婚姻は七つの秘蹟のひとつであり、いわば神との契約だからである。ヘミングウェイは離婚を罪と見なす宗派に改宗することによってハドリーとの離婚を正当化するという、きわめて矛盾に満ちた振る舞いをすることになった。したがってヘミングウェイのカトリック信仰には必然的に罪の意識がつきまとうことになるのである。その罪の意識が最後のキャサリンの拒絶として混ざり込んだのであり、その強い罪の意識を贖いたいという思いが、自らを改悛した聖人として密かに描き込むことにつながった可能性は十分あるのではないだろうか。

注

［1］マイケル・レノルズはシェルショックにかかったフレデリックとフィアンセを失って戦争神経症になっているキャサリンとが相互依存の関係にあると主張している（Reynolds, "Doctors" 119-21）。

［2］他の箇所でもキャサリンは何度も自分が信仰を持たないことを強調している。「君はカトリックではないんだろう」というフレデリックに答えて「いいえ」と答え（37）、ミラノの大聖堂の前を通りかかった際、フレデリックが「入りたいかい？」と問いかけるのに対して「いいえ」と返事をする（129）。ローザンヌの病院に入院する際にも信仰を持たないと述べている（268）。

［3］スコット・ドナルドソンはこの発言を、「フレデリックが周囲の堕落と共犯関係にあることをもっと明確に描ききれなかったことを嘆いて」いたからであると解釈している（Donaldson, *By Force* 152）。

［4］フレデリックの語りが信頼できないことに関してはミリセント・ベル（Bell）やゲリー・ブレナー（Brenner,

Concealments 27-41）が詳しい。

［5］ストーンバックはネイグルと同じ箇所を引用しながら歴史的事実の誤りを指摘し、キャサリンの死から五〜六年後に語っていると主張しているが（Stoneback, "Lovers'" 35）、五〜六年後でも可能であるという程度の根拠でしかなく、その時期にフレデリックが語り始める必然性が感じられない。実際にヘミングウェイが執筆した時期と一致しているネイグルの説の方が説得力があるように思われる。他にもキャサリンの死の直後に語っていると主張するブレナーなどがある（Brenner, *Concealments* 31）。

［6］ミリセント・ベルはこの可能性に関して言及している（Bell 119）。

［7］実のところフレデリックというファーストネームが記されるのは物語中で一度だけである。スコット・ドナルドソンはフレデリックが「ベイビー」や「男の子」と呼ばれることを未熟さの表れとして解釈している（Donaldson, *By Force* 152-53）。

［8］前田一平が簡潔にまとめている（前田、『若きヘミングウェイ』二九二―三〇八）。

［9］「ヨハネによる福音書」二十：十四―十八。ただしこの引用はジャン＝リュック・ナンシー『私に触れるな――ノリ・メ・タンゲレ』で訳されていたものを用いた（三十四―三十五）。

［10］実際にはキリストがここで姿を見せるマグダラは娼婦ではないが、聖書に登場する複数の女性が混同された結果、一般的にはそれらの人物の混合として改悛した娼婦マグダラのマリア像が形成された。岡田温司『マグダラのマリア』を参照。

［11］ジェンダーの反転は、マーク・スピルカがヘミングウェイ作品の両性具有を指摘して以来頻繁に論じられるようになったフレデリックとキャサリンの同一化の場面で既に試みられている（Spilka, *Hemingway's Quarrel*）。「もう少し髪を長く伸ばしてみなさいよ。そして私も自分の髪を短くすれば、片方が金髪で片方が黒髪なだけで、私たち、そっくりになれるわ」（257）とキャサリンは髪の長さをフレデリックと同じにすることでジェンダーの区別を消し去ろうとする。結局フレデリックはこの申し出を断る。

フラ・アンジェリコ
「ノリ・メ・タンゲレ」

コレッジョ
「ノリ・メ・タンゲレ」

ティツィアーノ
「ノリ・メ・タンゲレ」

アロンソ・カノ
「ノリ・メ・タンゲレ」

第5章 信者には何もやるな
——出産と自殺の治療法

1. 教会から医学へ

一九三一年に出版された『午後の死』は闘牛を扱ったエッセイであるが、この冒頭でヘミングウェイは「現代の道徳的観点からすれば、すなわちキリスト教的な観点からすれば、闘牛全体を擁護することはできないと思う」と述べている（*DIA* 1）[1]。第二章で論じたように闘牛はキリスト教的宗教儀式の一環に組み込まれているが、多分に異教的要素を含んでいる。そしてここでヘミングウェイの用いる「キリスト教的」ということばは「人道的」と同種のことばとして侮蔑的な意味を帯びているようにも見える。研究者は一般的にこの時期のヘミングウェイが宗教から距離を置き始めたと考えている。その理由のひとつは医学的価値観と教会の教えとの対立に起因し、もうひとつはスペイン内戦においてスペインのカトリック教会がファシストを支援したことがきっかけであると考えられている。後者は次章で詳しく論じるので、本章ではヘミングウェイの医学と宗教とのかかわりに関して、ちょうどこの時期に書かれた作品を収録した短編集『勝者には何もやるな』を中心に論じたい。

『勝者には何もやるな』は一九三三年に出版された、ヘミングウェイ生前に出されたものの中では最後の短編集である。[2] この短編集を手にとって何よりも目を引くのが、宗教に言及した作品の多さである。「世の光」は聖書でキリストのことを指すフレーズであり、[3]「よのひと忘るな」は賛美歌のタイトルに由来する。また「清潔で明るい場所」は「主の祈り」と「聖母への祈り《アヴェ・マリア》」が「無《ナダ》」に浸食され、かき消されるところで終わる。「ある読者の手紙」もまた、おそらくは聞き入れられることのない神への懇願と問いかけで終わり、「死者の博物誌」はキリスト教的なヒューマニズムを激しく非難した作品である。「ワイオミングのワイン」は禁酒法下のアメリカを背景にカトリックの飲酒を描いた作品であり、「ギャンブラーと尼僧とラジオ」はカトリック系の病院を舞台にし、共産主義者のメキシコ人が言う「宗教は人民のアヘン」ということばを軸に展開する。また「海の変容」は一般的に宗教と関連づけて論じられることはないが、カトリックの詩人アレクサンダー・ポープの一節を引用しながら、逸脱した性行為を「悪徳」と呼ぶことからも、彼ら若い男女が自分たちの「性倒錯」を宗教的罪として捉えているらしいことが見て取れる。

これら宗教に言及されている作品群で印象的なのは、その多くがキリスト教会に対して非常に批判的であるように思えることである。その理由はこの当時のヘミングウェイの伝記的事実から説明されてきた。ふたり目の妻ポーリーンは一九二八年にパトリック、三三年にグレゴリーを出産しているが、いずれも帝王切開によるもので、医者にはこれ以上の妊娠、出産は母体に危険であると宣告される。しかしながらカトリック教徒であるふたりは教会の教えによって避妊も堕胎も許されない。人の命を危険にさらしてまでも教義を遵守することを強要する宗教制度に対し、ヘミングウェイは徐々に疑いを抱き始めたとされる（Donaldson, *By Force* 227）。

グレゴリーは後年、父を描いた伝記で以下のように当時の状況を描き出している。

父の主張によると結婚がだめになった原因は膣外射精をしなければならなかったことだという。しかしどんなバカであれ、医者の息子ならなおさらそうだが、ひと月のうち何日かは妊娠の危険性もなく満足いくまで性行為のできる日があることくらい知っている。（G. Hemingway 92）

グレゴリーの言うようにこれが父親のたんなる言い訳に過ぎないのかは分からないが、[4] 少なくともこの時期、避妊と堕胎を禁じるカトリックの教義をめぐって、ヘミングウェイとポーリーンのあいだで何らかの諍いがあった可能性は非常に高いだろう。

こういった事実から考えても、一九二九年から三三年までに書かれた『勝者には何もやるな』の各短編が、当時のヘミングウェイの教会に対する反感を反映していたとしても不思議はない。妻の命を危険にさらす可能性のある教会よりも妻の命を救おうとする医学の価値観により親近感を持つのは当然のことと言えるだろう。ちょうどポーリーンがグレゴリーを出産する際にヘミングウェイはアメリカでももっとも著名な医者のひとりローガン・クレンドニングと知り合う。クレンドニングは一九二八年に五十万部を売り上げた医学書『人間の身体』を出版しているが、文学作品にも非常に造詣が深く、ポール・スミスによれば「人の苦しみに対する変わらぬ懸念と、自分たちの残酷な理想を維持するためにはその苦しみが続くこともいとわない制度化された信仰に対する怒り」をヘミングウェイと共有していたという（Smith, "Doctor" 38）。二度の帝王切開手術を経験したポーリーンの身体を気遣い、カトリック教会に批判的な感情を抱きつつあったヘミングウェイにとって、このとき出会ったクレンドニングはまさしく自らの思いを代弁してくれるプロフェッショナルな医者として感じられたことだろう。

2. ある信者の手紙

クレンドニングは当時、全米の新聞で「食品と健康」というコラムを担当しており、読者から健康相談を受け付けていた。一九三二年にクレンドニングはヘミングウェイに、読者から大量に舞い込む相談の手紙の中から六通を渡す。そのうちの二通から、ヘミングウェイは「ある読者の手紙」と「よのひと忘るな」というふたつの短編小説を書き上げる。

「ある読者の手紙」はヘミングウェイの全作品の中でもっとも安易に書かれた作品であるといわれている。[5] カーロス・ベイカーは「アーネストはその手紙を少しだけ編集し、日付と場所の名前を変え、短い導入部と結末をくっつけた。できあがったのが「ある読者の手紙」である。おそらくは彼のこしらえた中でもっともぞんざいに作られた短編だろう」と述べている（Baker, *Life* 227）。この作品は短い導入部分で、ある女性が新聞の医学コラムを見、その執筆者の医者に助けを求めることを決意し、手紙を書き始めるところが描かれる。その手紙が作品の大部分を占めるが、これがクレンドニングから譲り受けた手紙をほぼそのまま掲載しているのである。そこでは軍隊から帰ってきた夫が「シフィラス」という病にかかっており、治療がすめば大丈夫という夫を信じてもよいのかどうか悩んでいるというのだ。手紙に続く結末部分はその女性の内的独白となっており、「私のキリスト様」に向けた悲痛な叫びが綴られる。

この手紙の中で女性は梅毒（syphilis）という単語を「シフィラス」（sifilus）と綴り間違っているが、これはこの女性が梅毒という性病について十分な知識を持っていないことを示している。夫と性交渉をもつことを「夫と一緒に生活する」（live with him）、「夫と密接な関係を持つ」（come in close contact with him）などと婉曲的に語ることからも、この女性が性に関して抑圧的な社会にいることが明らかになる。だからこそ地元の医者には相談できず、わざわざ新聞のコラムに投稿するのである。にもかかわらず、夫との性交渉が危険なのではないかと恐れていることから、「シフィラス」の正体が性病であることを漠然と知っている。十分な知識がないがために余計に病に対して恐怖をあおられ、無用に苦しむことになるのである。

これはまさしくクレンドニングが『人間の身体』で訴えていた、性に抑圧的なキリスト教的価値観の弊害そのものである。クレンドニングは「売春の公的規制と管理は常に信心深いふりをした間違った世論によって妨害されてきた。キリスト教の聖職者たちは、十戒の七番目の掟（姦淫をしてはならない）が教会員にいちどでも破られたことがあると認めるくらいなら、子供たちが病にかかり、女性たちが傷ついて子供が産めなくなり、赤子が盲目になった方がよいと考えているのだ」と教会を手厳しく非難している（qtd. in Smith, "Doctor" 38)。実際には売春婦と関係を持つ教会員は数多くいることを知っていながらそのような現実から目をそらし、教会の理想がさも守られているかのように振る舞うために社会の害悪が野放しにされ、その結果関係のない女性や子供にまで無用の苦しみを与えているという状況をクレンドニングは批判しているのである。

しかしヘミングウェイの描くこの手紙の書き手は、最終的には医者にではなく、「私のキリスト様」に慰めを求める。

たぶんこの人［コラムを担当する医者］ならどうすればよいか教えてくれるだろう、と彼女は思った。たぶんこの人なら教えてくれるだろう。だって新聞の写真では知ってそうに見えるもの。本当にかしこそうだもの。毎日この人は誰かにどうすればよいか教えているんだもの。でもこんなにも長いあいだ。長いあいだだわ。長いあいだ待っていたんだから。私のキリスト様、長いあいだ待っていたんです。あの人は言われたところに行かないといけないんです、それは分かっています。でもなぜあれにかかったのか分からない。ああキリスト様、あんなのにかからなければよかったのに。何をしたせいでかかったのかなんて気にしない。でもキリスト様、あんなのにかからなければよかったんです。あんなのにかかる必要なんてないと思うんです。どうすればよいか私には分からない。キリスト様、あの人がどんな病気にもかからなければよかったのに。どうしてあの人が病気になったのか分からない。

(CSS 321)

「長いあいだ」待っていたことをしきりに訴え、夫がその病に「何をしたせいでかかったのかなんて気に」ならないとまで言うこの女性は、これまで夫がいないあいだ我慢し続けてきた性欲を抑えがたく感じている。表面上、婉曲語法を使って性に関する事柄を押し隠しながらも、内面では性欲を抑えられないのである。この状況自体がクレンドニングの批判するような性への言及を抑圧する社会のメタファーになっていることは明らかであるが、最後には「私のキリスト様」に慰めを見いだす点を見逃してはならないだろう。この女性は助けは医者に求めながら、慰めは神に求めているのである。ポール・スミスはヘミングウェイがクレンドニングに同調し、「キリスト教の聖職者たち」を非難していると主張しているが、ヘミングウェイが非難を向けているのはあくまで無用の苦しみを生み出す社会の慣習や教会の押しつける戒律に対してであり、神に対してではない。宗教制度のいびつさを批判したのであって、宗教そのものが無効であると考えていたわけではないのだ。

この姿勢を非常によく表していると思えるエピソードを、グレゴリーが伝記で記述している。フロリダのエヴァーグレイズ湿地を前にして父親は神について語る。

「この土地を目にしてなお神の存在を疑うことができるだろうか、ジグ［グレゴリーの愛称］」私には父が答えを期待していないことが分かっていた。

「だが私は他の土地も見てきたんだ」と父は続けた。「おそらく神にも調子のいい日と悪い日があるんだろう」

「お父さん、前は神について冗談を言うのは冒瀆だって言ってたじゃないか」と私は言った。
「宗教組織についてはよく冗談を言ってきたよ。聖書の押し売りをやる連中だって私と同じくらいしか神のおことばを理解してやいないんだから。つまりたとえばわれらの主が十字架にかけられているときに主をからかおうとは思わないが、主が神殿から両替商を追っ払おうとしているところに出くわしたら、冗談でも交わしてみたいと思うよ。[6]
「しかし決して他人の宗教をその人の面前で冗談にしてはいけない」と父は戒めた。「とてつもなく多くの人々が自分の信じる宗教から慰めを得ているんだ。自分が正しいかどうかなんて誰に分かるものか」(G. Hemingway 75-76)

これはヘミングウェイがカトリックから決別したと言われる三〇年代から十年以上もたった時のことであり、この段階でヘミングウェイがいまだ信仰心を持ちながら組織化された宗教や戒律に対して不信感を抱いていること、そして他人の宗教に寛容であろうとしていることが見て取れる。この姿勢は「ある読者の手紙」の結末をきわめて明快に説明しているように思える。

このことはもうひとつの「よのひと忘るな」でさらに複雑に描かれる。この作品はホーラスという新聞記者がクリスマスの日に病院へと取材にやってくるところから始まる。実はその前日、ホーラスのたまたま居合わせたところにひとりの少年が現れ、突然自分を去勢してほしいと言い出した事件があった。担当したのはドク・フィッシャーとドクター・ウィルコックスというふたりの医者であるが、理由を問いただしてみたところ、少年は非常に信心深く、芽生え始めた自分の性欲を恐ろしい罪悪であると感じていたのである。少年は自らの性欲を「あの恐ろしい肉欲」と呼び、「純潔さに対する罪」であると見なしている（CSS 299-300）。少年は医者がどうしても去勢してくれないと知って、いったんは家に帰るが、その後剃刀で自らのペニスを切り落として同じ病院に運ばれてくる。物語はそのことをふたりの医者がホーラスに伝えるところから始まり、少年がこのクリスマスの日に出血多量で死ぬかもしれないことを伝えて終わる。

この作品のもとになったクレンドニング宛の手紙は、作品で描かれる少年と同様、自らの性欲を罪悪であると考えて苦しむ少年からのものである。「ある読者の手紙」と合わせてみるならクレンドニングがヘミングウェイに手紙を渡した理由は明白であるように思える。クレンドニングは時代遅れの宗教的価値観を持つために無用に苦しむ人々の状況を訴えたかったのであろう。あるいはヘミングウェイに託すことによって、世に訴えてもらいたかったのかもしれない。そしてヘミングウェイはその手紙にもとづいて間違った信仰心と適切な性教育の欠如が引き起こす悲劇を描き出したのである。「患者の願いを聞き入れ、連邦法への敬意を欠いていたためにトラブルに巻き込まれた」（CSS 300）ことがあるというドク・フィッシャーは、違法に堕胎を手がけていた人物であるらしいが[7]、この作品はカトリックの戒律によって堕胎を許されないポーリーンの状況を描いているとも読めるだろう。堕胎が人命を軽視した時代遅れの戒律であるとするならば、その間違った宗教的価値観をもちつづけることで、この少年のようにポーリーンも悲劇的結末を迎えるかもしれない。そしてその選択は医学的価値観から見れば、この少年の行為と同じくらい愚かなものなのである。

ドク・フィッシャーはこの少年に対して親身に応対し、自らはキリスト教徒でないにもかかわらず時にカトリックの用語を用いながら（「君に信仰心があるのなら君の訴える状況は決して罪などではなく、秘蹟を成就する手段だということを思い出しなさい」［CSS 300］）少年の身体に起こっている状況を医学的に説明して少年を思いとどまらせようとする。[8] この姿勢は「決して他人の宗教をその人の面前で冗談にしてはいけない」と息子を戒めるヘミングウェイを思わせるものであるが、患者の苦しみに共感し、法律を破ることをもいとわない有能な医者として描かれるのである。そのドク・フィッシャーがユダヤ人であり、キリスト教徒でないのはヘミングウェイの教会からの距離感を表しているのかもしれない。

　しかしこの作品もまた「ある読者の手紙」同様、宗教に対して医学の価値観を無条件に賞賛しているわけではない。もうひとりの医者ドクター・ウィルコックスはドク・フィッシャーとは対照的に自らの医学的価値観に固執するあまり少年の宗教観や苦しみに一切共感を寄せようとはせず、「お前は忌まわしい（神に呪われた《goddamned》）馬鹿野郎だ」「出て行ってマスでもかきやがれ」「こいつを放り出せ」（CSS 300）とののしるばかりである。ドク・フィッシャーが医学的立場を代表するとしても、ガイドブックを参照しなければ治療できない無能なドクター・ウィルコックスもまた正式な医者であり、結局少年の命を助けることができないのである。ドク・フィッシャーがユダヤ人であることを揶揄し、しつこく攻撃を加えるドクター・ウィルコックスのセリフで終わるこの物語が、必ずしも医学礼賛で終わっていないことは明白であろう。

3．父と子と自殺

このように見てくると一九三〇年代のヘミングウェイが教会から距離を置き始めていたという説は、必ずしも間違いではないものの、留保すべき点が多々あることが分かるだろう。教会制度の一部に疑問を抱きながらも必ずしも信仰を失ったわけではなく、また無条件に医学を礼賛していたわけでもない。その両極で揺れ動いていたという意味ではそれ以前と同様の状況であったとも言える。たとえこの時期、ポーリーンの帝王切開をきっかけにして教会から以前より距離を置こうとしたと考えたとしても、先にも見たように『勝者には何もやるな』の十四の短編のうち直接宗教に言及のある作品だけで半分の七編というのは少し異様に思える。「距離を置き始めた」というよりもむしろ、より強いこだわりを持ち始めているようにも見えてこないだろうか。このあまりにも執拗な教会批判は、逆説的にヘミングウェイが教会から距離を置こうとしながらも、そこに捕らわれ、逃れられなくなっていることを示しているようにも思える。このヘミングウェイの教会批判への強いこだわりは、ポーリーンの帝王切開だけでなく、二八年十二月に起こったヘミングウェイの父親の自殺がかかわっていることを最後に明らかにしたい。医者である父が教会に禁じられた自殺という形で世を去ったことは、信仰と医学的価値観の間で揺れ動くヘミングウェイに大きな影響を与えたはずである。以下、多少遠回りであるように思えるかもしれないが、まずは当時のヘミングウェイと父親の関係を確認する。

「ある読者の手紙」が性病をめぐる抑圧を描き、「よのひと忘るな」が少年への性教育の欠如を描いているとするならば、両者に共通しているのは性に関して口にすることのタブーが原因であるということである。『勝者には何もやるな』の最後に置かれた「父と子」ではヘミングウェイの父親をモデルとしたアダムズ医師がまさしくそのタブーを体現する人物として描かれる。アダムズ医師は狩りや釣りと違ってセックスに関しては「信頼できない」とされているが（CSS 370）、性に関して次のように息子に教える場面が描かれる。

「このちびの畜生《バガー》め」ニックはそう言ってりすの頭を木に向かってたたきつけた。「こんなに噛みつきやがった」

父はそれを見て言った。「きれいに吸って、家に帰ったらヨードチンキを塗っておきなさい」

「この畜生《バガー》」ニックは言った。

「バガーってなんのことか知ってるかい？」父が尋ねた。

「僕らはなんだってバガーって呼んでるよ」ニックは言った。

「バガーというのは動物と性行為をする人間のことだ」

「どうして？」ニックは言った。

「さあね」父は言った。「だが忌まわしい悪行だ」

そのことを聞いて、ニックは想像力をかき立てられると同時に恐ろしくもなった。いろいろな動物のことを思い描いてみたが、どれも魅力的でもなければ実用的でもなかった。（CSS 371）

この直後にもオペラ歌手が性的いたずら《マッシング》をしたという新聞記事を読んで「マッシング」ということばの

意味を聞くニックに対し、アダムズ医師は「もっとも忌まわしい悪行のひとつだ」としか答えない（CSS 371）。こういった記述に加え、ヘミングウェイの父クラレンスが厳格なプロテスタントの教育を施していたこともあり、従来ヘミングウェイ研究者はクラレンスが「父と子」で描かれているように性に対して非常に抑圧的であったと捉えてきた。しかしマイケル・レノルズも触れているように実際にはクラレンスは一九一五年にボーイズ・ハイスクール・クラブで短い性に関する講演をしている（Reynolds, *Young* 119）。息子に対して具体的にどのような性教育をしていたのかは記録が残っていないが、「父と子」のアダムズ医師のように性に関してまったく「信頼できない」わけではなかった可能性が高い。

ところがヘミングウェイがパリ版『ワレラノ時代ニ』を出版した際、特にその第九章を読んでクラレンスは激怒する。そのときの様子をヘミングウェイの一歳上の姉マーセリーンが記録している。

お父さんは自分の息子がここまでキリスト教のしつけを忘れ、この本に含まれるような題材や下品な表現を使ったことに激怒し、六部とも包装し直してパリのスリー・マウンテンズ・プレスに送り返したのだ。お父さんはアーネストに手紙を書いて、紳士たるもの医者の診察室以外の場所で性病について語ったりはしないものだと伝えた。（Marcelline 219）

この事件以後、ヘミングウェイはしばらくのあいだ父を恨み、オークパークの故郷と連絡を絶つことになる。それは自分の最初の短編集が父に受け入れられなかった悔しさもあったであろうが、なによりかつて森の自然に目を開いてくれた父親が性病という現実に対して目を背けるべきであると主張することが、ヘミングウェイにとっては裏切り行為に感じられたのではないだろうか。そしてそれは何より母親のセンチメンタルな宗教観（第一章参照）に与する行為でもあった。マーセリーンは母親が『日はまた昇る』を読んだ感想もまた記録しているが、それはまさしくヴィクトリア朝的センチメンタリズムの典型である。「「私にはそんな頭のおかしな連中のことがさっぱり理解できないの」と、レイディ・アシュリーについて述べた。「マース、正直なところどうしてあの子はこんなに下品な連中やこんなふしだらな題材を書くのかしら。世の中には美しいもので満ちあふれているのに、どうしてあの子はドブから考えやことばを拾ってこなければいけないの」と尋ねるのだった」（Marcelline 240-41）。「医者とその妻」が、幼少期のヘミングウェイが母親よりも父親に共感していたことをニックに託して描き出した作品であるとするならば、「父と子」で描かれる、性に関して抑圧的で「父はまたセンチメンタルでもあり、たいていのセンチメンタルな人がそうであるように、父も残酷でありながらひどい目に遭わされてもいた」と描き出される父親像には、自分を受け入れずに母親の価値観に与した父への非難が込められているのかもしれない（CSS 370）。

ポーリーンの最初の出産の際、ヘミングウェイは妻の実家アーカンソー州ピゴットに滞在していたが、偏狭なピゴットはヘミングウェイにとって「キリストの腐肉のような土地」（Baker, *Life* 194）でしかなかった。少年時代に夏を過ごした北ミシガンが恋しくなってきたヘミングウェイは、かつて父に狩りと釣りを教わった夏の別荘で両親と再会し、ポーリーンには別荘からすぐ近くのペトスキーで出産させることを思いついた。そして父に宛ててペトスキーの病院の状況を問い合わせた手紙を書くが、クラレンスはそれに対して「ペトスキー病院は実際のところせいぜい地元の急患に対処するのが精一杯」であり、ミシガンは妊婦には涼しすぎるので、カンザス・シティかセント・ルイスの病院で出産したほうがよいと答えている（L. Hemingway 107）。おそらく父親は医学的な観点からアドバイスをしただけなのだろうが、ヘミングウェイはこの拒絶を後々まで引きずっていたようである。ヘミングウェイの弟レスターの書いた伝記の新版にはこれまで出版されてこなかった家族宛の手紙が付録として掲載されているが、パトリック出産後の家族宛の手紙では、この時ミシガンに行けなかったことをかなり恨みがましく書いている。

お父さんはウィンデミア［ミシガンのワルーン湖畔にあるヘミングウェィ家の別荘］に来るように言っていますが、お母さんの話だと八月十九日には出発しているということだし、その日までにどうやって行っていいのか分かりません。少し前に子どもが生まれる前ならオークパークまで行ってお目にかかる時間があったのは分かっていましたが、そう手紙に書いた時にはお父さんは反対しましたよね。生まれたばかりの子どもがいたら夏のあいだあちこち飛び回ったりできませんしどこへ行くにしてもしばらくそこに滞在し続けないといけません。ピゴットから［出産前に］お父さんにワルーン湖のコテージに行きたいとお願いしましたが、賛成してくれなかったじゃないですか。（L. Hemingway 290）

産婦人科医であったクラレンスはさらに息子が来ることを拒絶した手紙で、それに続けて「もしオークパーク病院で私にお前の妻の世話をしてほしいというのならよろこんで出産を執り行ってあげよう」と提案をしている（L. Hemingway 108）。しかし「アーネストは父親に出産の手助けをしてもらうつもりはなかったので、もとの予定通りカンザス・シティで出産させることに決めた」[9]（Hawkins 93）。かつて少年時代を過ごしたミシガンの森を父に拒絶され、その後父の提案する医療を拒絶するというのは、ヘミングウェイにとって象徴的な意味を帯びていた可能性がある。自分を裏切って母の価値観にしたがった父を、いわば医者として否定することになるからである。そしてその否定が後になってヘミングウェイにとりわけ重くのしかかってくるようになるのは、この出産からわずか五ヶ月あまりしかたたない時期に、クラレンスが拳銃自殺をしたからである。状況は異なるものの帝王切開手術をめぐるいきさつが父親の自殺という結末に至ったことで、ヘミングウェイは五年前に父の失敗を描き込んだ「インディアン・キャンプ」を思い出していたかもしれない。

4. 父の博物誌

父親の葬式に出席したことは、ヘミングウェイをさらなる教会制度批判に向かわせた可能性がある。自殺は言うまでもなくキリスト教では大罪であり、[10]オークパークの偏狭なキリスト教コミュニティでは白眼視の対象となったのである。ヘミングウェイの弟レスターはこのときのヘミングウェイの態度を以下のように記録している。

父親の葬式の直前はあまり触れたくないような状況になっていた。父は教会執事の役職についていたが、多くの信徒たちの生活については内密の事情にまで通じていたのだ。多くの地域住民の狭量で偽善的な観点からすると、父の自殺は徹底的に名誉を汚す行為であったのだ。三十年前のことだったので心の病と言ってもほとんど理解してもらえなかった。アーネストは機会を見つけると私を脇に呼び、現実に起こったこととそのアーネストなりの解釈を話して聞かせた。

「葬式のときに俺は泣きたくない。分かるな。泣き出す連中もいるだろうが、それは放っておけ。しかし俺たち家族は泣かないぞ。俺たちはお父さんが生きた人生と、お父さんが教え、手助けした人たちに敬意を払うためにここにいる。もしその気があるのなら出来る限り一所懸命に祈ってお父さんの魂を煉獄から救い出すんだ。この辺りには自分のことを恥じる異教徒どもがたくさんいる。連中はこれですべて終わりだと思っていて、まだこの先も魂が続いていくということが分かってないんだ……。」(L. Hemingway 111)

この引用から明らかなように、ヘミングウェイは教会員の律法主義に対して批判的である一方、祈りに「父の魂を煉獄から救う」効果を信じている。また、前節で論じたようにヘミングウェイが医者としての父を否定した直後に自殺をしたことから、ヘミングウェイが父の死に多少なりとも罪の意識を感じていたとするならば、この祈りは父を煉獄から救うだけでなく、自分の魂を慰めるためのものでもあっただろう。

この父の自殺についてはじめて作品中で言及したのは一般的には「父と子」であるとされ、書かれたのは三二年の暮れになってからのことであった。しかしヘミングウェイはそれ以前にも父の自殺を作品に書き込む試みをしており、そのひとつが「死者の博物誌」であることが草稿研究から明らかになっている。当初は父親の死に関する記述が見られたが、出版までに削除されたのである。削除された部分で語り手は次のように語っている。「魚の死に方は両親や友人の死と同じくらい得るところが大きい」、「両親のどちらかが暴力的な手段で自らの命を絶った場合、博物学者はまたしても観察の機会を奪われてしまうことになる。なぜならちょうどそのとき他の場所にいるかもしれないからである。……これは不運なことである」(qtd. in Smith *Reader's* 231)。魚の死と比較したり、両親の死の「観察の機会」を失うことを残念がったり、自殺した父親に対して冷淡にも見受けられる記述であるが、自殺したことを強く非難することで結果的に父への愛情の深さがにじみ出ているとも言えるだろう。しかしこの記述は結局この段階では出版されることはなかった。「父と子」でニックは「書くことでこれまで多くのことを取り除いてきた。しかし［父について書くのは］まだあまりにも早すぎた」と書いているが (*CSS* 371)、この削除された一節は「まだあまりにも早すぎた」のである。

「死者の博物誌」は語りのトーンが前半と後半で大きく異なり、その一貫性の欠如からこれまでそれほど高く評価されてこなかった。前半は主に前世紀までの博物学者たちのキリスト教的ヒューマニズムを皮肉を込めて批判する疑似論文調で書かれている。ヒューマニストの博物学者が描き出す自然は神の摂理を前提としたセンチメンタルなものである。たとえばマンゴー・パークが砂漠で行き倒れになりそうになったとき、非常に美しいこけの花を目にする。「このような世界の辺境で、ほとんど重要性もないように見受けられるものを植え、水をやり、完璧な姿にまで育てた神が、自分の姿に似せてお作りになった生き物の陥った苦境と苦しみを何の心配もせずに見過ごすようなことがありうるだろうか」と考えたマンゴー・パークはその後、元気を取り戻して生き延びるのである。このようなヒューマニストに対して語り手の提示する「死者の博物誌」は、目を覆いたくなるような悲惨な状況である。ミラノの弾薬工場が爆発した後処理に向かったときの体験談では、死体の詳細な描写がなされ、戦場での死者の腐敗していく様子が記述される。語り手は「不撓の旅行家マンゴー・パークが暑い日に戦場にいたとしたら、いったい何を見て自信を取り戻すのだろうか。［中略］初夏の空気を胸いっぱいに吸い込んだり、マンゴー・パークのように神の姿に似せて作られた云々といった考え方をしたりするような旅行家はほとんどいないだろう」と結論づける（CSS 338）。その後も動物のように死ぬ人間や、粘液に息を詰まらせて死に、排泄物を垂らしながら死ぬインフルエンザ患者などを描き、最後に頭部を撃ち抜かれた将軍の話で締めくくる。

作品後半はこの疑似論文調の前半をドラマタイズしたものである。洞窟の中で頭が花瓶のように砕かれながらも薄膜と包帯でかろうじてくっついている瀕死の重傷を負った兵士が死体置き場に置かれたままいつまでも死なないで生き続けているが、その兵士の呼吸をする音が周囲の兵士をおびえさせる。「聞かなければよい」と冷たく言い放つ軍医に対して自らをヒューマニストであると自認する砲兵将校がモルヒネを投与して死なせてやるように言う。モルヒネを無駄にしたくないという軍医に、将校はその兵士を楽に死なせてやるために銃で撃ち殺すと言うが、軍医はそれすら許可しようとしない。激怒した将校は軍医につかみかかろうとするが、軍医はヨードチンキの皿を投げつけて将校の目を一時的に見えなくする。ちょうどそのとき、問題の兵士が死亡したという知らせが入るが、将校は「お前のせいで目が見えなくなった」と叫び続けている。軍医は他の兵士に将校を押さえつけさせ、「彼は今ひどい痛みを感じているのだ。しっかり押さえつけておきなさい」と言って物語は終わる（CSS 341）。

前半部分の最後に言及される頭を撃ち抜かれた将軍や後半部分で花瓶のように頭を砕かれた兵士など、頭を砕かれた人物のイメージを中心に作品が展開すること、そして父親の葬式から帰った直後に作品が書き始められていること、さらにこの後で言及するように最初の原稿で父の死に関する直接的な言及があったことなどから、ポール・スミスはこの作品が父の死体を見たことが着想になっていると指摘する。「結局のところ、息子の自然観察の手ほどきをした最初の博物学者であり、十九世紀の理想主義を教え込み、頭に銃弾を撃ち込むことでその理想主義を吹き飛ばしたのはクラレンス・ヘミングウェイ医師に他ならないのだ」（Smith, *Reader's* 238）。

博物学者としてのクラレンスをこの物語に重ね合わせるならば、キリスト教的センチメンタリズムで自然観察をする博物学者への激しい攻撃は父への複雑な感情にもとづいていると考えられる。ここで描かれる死体の描写はヴィクトリア朝的感受性にはとうてい受け入れがたい悲惨なものであり、ヘミングウェイの両親の価値観を壊そうとするものとして考えられるだろう。先に引用した削除された一節でも父親の自殺を非難していたように、この作品でヘミングウェイは父親の特徴と思われるものをすべて破壊しようとしているようにも思える。父親の自殺は直接的には金銭問題が原因であると考えられるが、厳しい現実と向き合うことを拒否し、そこから目をそらしてしまった父親に対して、ヘミングウェイは目を背けたくなるような陰惨な戦場の情景をことさらに露悪的に並べ立てているのである。

前半でヒューマニストの考え方を茶化していた皮肉な語り手は、後半のダイアローグでは姿を消して自分の考えを明確にしない。しかし前半でのキリスト教ヒューマニストへの強い侮蔑を前提とすると、後半でもこのあまりに冷淡な医者の方により共感していると考えるのが自然であろう。[11] そしてその姿は医者クラレンスの姿とは大きく異なるものであり、いわば父とは正反対の医者を理想として描くことで自ら命を絶った父親の臆病を断罪しようとしたのである。ヒューマニストのセンチメンタリズムに対して、瀕死の状態の兵士を安楽死させてやる必要もないと考える医者の価値観を語り手が支持しているとするならば、ここで語り手はヘミングウェイの父親のように自殺するのではなく、苦しみながらも生き続けることを、モルヒネを投与することなく「ギャンブラーと尼僧とラジオ」で作家フレイザー氏が夢想するように「麻酔なき手術を受ける」（CSS 367）必要性を主張しているのだろう。

しかし先にも述べたようにこの父親への断罪は、父への大きな期待の裏返しであり、逆説的に父への愛情を暴露してもいる。そのひとつの証拠がこの作品のもっとも初期の原稿に見られる。この原稿は出版された作品の後半の軍医と砲兵将校の会話のみで構成されているが、ふたりの会話は途中で終わり、以下の一節が続く。

> 彼［頭を砕かれた兵士］は次の日一日生きていた。そのころまでには彼がキリストであるという噂が広まっていた。（Smith, *Reader's* 231）

頭を砕かれた兵士に父親の死顔を投影していたとするならば、ここには父親の復活を願うヘミングウェイのセンチメンタルな宗教観が現れ出ているのではないだろうか。そして作品全体のトーンが現実逃避的な宗教性に対して現実を直視する医学的価値観の優位を描くものとしてまとまったとき、この一節は当然削除されなければならなかったのである。

5.「夜」の光

この時代、ヘミングウェイが神の光より医師の診察室を照らす蛍光灯の光を好んでいたとすれば、三二年に書かれたふたつの短編「世の光」と「清潔で明るい場所」はその傾向を如実に表していると言えるだろう。「世の光」というタイトルは「ヨハネによる福音書」の一節「イエスは、また人々に語ってこう言われた、「わたしは世の光である。わたしに従って来る者は、やみのうちを歩くことがなく、命の光をもつであろう」」（八：十二）をもとにしているが、マイケル・レノルズが明らかにしたように、ヘミングウェイが想定していたのはホルマン・ハントがこのモチーフをもとに描いた絵画「世の光」である（Reynolds, *Young* 104）。ヘミングウェイの母グレイスは第三会衆派教会にその絵の複製を寄付しており、教会活動に参加する中でヘミングウェイはその絵を頻繁に目にしていたことは間違いない。この絵ではキリストがカンテラを持って周囲を照らしながら、扉をノックしようとしている瞬間を描き出している。

しかしヘミングウェイの「世の光」が照らし出すのは世間の敵意と欺瞞と悪徳である。すでに多くの研究者が述べるように、この作品は少年が大人の世界に入っていくイニシエーションの物語とされているが、[12]冒頭のバーではバーテンダーが語り手[13]とその友人トムに対してあからさまな敵意を向けるところが描かれる。ほとんど追い出されたようにバーを去った後、語り手は「外に出るとすっかり暗くなっていた」と言う（CSS 293）。その後駅の待合室に入っていくと、後にホモセクシャルのコックであると分かる男に「ドアを閉めてくれないか？」「ドアを閉める気はないのか？」と二度にわたって要求され、語り手は暗闇をドアの外へと閉め出す。このように物語は外の暗闇と、内側の光に照らされた他者と交わる世界とを対比して描き出す。そしてこの待合室で演じられるのは木こりとホモセクシャルの、そして髪を漂白した売春婦と太った売春婦アリスの諍いである。そして後者の諍いは白人ボクサー、スティーヴ・ケッチェルをめぐるものであるが、ケッチェルは漂白した売春婦の語りの中で頻繁にキリストになぞらえられる（「ええ、イエス様に誓って、（by Christ）実の父親［に殺されたの］よ」、「私は神様を愛するみたいにあの人を愛していたのよ」［CSS 295］）。漂白した売春婦の語りはケッチェルと黒人ボクサー、ジャック・ジョンソンの有名な試合でケッチェルがノックアウトされた場面であるが、それは神と悪魔の戦いになぞらえられる。

ホルマン・ハント「世の光」

「スティーヴは私の方を向いてほほえみかけた。そしてあの地獄から来た黒い畜生が飛び起きて、不意打ちをしたんだ。スティーヴはあんな黒い野郎なんか百人いたってやっつけられたんだ」

「あいつはたいしたボクサーだったよ」と木こりが言った。

「神様に誓ってその通りだよ」漂白した売春婦が言った。「神様に誓ってもうあの人みたいなボクサーは出てこないよ。あの人は神様みたいだった、本当に。あんなに白くて汚れがなくて美しくて軽快で素早くて虎みたいだった、いえ、稲妻みたいだった」(CSS 296)

これはジョセフ・デファルコも指摘するように、三つの福音書で記述される荒野の誘惑のエピソードにおけるサタンとの戦いに言及したものであり（「マルコによる福音書」一：十二―十三、「マタイによる福音書」四：一―十一、「ルカによる福音書」四：一―十三）、「「白は善、黒は悪」という型にはまった公式にもとづいている」(DeFalco 85-86)。キリストと違って敗北するケッチェルは、実際には八百長にかかわる酔っ払いでしかなく (Fleming 288)、黒人と戦う白人ケッチェルは決して善ではない。そしてその虚飾に満ちた物語を語る売春婦は「髪を漂白した売春婦《ペロキサイド》」と呼ばれ、白と欺瞞とが結びつけられる。とりわけ作品中でケッチェルと並んでもっとも頻繁に「白い」と語られるのはホモセクシャルのコックである（「その声は白人のひとりだった。……顔は白く、両手は白くて細かった」[CSS 293]）。この作品では通常のイメージとは逆に、明らかに白／光の方が敵意、欺瞞、悪徳を表している。[14]

これはもちろん母グレイスのセンチメンタルな宗教に対する反発であるとともに、アリスの誘惑に後ろ髪を引かれながら夜の闇に去っていく語り手には父親の闇の教義に向かう姿が浮かびあがるようにも見える（第一章参照）。そしてほぼ同時期に書かれた「清潔で明るい場所」は、「木の葉で陰になった席に座る老人」を描くところから始まる（CSS 288）。明るく照らされたカフェにいながらいわば闇を好む老人を登場させているが、[15] 勝井慧はこの老人が最近自殺を図ったことから、ここにヘミングウェイの父の自殺を読み込んでいる（「ロング・グッドナイト」）。

舞台となるカフェを照らし出す光は「電灯の光」でしかなく（CSS 288）、神の光ではない。カフェのウェイターはその老人が自殺を図ったのは「無」に絶望したからであると説明するが、この「無」（"nothing" / "nada"）が物語のテーマであり、[16] 物語の最後ではウェイターの「主の祈り」と「聖母への祈り」を浸食する。この有名なナダの祈りが信仰の揺らぎを伝えるものであることは明白であろう。老人に共感するウェイターは、「若さと確信と仕事」を持つ若いウェイターに対して「これまで確信を持ったこともなければ若くもない」と言う。ジョージ・モンテイロはこの「確信」（"confidence"）がスペイン語では「信仰」を意味する "confidencia" という単語と同じであることを指摘しているが、そのような知識がなくとも、このウェイターの「確信」が（若い方のウェイターの「確信」がたんに「自信」という程度の意味でしかないのに対して）、「信仰」を意味しているのは明らかであるように思われる。年齢を重ねるにつれ、「死」と「絶望」を理解するようになった年長のウェイターは、信仰に確信がもてなくなっているのである。

しかしながら多くの先行研究が主張してきたように、だからといってこの作品は信仰を完全に否定した虚無主義の物語ではない。たとえばスティーヴン・K・ホフマンは「清潔で明るい場所を獲得する男はキエルケゴールとハイデガーが用いた意味での実存主義のヒーローである」と述べるが（Hoffman

177-78)、このような読みはこの時代のヘミングウェイが強迫的に信仰の喪失を何度も描き続けたことの意味を捉えきれない。[17]「確信」を持てないウェイターにとって「光」は「電灯の光」に過ぎず、信仰そのものがナダに侵されている状況が描かれているのは確かだが、そのような状況を描かなければならなかったのは信仰を失いつつあることに苦しんでいるからであり、このウェイターにとってはたとえ電灯の光であっても夜に光が必要なのである。だからこそ「私はカフェで遅くまで残っていたい人の仲間だ。……眠りにつきたくない人たちの仲間だ。夜に光が必要な人たちの仲間なのだ」と断言するのである(CSS 290)。

この作品の宗教性に関してはロバート・ペン・ウォーレンの以下の記述が非常に優れている。「眠れない男——死に、世界の無意味さに、無に、ナダにとりつかれた男——は、ヘミングウェイ作品に頻繁に登場するシンボルのひとつである。この側面から考えるならヘミングウェイは宗教的な作家である。多くの財産を持つことでは抑えられない絶望、たんなる不眠症という以上の眠れない絶望は、人が宗教を信仰することによって見いだすような秩序と確信を渇望しているにもかかわらず、信仰をもつ根拠をどうしても見つけられない男が感じる絶望なのである」(Warren 92)。この作品を虚無主義の物語として読むかぎり、我々読者はヘミングウェイの主人公たちの、そしてヘミングウェイ自身の、「信仰を持つための根拠を見つけられない」「絶望」に共感することはできない。自殺を試みた老人に共感する年配のウェイターこそが作品の価値観を体現しているのである以上、我々読者は若いウェイターのようにこの絶望に無関心でいるべきではない。

そしてこれら「世の光」と「清潔で明るい場所」は一見医学とは関係がなさそうであるが、両者とも作品末尾でさりげなく医学用語を潜ませている。前者においてアリスは漂白した売春婦に向かって「あんたには本物の思い出なんてありゃしない。あるのは卵管を切除したこととコカインやモルヒネを始めたときのことくらいよ」（CSS 296）と叫ぶ。「本物の思い出」とは漂白した売春婦が語る疑似キリスト的なケッチェルとの生活のことであり、いわば宗教性を否定して医学的事実を押しつけていると言える。もちろん本作執筆時に妻だったポーリーンは卵管を切除したりはしていないが、生殖能力を奪う手術が教会教義に反するものであるとともにヘミングウェイに妻のことを思い起こさせたであろうことも想像できるだろう。また後者の作品結末部でウェイターは内的独白によって「結局のところ、と彼は考えた、たんなる不眠症なのかもしれない。多くの人がかかっているのだから」と語る（CSS 291）。「不眠症」ということばはヘミングウェイ研究者にとってはあまりにもなじみ深いことばであるために気づきにくいが、実のところあれほど多くの眠れない登場人物を描きながらヘミングウェイが作品中でこの病名を用いたのはこの部分と「五万ドル」の二カ所だけである。それはヘミングウェイの眠れない登場人物たちの状況がたんなる医学的な病ではないからである。いみじくも「たんなる不眠症なのかもしれない」という話し方から分かるように、このウェイターが苦しんでいるのは病としての不眠症以上の何かでありながら、自分の感じる宗教的な「絶望」を医学的言説で簡単に説明してしまいたいと考えているのである。いわば電灯の光に、そして不眠症という医学用語に頼ろうとしながらも、それらが十分な助けにならないところにこそ、この当時のヘミングウェイの揺らぎが表れているのである。

父の自殺後、最初に着想された「死者の博物誌」は、一九三〇年代前半のヘミングウェイの、教会から医学へという価値観の移行を最初に記すものであった。そしてその後も「世の光」や「清潔で明るい場所」のように、まるで強迫観念のように信仰の不安が繰り返し描き出される。しかしそれは従来考えられていたようにたんなる教会制度の頑迷さから距離を置こうとしたというような単純な事情ではない。そこには父親に向けた愛憎が複雑に絡み合った結果、信仰の揺らぎとそのことに対する苦しみが込められているのである。光が照らし出すものがたとえどれほど醜いものであろうと、どれほど深い絶望であろうと、この時代のヘミングウェイの主人公たちはその光を必要としたのである。

注

［1］本書では『午後の死』を本格的に扱っていないが、この作品の宗教観については横山晃が父親の自殺と関連付けて論じている。

［2］それまでに出版された短編に未収録の短編五編と戯曲を加えた短編集としては『第五列と最初の四十九の短編』が一九三八年に出版されているが、未収録作品のみで出された短編集は『勝者には何もやるな』が生前最後のものである。

［3］正確には聖書には「世の光」という表現は三度現れる。「ヨハネの福音書」八：十二、九：五、および「マタイの福音書」五：十四―十六であり、最初のふたつの例ではキリストを指し、最後の例はキリストの信徒を指す。しかしマイケル・レノルズが明らかにしたように、ヘミングウェイが「世の光」というフレーズで念頭に置いたのは、ホルマン・ハントの同名の絵画であり、ここに描かれているのは閉ざされた扉の前でカンテラを持つキリストの姿である。ヘミングウェイの母グレイスはこの絵の複製画を家族の通っていた教会に寄付し、ヘミングウ

エイは子どものころ教会に行くたびにこの絵を見続けていたのである（Reynolds, *Young* 104-105）。

［4］ケネス・リンは『持つと持たぬと』に登場する作家リチャード・ゴードンの妻ヘレンがポーリーンをモデルにして作られた人物であると主張し、ゴードンが避妊用ピルと堕胎薬をカトリック教徒であるヘレンに強要していたことを引き合いに出して、ヘミングウェイが実際にはポーリーンにカトリックの戒律を破らせていた可能性を指摘している（Lynn 461-62）。

［5］この作品およびこの後で触れる「よのひと忘るな」に関しては拙著『引き裂かれた身体——ゆらぎの中のヘミングウェイ文学』で詳しく論じたので、ここでは必要最低限にとどめる。

［6］ヘミングウェイはこれとほぼ同様のことを一九五二年にハーヴィ・ブライト宛の手紙で書いている（*Letters* 767）。

［7］ドク・フィッシャーの堕胎に関してはジョージ・モンテイロが指摘している（Monteiro, "Hemingway's Christmas" 212）。また新関芳生はドク・フィッシャーの堕胎に関して当時の医学の歴史的状況から詳細に説明している（新関　二九六）。

［8］「秘蹟」（sacrament）はプロテスタントでは「聖礼典」と訳され、洗礼と聖餐のことを指すが、ドク・フィッシャーがここで言及しているのはカトリックの七秘蹟——洗礼、堅信、聖体、婚姻、告解・悔悛、叙階、終油——のことで、少年の性欲が「婚姻」を成就する手段であると説得しているのである。少年の宗派は書かれていないが、性に対して厳格なプロテスタントの信者であるとすれば、このドク・フィッシャーの説得は的外れであるとも言えるだろう。

［9］現在、ポーリーンの出産をめぐるヘミングウェイの手紙はベイカー版の書簡集には収録されておらず、ここで引用しているようにカーロス・ベイカーの伝記、ヘミングウェイの弟レスターの書いた伝記に分散している。またクラレンスが申し出た出産への手助けを断る手紙に関しては出版されていないため、ルース・A・ホーキンズによるヘミングウェイとポーリーンの結婚生活にフォーカスをあてた伝記を引用した。ケンブリッジ大学出版局で現在進行中のヘミングウェイ書簡プロジェクトの第三巻で公になるはずである。

［10］十九世紀の自殺観に関してはバーバラ・T・ゲイツ『世紀末自殺考――ヴィクトリア朝文化史』を参照。イギリスのヴィクトリア朝に関する研究書であるが、ここで描き出されるような自殺に対する激しい反応からも、キリスト教圏でいかに自殺が大きな罪であったかが見て取れる。

［11］ただしゲリー・ブレナーはそれとは異なった説を出している（Brenner, *Concealments*）。

［12］古くはジョセフ・デファルコがこの点で非常に説得力のある議論をしている（DeFalco 81-88）。またそれまでの先行研究を総括しながら、この作品がイニシエーションの失敗を描いていると主張するロバート・E・フレミングの論はこの作品のもっとも優れた論文であると言える（Fleming）。

［13］ほとんどの論者がフィリップ・ヤングにならってこの語り手をニック・アダムズと考えている（Young 56）。

［14］言うまでもないがヘミングウェイのホモフォービックな反応が同性愛者に強い敵意を向けさせているのであり、筆者の価値観ではない。ただし「男色」が聖書において一貫して「悪徳」と見なされていることは念頭に置くべきである。

［15］本書では十分に触れる余裕がなかったが、ジョージ・モンテイロはオリジナルの原稿を調査して、ヘミングウェイの詩「新トマス主義者の詩」がもともとは三十七行にわたる（エズラ・パウンドの手によって二行の詩として出版された）「詩篇」二十三を下敷きにしたセンチメンタルな詩であったことを明らかにし、この原稿から後に『武器よさらば』の冒頭の文章と「清潔で明るい場所」のふたつの作品が派生していったことを論証している。このことから短編の冒頭で老人が木の「陰」に座っていることと詩篇二十三の一節「死の陰の谷を歩く」という一節との関連性を論じている。

［16］もちろんこの作品の収められた短編集のタイトル『勝者には何もやるな』の原題 *Winner Take Nothing* にも“nothing”という単語が含まれていることには注意する必要があるだろう。ただしヘミングウェイが「清潔で明るい場所」でたんに“nothing”ではなくあえて“nada”というスペイン語を用いていることには大いに意味があろう。“nada”は英語の“nothing”とは異なり、「空、無常」というニュアンスを伴う。「伝道の書」の有名な一節「空の空」はほとんどのスペイン語訳聖書で“Vanidad de vanidades”と訳されているが、一部の翻訳では“Nada tiene sentido”

となっている。

［17］ほかにもジャクソン・ベンソンはこの作品を論じるにあたって「ヘミングウェイの見解では人が宇宙の中心にいないのと同様、道徳は神に与えられたものではなく、人が作り出したものである。……人の存在する位置と道徳的責任に対する見方こそが、ヘミングウェイの主人公の考えにおいてキリスト教が非常に重要な役割を果たすことが決してないことの理由なのである。キリスト教はヘミングウェイの意向によると、感傷主義と同列のものと考えなければならない」と主張するが（Benson 115-16）、「キリスト教」とひとまとめに捉えているために、父と母の宗教観の違いや（第一章参照）、カトリック改宗のことを視野に収められていない。

【コラム】　スペイン内戦

一九三六年七月、人民戦線政府に対し、軍部が反乱を起こし、スペインを二分する内戦が勃発する。ヘミングウェイはそれまで政治に無関心な作家として左翼批評家から非難されていたが、この内戦をきっかけに左翼雑誌『ケン』にナチスの支援を受けて反乱を企てたファシスト、フランコ将軍を強く非難する記事を送り始める。カトリック教会がフランコを公然と支持したために、ヘミングウェイは記事の中で自らはカトリック教徒でありながら教会を批判する。その後ヘミングウェイは映画監督ヨリス・イヴェンスを始めとする共産主義者たちと協力し合い、『スペインの大地』というドキュメンタリー映画を作る。結局スペイン内戦は三九年一月にバルセロナ、三月にマドリードが陥落し、フランコの勝利に終わる（長谷川　一九六一九八）。

第6章 革命家の祈り
——政治と宗教の狭間で

1．革命か教会か

ヘミングウェイは一九三〇年代なかばにいたるまで、政治に無関心な作家として当時の批評家に批判されてきた。一九二九年の世界恐慌以来、不況が続く中、ヘミングウェイは闘牛を論じた『午後の死』やサファリ旅行を描いた『アフリカの緑の丘』など、世の中の状況を無視するような作品を書き続けることに、特に左翼作家や批評家から強い非難を向けられていたのである。一九三七年の『持つと持たぬと』で徐々に政治的内容を描き始め、スペイン内戦が勃発するとついに政治とは無縁でいられなくなるのである。

しかしながらヘミングウェイの政治性はこれまであまり研究対象とはなってこなかった。ケアリ・ネルソンやケネス・キナモンなど、一部の左翼研究者がヘミングウェイの共産主義とのかかわりについて触れてきたが、ヘミングウェイの共産主義への姿勢が時期に応じてきわめて矛盾しているため、この時期の政治への参入は一過性のものと考えられたのである。時に公然と共産主義を批判し、距離を置き、その政治的態度はしばしば揺れ動いていたために、現在ではごく少数の左翼研究者がヘミングウェイの左翼思想のみを強調する一方で、その他大半の研究者はヘミングウェイの反政治的言説のみを取り上げ、政治に対する言及を無視してきたのである[1]。

本章はこれまで研究者たちを悩ませてきた政治と宗教に関するヘミングウェイの矛盾する態度を、複雑に絡み合った同一の問題として扱うことによって、ヘミングウェイの政治姿勢と宗教観が一貫していなかった理由を考え直す試みである。スペイン内戦という、宗教と政治双方の大きな転回点を中心に据えることで、ヘミングウェイの信仰心と左翼思想への共感がたんに日和見的に揺らいだだけではなく、ヘミングウェイの内面を大きく引き裂いていたと考えることが可能となる。そして『誰がために鐘は鳴る』全体に行き渡る宗教的イメージが、教会を裏切ることへのヘミングウェイの罪の意識を反映していることを明らかにする。

2．共産主義とカトリックの排他性

二十世紀の歴史を概観すれば、共産主義が強固なヒエラルキーで構成されたカトリック教会と敵対する傾向にあったことは周知のことである。したがって共産主義革命においてはしばしば教会が攻撃対象とされてきた。この共産主義と宗教の排他性には、ヘミングウェイも早くから気づいていた。一九二五年の短編「革命家」[2]では、信仰心と共産主義思想に引き裂かれた主人公を描き出しているのである。一九一九年三月にハンガリー革命が起こり、クーン・ベラによる革命政権が誕生するが、このときのいわゆる赤色テロで、ハンガリーの教会は共産主義者によって襲撃される。ところがその後、ルーマニアの援助を受けたホルティ・ミクロシュが六月に反革命の軍事蜂起をし、十一月には政権を奪取する。この際にホルティが行った白色テロは、教会を共産主義者から守るための「キリスト教の大義」と呼ばれ（Jászi 159）、教会の名のもとに、赤色テロの数倍の規模の弾圧を行ったのである。ホルティが政権を取ってからわずか数年のあいだに、処刑された共産主義者、あるいは共産主義者と見なされた人物は五千人に上り、七万五千人が投獄され、十万人が国外逃亡することとなった（Tőkés 214）。

「革命家」はこのような政治状況を背景にしている。ハンガリーからイタリアに逃亡中の主人公は、軍事蜂起したホルティが「キリスト教の大義」と呼んだ白色テロの犠牲者である。また、主人公はイタリアの宗教画の複製を買い集めていることからも分かるように（「ジオット、マサッチョ、ピエロ・デラ・フランチェスカの複製画を買い、『アヴァンティ』[3]誌にくるんで持ち歩いている」［CSS 119］）、非常に信心深い人物であることが読み取れる。つまりこの作品には、信心深い共産主義者の若者が、自分の政治信条にしたがって行動したために、自分の信じる教会によって迫害されるという、非常に悲劇的な状況が描き出されているのである。

主人公が買い求めた宗教画の複製を共産党の機関誌である『アヴァンティ！』で包んで持ち歩くのは、自分の信じる政治と宗教とが平和に共存することへの願いを表していると考えられる。しかし物語の結末で主人公はスイスの「シオンの近くで投獄」されてしまう。このシオンは実在の地名であるが、もちろんこの作品の宗教的コンテクストに照らし合わせるならば聖書における神の都を指すことばとして機能する。つまり革命家は神の都に入ることができなかったのであり、すなわち彼の願った宗教と政治の共存は達成されなかったのである。そしてこの革命家の置かれた状況はその十年後にヘミングウェイが感じたジレンマを予言しているかのようである。これまで論じてきたようにヘミングウェイは多くの作品でカトリックのモチーフを描いているが、スペイン内戦の時には一転して共産主義者と共同し、ファシズムを支援したスペイン・カトリック教会を激しく批判・攻撃した。つまり共産主義にコミットすることである意味で教会を裏切らざるをえなかったのである。

ヘミングウェイは「革命家」以後も共産主義とキリスト教の関係を何度か作品のモチーフとして使っているが[4]、やはりこの宗教と政治のあいだの葛藤をもっとも深く描き出したのは、スペイン内戦を主題とした『誰がために鐘は鳴る』であると言えるだろう。H・R・ストーンバックはこの作品を宗教的観点から読んだ数少ない研究を残しているが、そこで「ヘミングウェイのデザインはスペイン人登場人物のほとんどが（そこにはジョーダンも含まれる）、かつて共和国が（中略）排除しようとした宗教をもういちど取り戻し、より深く理解しようとする方向に向かう様を描くことにある」（Stoneback, “Priest”

103）と述べている。ストーンバックは作品を最終的にカトリック信仰に収斂する物語として読もうとしているが、後に詳しく論じるように、必ずしも作品はキリスト教の価値観を無条件に受け入れているようにも思えない。

また作品の政治性に関しても少数ながら左翼研究者が論じている。キナモンはこの作品が共産主義のプロパガンダとはなっていないことを指摘しながらも、「作品の根底にあるのは長年の革命左翼への共感と、スペインへの愛、そして共産主義者たちとの友情である」（Kinnamon 165）としているが、特に根拠が述べられておらず、作品中の明らかな反左翼的描写も説明がなされていない。

ストーンバックの論も、キナモンの論も、互いに都合の悪い点に目をつぶることで信仰心や左翼思想に作品を収斂させようとしているが、ヘミングウェイはこの作品を書く際に、宗教や政治のどちらかに向かったわけではない。カトリック信者でありながらもスペインのカトリック教会がファシズムを支援したことに失望し[5]、共産主義の統一戦線を支持せざるをえなかったのである。その結果、ヘミングウェイは「革命家」に描かれた主人公のように教会と共産主義とのあいだに引き裂かれていたのであり、だからこそ作品には信仰心や共産主義への共感を含めた多様な価値観が矛盾しながら併存することになったのである。その矛盾と葛藤の存在が、結果的にキナモンのような共産主義的視点からの解釈も、ストーンバックのような宗教的視点からの解釈も可能にしたのであり、同時にどちらの解釈にも矛盾を生じさせているのである。むしろ我々はこの作品を単一の読みに還元するのではなく、解消されることのない矛盾と葛藤をこそ読み取らなければならないはずである。

3. 神を失った共和国側と神に守られる反乱軍

この作品はアメリカ人ロバート・ジョーダンがグアダラマ山中に赴き、パブロ率いるゲリラ団の協力のもとで橋梁爆破の任務を実行するまでの三日間を描いた物語である。表面上、作戦の実行とそのあいだのマリアとの恋愛が主なモチーフとなっているが、その背景として一貫して描かれ続けるのは、教会を敵にまわさなければならなくなったスペインの人々の混乱である。スペインの人々はパブロの情婦ピラールが言うように「神を廃止」(*FWBT* 88 以下、本章においては『誰がために鐘は鳴る』の引用箇所は、括弧内にページ数のみ記す)した以上、「祈る」という手段を奪われている。その一方で反乱軍の中でもっとも大きな役割を演じるベレンド中尉は「敬虔なカトリック教徒」であり、「ナバラ出身のカルリスタ」[6]である(318)。ベレンドはエル・ソルドを首領とするゲリラ団を全滅させた際、その一員でまだ息のあるホアキンにとどめを刺す。その際、「十字を切ってから、ソルドが傷ついた馬を撃ったのと同じくらい素早く、そしてそのような不意の動きが優しいと言えるのなら同じくらい優しく、後頭部を撃ち抜いた」(322)と、敵に対して哀れみを持っているらしいことが描かれる。ゲリラの首をすべて切り落として持ち帰るようにというきわめて残酷な命令を下した後も、彼が頼るのは神への祈りである。

それから彼はもういちど十字を切り、丘を下りながら、亡き戦友の魂に安らぎが訪れるよう主の祈りと聖母への祈り《アヴェ・マリア》を五回ずつ唱えた。自分の命令が実行に移されるのを見ていたくはなかった。(322)

「自分の命令が実行されるのを見ていたくはなかった」のは、首を切り落として持ち帰ることの残酷さを理解しているためであろう。にもかかわらずそれを部下に命じられるのは、信仰の対象を持つことで贖いを求めることができるからである。仲間の死を悼むためとは言いながら、ベレンドはここでヘミングウェイの半自伝的登場人物ニック・アダムズが「身を横たえて」でするように、また『老人と海』で老人サンチャゴがするように、「主の祈り」と「聖母への祈り」を五回ずつ唱える。ソルドたちが首を切り取られたことを知ったゲリラの一員フェルナンドは「あのファシストたちはなんて野蛮人なんだ！あんな野蛮人どもはスペインから消し去らなきゃならないんだ。（中略）奴らには人間の品位が欠けてるんだ」（328）と叫ぶが、ベレンドはフェルナンドの言うような野蛮人として描かれているわけではない。野蛮人ではないからこそ、この「野蛮」な行為を実行するのに祈りが必要なのである。

またジョーダンは山中を偵察していた騎馬兵を撃ち殺すが、この若い兵士もまたナバラ出身の信心深い青年であることが描かれる。殺された兵士は赤い記章を胸につけているが、これはイエスの聖心と呼ばれるもので、十九〜二十世紀のスペインではカルリスタの兵士が弾よけのためのお守りとして身につけていたものである。ピラールは死体が身につけている聖心を発見し、ジョーダンに「これを狙ったのか」と問いかけるが、これは聖心を故意に狙うことが冒瀆であると感じている証左である。つまり敵が身を守るためにまとっているイエスの聖心は、スペインの人々にとってはきわめて神聖なものであり、銃を向けることのできないものなのである[7]。

このように敵側が信仰心をよりどころにするのに対し、共和国側のスペイン人たちは敵が盾として用いる宗教にも銃を向けなければならない。宗教というよりどころを失った戸惑いを一番はっきりと表現し、自覚的であるのがゲリラの一員で思慮深い老人として描かれるアンセルモである。アンセルモは神を失ったことを自覚しつつ、その神がファシストのものであることを痛切に意識している。以下の引用はアンセルモのセリフから始まる。


「……いや、わしは人を殺すことにはみんな反対だ」

「でもこれまで殺してきたんだろう」

「ああ。それにこれからも殺すだろうな。でもこの先、生き延びられたら、これまで殺してきたことが許してもらえるように、誰も傷つけないで生きていくつもりだよ」

「誰に許してもらうんだ?」

「さあな。ここじゃもう神様も神様の子どもも聖霊もいないんだから、誰が許してくれるって言うんだ。わしには分からんよ」

「あんたたちにはもう神はいないのか?」

「ああ、いないよ。それははっきりしてるさ。神様がいるのなら、わしがこの目で見てきたようなことが起こるのを決してお許しにはならなかっただろうよ。神様は奴らにくれてやるさ」

「連中は神は自分たちのものだって言ってるな」

「確かに神様がいなくて寂しいよ。子どもの時から宗教をたたき込まれていたからな。でも今や人は自分で責任をとらなきゃいけなくなったんだ」(41)

アンセルモら共和国側の人々は、罪の許しを求めることすらできないのである。ヘミングウェイの戦争小説では多くの兵士が神に救いを求め、慰めを得ることが描かれる。それはアンセルモのように深い信仰心から来るものであれ、『我らの時代に』のニック・アダムズが塹壕で怯えながら祈るようにその場限りの神頼みに過ぎないものであれ、残虐な行為を目撃し、また自分がその行為を行わなければならないときに、人間にとって必要不可欠な心のよりどころとして描かれている。しかしスペイン内戦においては共和国側の人々は「神を廃止」しており、神を自分のものであると主張するのは敵である反乱軍の方なのである。ここでアンセルモの言うように、共和国側の人民たちは神に救いを求めるのをあきらめ、自分自身を頼みにするしかないのである。

人を殺すことに対して罪の償いをする必要性をずっと感じているアンセルモは、橋のたもとの製材所を監視しながら、「戦争が終わってもはや宗教を持たなくなるとすれば、全員が殺しから浄化されるように、市民による何らかの贖いの形態が組織されなければならないだろう。さもなければわれわれは真の人間的な生活基盤を持てないだろう」と考える（196-97）。宗教であれ、それに代わるものであれ、アンセルモは共和国側についたスペイン人には決定的に欠けているものがあることを認識しているのである。

闇の訪れはいつも彼を孤独にした。今夜はあまりにも孤独を感じるせいで、まるで空腹であるかのように、自分の中がうつろになっていた。昔なら祈りを唱えればこの孤独は癒されたし、よく狩りに出かけて家に帰る途中、同じ祈りを何回も唱えたものだった。そうすれば気分がよくなったのだ。しかし内戦勃発以来彼はいちども祈りを唱えていなかった。よく祈りが恋しくなったが、祈りを唱えたりするのはずるいし偽善的だ。頼み事をしたいとも思わないし、すべての人々が受けているのと違う扱いをしてほしいとも思わなかった。[8]（197）

祈りのことばを繰り返すことで夜の暗闇に伴う空虚さを癒すさまは、ベレンドと同様にまるでニックを思い起こさせる。しかしいったん教会勢力に対抗して宗教を捨ててしまった以上、もはや同じ慰めを求めることは「ずるいし偽善的」なことなのである。

ゲリラの一団たちは自分たちが生き残ること、ファシストを倒すことを目標として口にしながらも、その背後には大きなよりどころを失ってしまったことの喪失感と虚無感が透けて見える。アンセルモだけでなく、他のゲリラの一団たちも多かれ少なかれ同様の喪失感を抱いていることは明らかである。たとえばピラールもまた、以下の引用に見られるように、制度的なものであれ個人的な祈りにおけるものであれ、宗教的告白の機会を失ったことを何か他の手段で埋める必要性を感じている。

「誰だって誰かと話さないとやってられないんだ。（中略）前は私たちには宗教や他のくだらないものがあったんだ。でも今は誰だって遠慮なく話しかけられる人がいてくれないと困るんだ。どれだけ勇敢に戦ってもみんな孤独なんだから」（89）

いわば神を失った孤独感を、お互いに語り合うことで慰める必要があるのである。ジョーダンはこれまで不注意な読者が考えてきたように、ヘミングウェイの視点を代表する人物ではなく、むしろこういったスペインの人々の苦しみを理解できない人物として設定されている。上で引用したピラールの発言に対するジョーダンの答えは、おそらく内戦当時、共産党にコミットしていた外国人に典型的な反応であっただろう。ジョーダンは「俺たちは孤独なんかじゃない。俺たちはみな団結してるんだから」(89)と答えるのである。ジョーダンはピラールの言う「孤独」ということばの持つ意味を取り違えているのであり、宗教を失ったスペイン人たちの喪失感を理解できていない。ここでピラールは個人の中で神を失って孤独であることを訴えているのであり、その孤独を他の人々と共有することの必要性を伝えているのに対して、ジョーダンは共産主義的観点から「連帯」すればひとりきりでなくなる、と考えているだけなのである。逆の言い方をすればジョーダンら外国人共産主義者たちは宗教の代わりに共産主義というよりどころを持っていると言ってもよいのかもしれない。一方で共産主義の政治綱領は、宗教を失ったスペインの人々にとって神の代替としては機能していない。

4. 悪魔の詠唱

宗教を失ったことに対するスペインの人々の混乱が詳細に描かれているのは、ヘミングウェイ自身の罪悪感の反映であると考えることが可能である。ヘミングウェイはカトリック信者でありながら、スペイン・カトリック教会のファシスト支援を知り、教会を激しく批判した。そして反カトリックの共和国側に味方し、『スペインの大地』という共産主義プロパガンダ映画制作に協力したのである。この教会を裏切ったことへの罪の意識がもっとも鮮明に現れているのが、作品の第十章でピラールが語るパブロの村のファシスト虐殺場面である。この第十章が『誰がために鐘は鳴る』全体の中でももっとも優れた場面であることは、これまでも多くの研究者が指摘してきたとおりである。内戦勃発の日、ファシストをリンチで虐殺する村人たちの心理状況が生き生きと描かれており、殺される恐怖だけでなく殺す恐怖もまた、非常に生々しく感じられるのである。

この章の語りの中で、カトリック教会の神父の役割が非常に重要であることには異論はないだろう。パブロは捕らえたファシストたちをすぐには殺そうとせず、市役所に集めて神父とともに祈る余裕を与える。そして殺される準備ができたものから順に外へ出て村人たちのリンチの列の中に自発的に入っていくようにと言うのである。ファシストたちは一見宗教に救いを求めることが許されているが、ここでの祈りと救いは実のところパブロによって提供されたものである。いわばパブロは信仰心が本当に救いになるか試しているのである。これはパブロによる教会への挑戦であると言えるだろう。そしていわば神に挑戦することによって、このリンチに加わった人々はこれ以後、宗教の庇護を求めることは決してできなくなるのである。[9] つまりこの第十章の語りは、内戦の初日、スペインの人々が神を喪失する瞬間を描いた物語として解釈可能なのであり、神の喪失というコンテクストをここで重ね合わせて読むとこの場面はますます読むものに恐怖を伝えるのである。そしてこの語りはヘミングウェイが教会を敵にまわすことの罪悪感をもっとも強く意識して書いた語りである。

紙幅の都合上この第十章すべてを扱う余裕はないが、リンチが進行するにしたがって民衆が血を求める暴徒へと変貌していく過程を、いくつかの場面を中心に見てみたい。まずは五番目に殺害されるドン・ギレルモ・マルティンの描写である。

「ドン・ギレルモの家は一軒家じゃなかった。だってあの人はそんなに金持ちでもなかったし、紳士を気取るためにファシストになっただけなんだから。ファシストになったら木材道具屋をやっていてもそんなに働かなくてすむんだって自分を慰められるからね。それにあの人は奥さんの宗教のためにファシストになったんだ。奥さんを愛していたから自分も宗教を受け入れることにしたんだよ。ドン・ギレルモは広場から三つ目の建物の一部屋を借りて住んでいたんだけれど、あの人があの場所に立って、近眼の目をこらして並んでいる人の列を、自分が通らなきゃいけないあの二重の列を見たとき、あの人の住んでいた部屋のバルコニーから女の人の悲鳴が聞こえたんだ。バルコニーからドン・ギレルモの姿が見えたんだね。その人が奥さんだったんだ」(117-18)

ここで描かれているのは、宗教を持つことがすなわちファシズムにつながるという、当時のスペインにおける特殊な状況である。注目すべきなのは信心深い妻のためにカトリック信仰を持ったこのドン・ギレルモの置かれた状況が、実はヘミングウェイの置かれたそれと酷似していることである。ヘミングウェイもまたふたり目の妻ポーリーンと結婚する際にカトリックに改宗しているという意味で、ドン・ギレルモと同じ道を歩んだと言える。しかしヘミングウェイは、スペイン内戦とかかわったときにはポーリーンとの夫婦関係は維持しながらも、すでにマーサ・ゲルホーンと不倫関係にあり、カトリック教会と敵対する共産主義に深くかかわっていた。つまり妻と教会を裏切っていたヘミングウェイは、ドン・

ギレルモとは違い、このリンチの列のあいだを歩くことがなかったのである。このドン・ギレルモはこの章で殺された人物の中でももっとも同情的に描かれた人物と言えるが、それはもしかすると本来自分が歩むべきだったかもしれない道を選択する人物として描いていたからではないだろうか。いわばその姿に自分の罪の意識を塗り込めていたのである。

ピラールも言うように、ドン・ギレルモはこのような形で虐殺されるような人物ではないのだが、村人たちはすでに四人のファシストを殺しており、殺すことに対する罪悪感が麻痺し、虐殺に対する抵抗感が薄れ始めている。徐々に血を求めて暴走する暴徒と化していくのである。やがてこの集団的な熱狂状態が頂点に達したとき、人々はなかなか姿を現さないファシストたちに業を煮やし、リンチの列を崩して市役所に押し寄せる。

「暴徒は叫んでいた。『開けろ！　開けろ！　開けろ！』まるで聖歌の詠唱のようだったよ。パブロはそんなのは聞こえないかのようにじっと座っていた。神父に何か話しかけていたけれど、暴徒のたてる騒音で何を言っていたのか聞こえなかった」(122)

神父を中心にして祈り続けるファシストたちを取り囲んでいるのは教会の「詠唱」を思わせる叫び声であるが、その内容は神をたたえる歌ではなく、血を求めて犠牲者に迫ろうとする暴徒の怒号なのである。教会の礼拝になぞらえられたこの場面は、教会の静謐さとの著しい対比が印象的で、異様な迫力を持って読むものに迫る。パブロによる神への挑戦は、ここで悪魔的な様相を呈し始める。

上の引用の直後、ピラールは椅子に乗って市役所の中を覗いているが、その椅子に別の男が無理矢理乗ってくる。その男に抱きかかえられるような状態でピラールは以下のように語る。

「そいつの息が首もとにかかって、暴徒のにおいみたいなにおいだった。鼻につく、敷石にぶちまけられたゲロみたいなにおい、酔っ払いのにおいだった。それからそいつは頭を私の肩に載せて、口を格子の隙間に押し当てて、叫んだ。『開けろ！　開けろ！』まるで暴徒が私の背中に乗っかってるみたいだったよ。夢の中で悪魔が背中に乗ってきたみたいにね」（122）

暴徒の放つ悪臭に包まれながら、ピラールは背後の暴徒が突如として悪魔に変貌してしまうのを感じる。それまでは仲間であった町の人たちが血を求めて詠唱する中、その仲間の気配が急に悪魔に様変わりするというのは、まさしく悪夢的状況である。神に挑戦する行為はキリスト教では許されざる罪としてもっとも大きな罪悪と考えられているが、その結果、この場の群衆たちは神に呪われ、悪魔へと転じていくのである。

このように、この第十章で描かれているパブロの村の虐殺場面は、スペイン内戦の勃発初日の状況を伝えるとともに、スペインの民衆が神を失う過程を描き出してもいる。そして神を失ったことの代償は、信仰を持つ者にとっては想像を絶する重さを持っているはずである。ピラールがこのエピソードを語る前にマリアに「悪夢を見ることになるかもしれない」と警告するのは、たんに殺害方法の残酷さのことを言っているのではなく、神に挑戦し、神を敵にまわすことの恐怖感に言及しているのではないか。ピラールの語りを聞いた後、信仰心を持たないジョーダンがピラールの語りの生々しさに感心するだけであるのに対して、マリアはひどく怯え、村人たちの後日談を話さないでくれと何度も何度も懇願する。ピラールはその後のファシストによる報復がさらに恐ろしい状況であったと言うが（129）、マリアがその話を聞くのを極度に恐れるのは報復の残酷さだけが理由なのではなく、その後の村人たちの行方が神学的な重みを持っているからなのである。つまりファシストによる報復は、いわば呪われた人々が払うことになる代償として、地獄の業火としての意味合いを帯びることになるのである。

ヘミングウェイがカトリック信者であることを考慮に入れると、少なくとも我々はこのエピソードの背後に神を失う過程とその神学的な恐怖感が込められていることを読み取るべきである。そしてこのような描写が可能になったのは、ヘミングウェイがカトリック教会と敵対する共産主義陣営に荷担したことに罪悪感を抱いていたためである。これまで『誰がために鐘は鳴る』は、当然のようにロバート・ジョーダンという主人公が作者ヘミングウェイの価値観を投影した人物として考えられてきたが、むしろジョーダンは神を失うことの宗教的意味合いに気づかない人物として描かれている。

また神父の振る舞いに幻滅したというパブロにも、ヘミングウェイの教会に対する姿勢が反映されている。殺される寸前の神父の振る舞いに対してピラールとパブロは意見が食い違っている。パブロは暴徒に襲われて逃げ出そうとした神父に幻滅したと言うが、ピラールはそのような状況下では仕方のないことだと考えている。[10] しかしパブロはこの神父がスペイン・カトリック教会の神父として、普通の人間に求められる以上の威厳を持っているべきだとして幻滅するのである。

「「だがスペインの神父なんだ。スペインの神父は立派に死ぬべきなんだ」

「じゅうぶん立派に死んだと思うけどね」と私は言った。「儀式も何もさせてもらえなかったんだから」

「いや」、とパブロは言った。「俺からしたらあいつにはずいぶん幻滅したよ。一日中俺はあの神父が死ぬのを待っていたんだ。あいつが［リンチの］列に入っていくのはいちばん最後だろうと思っていた。えらい期待をしながら待ってたんだ。最高の見せ場が来るんだって待ち望んでいた。これまで神父が死ぬところをいちども見たことがなかったからな」」（128）


パブロはこの後もしきりに「神父に幻滅した」と繰り返す。パブロがここで感じているのは、教会に挑戦しながらその挑戦に答えられなかった教会への失望である。この失望から読み取れるのは、「ファシストよりも神父を憎んでいる」（127）と言いながらも、パブロは実は教会が自らの挑戦に答えられることを望んでいたことであり、つまり心の底では信仰を持つことを望んでいたのではないかということである。そして「スペインの神父」に幻滅したというパブロのセリフは、実はファシズムに協力するスペイン・カトリック教会に対するヘミングウェイの幻滅も反映しているのではないだろうか。

5. 政治に対して宗教的

神を失ったことに複雑な葛藤を抱くパブロやスペインの村人たちに対し、ジョーダンはそのような苦しみに理解を示すことなく共産主義のイデオロギーにしたがっているように見える。ゲリラの一団と合流して間もないころ、ジョーダンはピラールに「あんたは政治に対してずいぶん宗教的だね」(66)とからかわれるが、それは「ドン・ロベルト」と冗談で呼びかけられ、冗談であっても階級差を前提とする「ドン」という呼称など用いるべきではないと主張したことに対してである。この直後でジョーダンは自分は共産主義者ではないと言うが、呼びかけに対するこの厳格さは、階級制度を壊し、人が皆平等に「同志」と呼び合う世の中を目指す共産主義者の姿勢に他ならない。

「政治に対して宗教的」であるというこのピラールの発言はジョーダンの人物像を把握するのに非常に重要である。「宗教的」という形容詞は、逆説的に捨て去ったはずの宗教的思考に捕らわれていることへの批判であるだけでなく、ジョーダンが重視しているのが論理的な帰結としての平等性よりはむしろ、形式を重視することでしかないことを指し示しているからである。つまりゲリラの一団が互いを「ドン」と呼び合うのは、上下関係を作り出すためでないのは明らかであるにもかかわらず、ジョーダンは呼び名は「旗」のようなものだと言って(66)冗談にすることを許さないのである。これはひとつの思想が論理を超えて内実を失ったスローガンと化している一例と言えるだろう。神を失ったことに煩わされることなく政治思想を盲信するこの主人公の姿には、教会を敵にまわすことへの罪の意識から解放されたいというヘミングウェイの願望が投影されているのかもしれない。

ジョーダンは共産主義にコミットしているのは戦争のあいだだけだと主張し、その理由を以下のように述べている。

彼は戦争の続くあいだ、共産主義の規律のもとにあった。ここスペインでは、共産主義者が最高の規律を与えてくれたし、それは戦争を遂行するにはもっとも健全でもっとも良識ある規律なのだ。彼は戦争の続くあいだ、共産主義の規律を受け入れた。なぜなら戦争を行うにあたって、共産主義が、政治綱領と規律に敬意が持てる唯一の政党だったからだ。（163）

他の箇所でもジョーダンは自分が共産主義者であると見なされることを恐れており（244）、ここでも短いパッセージのなかで「戦争の続くあいだ」というフレーズを二度も繰り返していることから、共産主義への傾倒が一時的なものであることを強調しようとしている。このように共産主義に盲従する主人公を戯画的に描くとともに、共産主義との距離感がきわめて曖昧で揺れ動いているように見えるのは、ヘミングウェイ自身の内面が信仰と政治とのあいだで揺れ動いていた証拠であろう[11]。

また作品が進行するにしたがって「政治に対して宗教的」なジョーダンの政治信条は、ストーンバックが指摘するように徐々に宗教用語に浸食され始める[12]（「『党の綱領は』使徒信条の変わりやすい代用品」［164］、「『国際旅団に参加することは』修道会のメンバーになるようなもの」［234-35］など）。スペインの人々が神を喪失したことの意味を理解できないジョーダンも、どういう訳か物語が進むにつれて宗教的思考に捕らわれ始めるのである。物語のクライマックスで、ジョーダンは橋に爆弾を仕掛けながら以下のように考える。

くそったれ／呪われたヨルダン川（the damned Jordan）は下の小川とたいして変わらない大きさだと知ってるか？　おおもとの方ではってことだが。おおもとでは何だってそうだろう。橋の下のここはいい場所だ。故郷を離れた故郷だ。さあ、ジョーダン、がんばれ。ここが大事なんだぞ、ジョーダン。分からないのか？　大事なんだ。これほど大事なことなど今までになかったんだ。向こう岸を見てみろ。どうして《パラ・ケ》？　橋がどうなってもおれは大丈夫だ。メイン州の進む方向に国は進む。ジョーダンの進む方向に血にまみれたイスラエルの民は進む。いや、橋だ。ジョーダンの進む方向に血にまみれた橋が進む。実際には反対なのだが。(438)

原文ではジョーダンの思考の流れはきわめて複雑で判然としない。ヨルダン川とジョーダンは英語では同じ表記であるが、ジョーダンは自分の名をもじって自分の下を流れる川をヨルダン川になぞらえながら、自分の置かれた状況を聖書的状況に置き換えているのである。[13]　聖書ではヨルダン川は何度も言及されるが、「血にまみれたイスラエルの民」という表現があることから、おそらくは「ヨシュア記」を指していると思われる。モーゼの死後、契約の箱を持ったイスラエルの民はヨルダン川を東に渡り、そこで神の命令にしたがってアイやエリコの住民を虐殺するのである。

　また「メイン州の進む方向に国は進む」とはかつてアメリカでよく言われていたフレーズであり、メイン州の知事選がその年の大統領選の結果を占うことになるという意味である。かつてかなりの頻度でメイン州知事選で勝った政党が大統領選でも勝利を収めていたことからこう言われるようになった。ここではジョーダンが血にまみれたイスラエルの民の行方を決めることになるのである。しかしここには比喩にゆがみが生じている。ジョーダンが試みているのは渡河を助けることではなく、むしろ橋を爆破することによって渡河を妨げることなのである。最後のフレーズ「実際には反対なのだが」が結果的に意味しているのは、ジョーダンが率いているのが神の民ではなく、それとは反対に神の敵であるという衝撃的な事実なのである。聖書への比喩をそのままあてはめるなら、神の民は教会を味方につけたファシストの方である。

ジョーダンの橋梁爆破の任務は、いわば主人公たるヨシュアの渡河を妨げるためのものであるとされているのである。聖書の比喩をたどると、ジョーダンたち共和国の人々はジョーダンの思考の中では敵側として描かれている。橋梁爆破という物語の大筋に聖書的コンテクストを重ね合わせると、ここには自分が教会の敵にまわってしまったことに対するヘミングウェイの強烈な自己意識が透けて見えてくる。

6. 和解

その後もヘミングウェイはこの宗教と政治のあいだの葛藤に悩み続けることになる。ヘミングウェイは後にキューバでドン・アンドレスというスペイン人神父と親交を結ぶが、この人物はカトリック・ナショナリズムの中心地であるバスク地方の出身で、共和国側の支持者であった。またヘミングウェイはポーリーンとの離婚後もポーリーンの叔父ガス・ファイファーやその親戚のロバート・ファイファーとは親交を持ち続け、一九五〇年代になってもヘミングウェイは何冊かの宗教書を受け取っている（序章参照）。そしてフィンカ・ビヒアを訪れる息子には聖書や祈禱書を与え、教会に通わせ続けたのである。その一方でドミニカの共産主義革命や、フィデル・カストロのキューバ革命運動に資金援助をしていたことも知られている。[14] 信仰と政治のあいだのゆらぎはヘミングウェイ最晩年にいたるまで続いていたのである。

カストロ自身はイエズス会の学校に通い、熱心にキリスト教を信仰していた人物であるが、やはり革命後にカトリック教会と対立することになる。キューバ・カトリック教会はカストロ体制をはっきりと批判し、ＣＩＡが計画した反革命作戦、ピッグズ湾侵攻事件の際にも三人の神父が関係していた。そしてヘミングウェイの死後二ヶ月後に反革命派が宗教行事を利用して暴動を起こしたことをきっかけに、カストロは街頭での宗教行事を禁止し、教会の弾圧を始めるのである（伊高 一七九―八〇）。ローマ法王ヨハネ・パウロ二世がキューバを訪れ、共産主義とカトリック教会の歴史的な和解が報道されたのは一九九八年のことであり、ヘミングウェイの願った宗教と政治の平和的共存は他でもない、ヘミングウェイの愛したキューバで実現された。しかしそれはヘミングウェイの死後四十年近くもたってからのことなのである。

注

［1］ヘミングウェイに関するほとんどすべての伝記でヘミングウェイの「非政治性」が主張されているが、たとえば五巻本のもっとも網羅的な伝記を執筆したマイケル・レノルズは十代のころのヘミングウェイを描き出しながら、「ヘミングウェイは非政治的になり、残りの人生においてずっとそうあり続けた」と述べている（Reynolds, *Young* 194）。

［2］もともとは一九二四年に出版されたパリ版『ワレラノ時代ニ』に収められたスケッチであり、後に『われらの時代に』に短編として収録された。

［3］ヘミングウェイは感嘆符をつけ忘れているが、もとの雑誌名は正確には『アヴァンティ！』であり、「前進」を意味する。

［4］たとえば一九三〇年代初頭に書かれた「ギャンブラーと尼僧とラジオ」は、カトリックの病院で語り手が共産主義革命家たちと出会う話である。第五章参照。また『誰がために鐘は鳴る』と同時期に書かれた短編「誰も死なない」では、キューバ警察に逮捕された共産主義革命家マリアがジャンヌ・ダルクになぞらえられ、カトリックの殉教者として描き出される。

［5］このことに関してはRaguer 77-105、Beever 224を参照。

［6］カルリスタとはもともとスペインの王位継承戦争でドン・カルロスを支持した人々のことを指す。カルリスタ戦争は三度にわたって戦われたが、王族の内部紛争でありながら、カルリスタは教会やバスク、ナバラ、カタルーニャの民衆によって支持され、戦争終結後も政治勢力としてスペインに残存する。熱心なカトリック教徒として知られている。

［7］ベレンドも物語の最後でジョーダンと対峙することになるが、ジョーダンが直接銃を向けるふたりの人物が両方ともナバラ出身であるのは重要な意味を持つ。ナバラはアラバ、ギプスコア、ビスコアと並んでバスク地方を

構成する四つの県のひとつであるが、スペイン内戦時のバスク地方はカトリック・ナショナリズムと言われる運動の中心地であった。バスクの下級聖職者たちは民族運動の一環としてスペインのカトリック教会から分離し、共和国側を支持したのである。しかしバスク四県の中のナバラはカトリック信仰のもっとも強い地方であるだけでなく、十九世紀以来の王位継承争いで形成された非正統派のカルリスタの本拠地でもあった。そのためナバラはこのバスク分離主義の動きから離脱し、内乱当初からフランコの反乱軍側を支持していたのである（Raguer 250-82、色摩　一三四－三七）。そういう意味で言えば、ジョーダンが敵対したふたりの兵士は、他の何よりもカトリック信仰を重視した地方の出身者であると言えるだろう。

［8］ヘミングウェイは後にトマス・ウェルシュ宛一九四五年六月十九日の私信でアンセルモと同様の宗教観を述べている。「スペインの戦争では、教会に支持された連中があの人たちみなにあんなことをしてしまった以上、自分のために祈るのは身勝手に思えたので、自分のために祈ることは決してしなかった。でも神の慰めがなくてとても寂しかったよ。まるで酒をよく飲む人が、ずぶ濡れで凍えている時に酒を欲しがっているみたいな気分だった」（*SL* 592）

［9］聖書には「申命記」六：十六など複数の箇所で「あなたがたの神、主を試みてはならない」と記されている。

［10］ストーンバックはこのパブロとピラールの意見の相違を、語りの信頼度の問題としてとらえ、ピラールの方が語り手として信頼度が高いのだから神父は立派に振る舞っていたのだと結論づけるが（Stoneback 108）、作品中でカトリック的価値観が称揚されているのだとするこのような解釈には大いに問題がある。もしストーンバックの説が正しいのならばなぜパブロはここでピラールと食い違う意見を何度もしつこく主張する必要があるのか。

［11］ジョーダンが共産主義に加わる理由としてあげているのが、ここで四度繰り返される「規律」ということばであるが、『誰がために鐘は鳴る』より以前に書かれた短編「分水嶺の下で」では、共産主義の規律が「もっとも健全でもっとも良識ある」ものでないことが明確に描かれている。ジョーダンは作者ヘミングウェイの目から見てもきわめて疑わしい理由で共産主義にコミットしているのである。

［12］Stoneback, "Priest" 101-102. ただしストーンバックはこのことを肯定的に捉えている。

［13］これまで翻訳されてきた日本語訳ではすべてこの点を取り違えている。定冠詞"the"がついているので人名ではありえない。

［14］ドミニカ共和国の革命支援に関しては、Reynolds, *Final* 159を、キューバ革命の支援に関してはフエンテス264-70を参照。

【コラム】キューバ時代

A・E・ホッチナーはヘミングウェイの晩年について詳しい伝記を残しているが、自分の目撃したヘミングウェイのカトリック教徒としての行動をいくつか記述している。一九五四年にスペインのブルゴスの大聖堂で祈りを捧げ、「もっとよいカトリック教徒であればよかったのに」と言ったこと、イエズス会の会報を購読していたこと、一九五八年にアイダホ州ヘイリーの教会修復の費用を寄付したこと、その教区の若者に講演をしたことなどである。またキューバではバスク地方出身のスペイン人神父ドン・アンドレスと親交を結び、一九五四年にはノーベル賞のメダルをコブレの教会に寄付している。四人目の妻メアリはH・R・ストーンバックの問い合わせに応じて、晩年のヘミングウェイが熱心にカトリックの祈りや儀式を行っていたことを証言している。またストーンバックの論文には他にも非常に多くの証言が引用されており、たとえばメアリ以外にも詩人のアレン・テイトがヘミングウェイとともにミサに行ったこと、釣りの日誌に何度も船を岸に着けてミサに参加したと記述されていることなど、ヘミングウェイが従来考えられていた以上に教会の戒律を遵守していたことは明らかである（Hotchner 129-30, 137, 195-202; Stoneback, "In the Nominal" 118-21）。

第7章 サンチャゴとキリスト教的マゾヒズム

1. ヘミングウェイ・ヒーローとキリスト

『老人と海』の主人公サンチャゴは、作品中できわめてあからさまにキリストになぞらえられる。たとえば仕留めたマカジキを狙って鮫が現れたのを見たサンチャゴは思わず声を上げる。

「アイ」と彼は声に出した。このことばを翻訳することはできないが、おそらく釘が掌を刺し貫いて板に刺さるのを感じて思わずあげてしまうような、ただの無意味な音である。（*OMS* 107 以下、本章においては『老人と海』からの引用箇所は括弧内にページ数のみ記す）これがキリストの磔刑を指していることは誰の目にも明らかであろう。サンチャゴを襲った試練がキリストの受難になぞらえられているのである。サンチャゴのキリストとの同化は作品の最後でコヒマルの浜に船をつなぎとめ、マストを持って丘を登る様子にも見て取れる。マストを肩に担ぎ、途中七度も立ち止まりながら自分の小屋まで歩いて行くサンチャゴの姿はもちろん十字架を背負いゴルゴタの丘を登るキリストの姿を思わせる（121）。

このようなはっきりとしたキリストへの言及のため、ヘミングウェイの宗教観についてはほとんど触れてこなかったヘミングウェイ研究においても、『老人と海』に関してはキリスト教との関連から多くの論文が書かれている。作品研究の最初期からカーロス・ベイカーはキリスト教のシンボリズムについて論じており（Baker, *Writer* 289-328）、ジョセフ・マンビー・フローラはその研究を受け継いで聖書への言及をさらに詳細に論じている（Flora, "Biblical"）。一方でジョセフ・ウォルドマイヤーは作中に現れるキリスト教のシンボリズムを否定的に捉え、ヘミングウェイがキリスト教に対する信仰心を持っていない根拠として読んでいる（Waldmeir）。アーヴィン・R・ウェルズはヘミングウェイの信仰を否定してはいないが、サンチャゴの異教的信仰心を表現するためにキリスト教的シンボリズムを利用していると論じている（Wells）。ヘミングウェイの（あるいはサンチャゴの）信仰心をどう捉えるかではさまざまに解釈されているが、いずれにせよキリスト教への言及はヘミングウェイ作品中でももっとも多く、あからさまであるといえるだろう。

しかし忘れてはならないのは、『老人と海』ほど明白な形でないにせよ、ヘミングウェイの主人公たちはある意味で常にキリストになろうと試みていたのである。非常に分かりやすい例は一九二七年に発表された「今日は金曜日」であろう。この作品は戯曲の形式を借りたわずか四ページほどの短編で、キリスト磔刑を執行したばかりの三人のローマ兵の会話を描いている。時刻が十一時と指定されていることから、キリストが死ぬ寸前(「最後の瀬戸際で」"at the eleventh hour"という英語のフレーズにもなっている)であることが分かる。ひとり目の兵士はキリストの脇腹を槍で突き刺したと述べていることから百人隊長ロンギヌスであることが分かる。ふたり目の兵士が「[神の子を名乗るのであれば]自分で十字架を降りてみればよいではないか」と、聖書でも周囲の見物人の嘲りとして書かれてある言い方でキリストを罵るのに対して、ひとり目と三人目の兵士はキリストに同情的であり、「あいつはひどく立派だった」と何度も繰り返す(CSS 272-73)。ここには試練に耐えるヒロイックで男性的なキリスト像が設定されている。ヘミングウェイがこの作品で描き出すキリスト像はロッカールームでスポーツ選手の評価をしているようで一見すると冒瀆的に思えるかもしれないが、実際には十九世紀以来の「筋肉的キリスト教」運動の伝統にしたがったものである。この運動はイギリスで生じ、アメリカのYMCAの活動とともに広く普及したもので、キリストを女性的で弱々しい人物ではなく、痛みと試練に耐える力強い人物として捉える[1]。

その二年後に出版された『武器よさらば』においても、冗談の形をとっているものの語り手フレデリックの傷ついた手はキリストの聖痕になぞらえられる(第四章参照)。一晩中ボートを漕ぎ続けてストレーザからスイスのブリッサーゴに脱出したフレデリックは、税関での尋問を待つあいだ、キャサリンと画家の知識を披露しあう。そこでフレデリックはマンテーニャの絵のことを「釘の穴がたくさん」と述べる（*FTA* 280）。これはすでに多くの論者が指摘するようにミラノのブレラ美術館に所蔵されている「死せるキリスト」のことを指している。[2] その後ロカルノに移動し、尋問から解放された後でキャサリンはフレデリックの手を心配する。


「手を見せて」

私は両手を差し出した。両方とも水ぶくれになって皮膚がむけていた。

「脇腹に穴はないけどね」と私は言った。

「罰当たりなこと言わないの」（*FTA* 284）

脇腹の穴はもちろんロンギヌスの槍に突かれた傷跡のことを指しており、「罰当たりなこと」とされながらも試練に耐えて船を漕ぎ続けたフレデリックがキリストの姿になぞらえられていることが分かる。

これらしきりと繰り返される主人公のキリスト化への欲望は明らかにヘミングウェイ作品全体を通して見られる、傷を負うこと＝痛みに耐えることというテーマと関連している。前著で多くのページを割いて論じたように、この痛みに耐えるというモチーフは「麻酔なき手術」として、とりわけ三〇年代に頻繁に描かれるものである（高野、『引き裂かれた身体』一四一―六〇）。このことばが直接現れるのは「ギャンブラーと尼僧とラジオ」と『持つと持たぬと』の二作品であるが、特に前者は「麻酔なき手術」をくぐり抜けたヒロイックなカエタノ・ルイスを描くことで、対照的に多くの人々が痛みから逃避

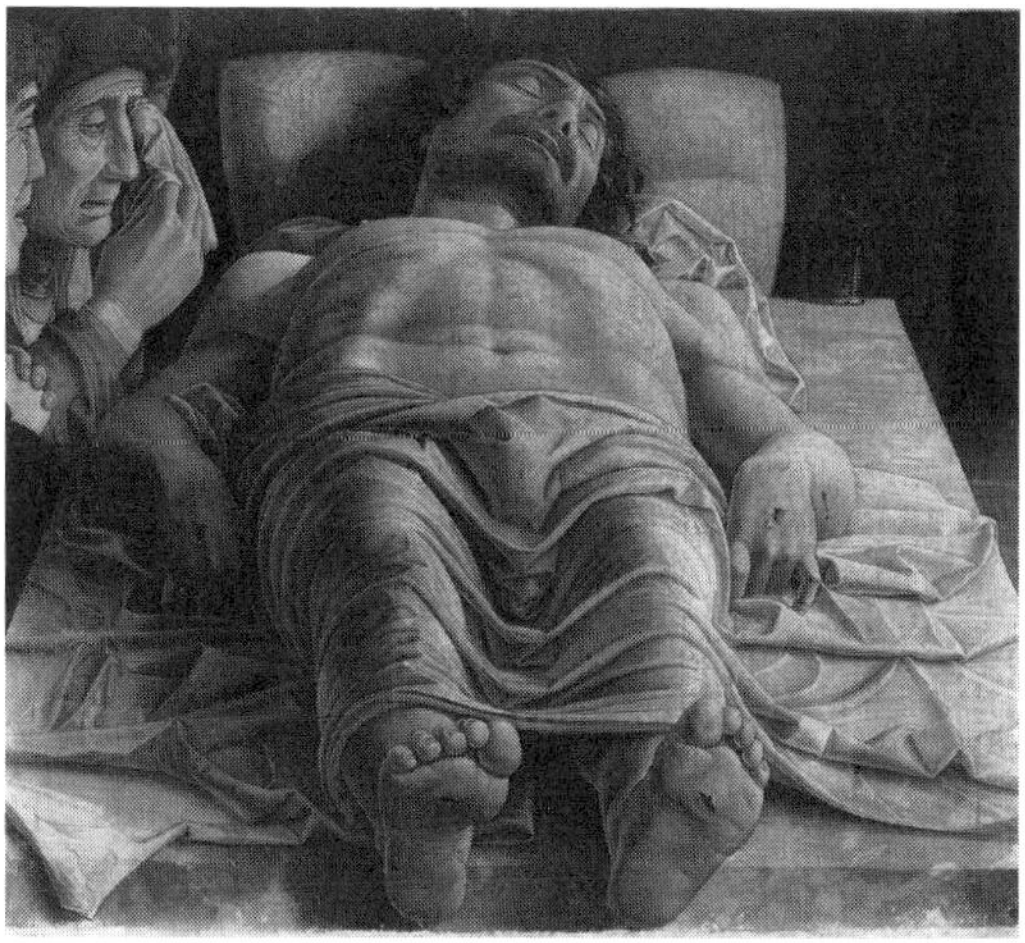

マンテーニャ「死せるキリスト」

し、「人民のアヘン」に浸りきっている状態を描き出した作品である。語り手でヘミングウェイと同様に作家であるフレイザー氏は脚を骨折してカトリック系の病院に入院しているが、「宗教は貧乏人のアヘン」であり「いちど始めるとやめられない」「悪徳」である（CSS 362）というメキシコ人のマルクス主義者のことばを反芻し[3]、宗教だけでなく身の回りのほとんどありとあらゆる慰めが「人民のアヘンである」ことに思いいたる。フレイザー氏はもういちどそのメキシコ人を呼び出し、「なぜ人は麻酔なしで手術をしなければならないのだ」と尋ねる（CSS 367）。そして結局答えを見つけられないまま酒とラジオという「麻酔」に戻っていくのである。

フレイザー氏はカエタノのようにはなれないことを悟り、その失望を味わうところで作品は終わるが、いわばカエタノはギャンブラーとして教会制度の価値観の対極にありながらも、痛みに耐えることでキリスト的な聖人性を獲得している人物であると言える。それに対して教会制度の中に生きるシスター・セシリアは「聖女になりたい」という願望を抱き続ける人物であるが、もちろんカトリック教会内ではこれは不可能な願望である。カトリックにおける列聖は死後になってから審査が始まり、少なくとも数十年、場合によっては数百年続けられる。またその人物が奇跡を起こすか殉教するという条件が必要であり、シスター・セシリアはその条件を満たしていない。シスター・セシリアがその事実を知っていたかどうかは不明であるが[4]、とてつもない願望を持っている尼僧に対してフレイザー氏が面食らいながらも「きっとなれますよ。望めばだれだってそれを手に入れることができるんです」、「じゅうぶん可能性がありますよ」、「もちろんきっと聖女になれますよ」、「三対一の確率で聖女になれますよ」と根拠のない励ましという「麻酔」を与えている様子が描かれている（*CSS* 364）。しかしそれ以上にここでは「聖人」の地位を獲得するためにはカエタノのように痛みに耐えることが必要であるという主張が浮かび上がってくる。

「ギャンブラーと尼僧とラジオ」は、三〇年代のアメリカで広く普及していた左翼思想と宗教との対立をカトリック系の病院を舞台に描くという、政治と宗教と医学の複雑に絡み合った問題を提示することになったが、『持つと持たぬと』においてもやはり麻酔の比喩が描き込まれる[5]。主人公ハリー・モーガンが痛みに耐える極度に男性的な人物であることは、とりわけ片腕を失うきっかけとなった第六章（もともと「ある密輸業者の帰還」というタイトルの短編であった）で明らかである。軽傷でありながら「痛いよ。（中略）どんどん痛くなっていく」と泣き言を言う黒人ウェズリーに比べて（*THHN* 69）、ハリーは腕を撃たれながらもまったく痛がる様子も見せないのである[6]。

しかし「麻酔なき手術」の比喩が用いられるのはハリーではなく、もうひとりの主人公と言ってもよい経済学者マクウォルジー教授である。マクウォルジーは作家リチャード・ゴードンの妻ヘレンと不倫の関係を結ぶが、リチャードが酔いつぶれて立ち去っていくのを眺めながら次のように考える。

あれは大罪（mortal sin）[7]だ、と彼［マクウォルジー教授］は考えた、重大でとてつもない罪だし、ひどく残酷な行為だ。たとえ教義上（technically）[8]その人の宗教が最終的な結果を許したとしても、私は自分を許すことができない。一方で外科医が患者に痛みを与えるのが怖いからと言って手術をやめることなどできはしない。しかしなぜ人生のあらゆる手術は麻酔なしで行われなければならないのだ。（*THHN* 221）

マクウォルジー教授の「罪」とはもちろん隣人の妻を欲してはならないとする十戒のひとつである。しかしマクウォルジーはその大罪を犯してヘレンを救い出そうとしているのである。ヘレンは夫ゴードンによって教会の外で結婚することを迫られ（*THHN* 185）、またカトリックの教義に反して避妊や堕胎を繰り返してきた（「愛なんて妊娠しないですむように飲むエルゴアピオール［子宮収縮薬。避妊・堕胎に用いる］のことよ。だってあなたは子供ができるのを怖がってるんですもの。愛なんて、耳が聞こえなくなるまで飲み続けるキニーネ［これも子宮収縮作用があり、やはり避妊・堕胎に用いられる］でキニーネでキニーネよ。愛なんて、あなたがさせるあの薄汚くて身の毛のよだつ堕胎手術のことよ。愛なんて、私の身体の中をめちゃくちゃにかき回すことよ。半分はカテーテル［ここでは堕胎手術で胎児を取り出すために用いられる医療機具」でもう半分は膣洗浄器よ」［*THHN* 185-86］）。作品中でヘレンもマクウォルジーもアイルランド系のカトリック教徒であることが示唆されているが、マクウォルジーは自ら罪を犯すことでヘレンを信仰に連れ戻そうとしているのである（「俺は信仰なんて持っていない」という夫に対して「私もよ。でもかつては持っていたしこれからもまた持つことになるわ」と答えている［*THHN* 188］）。この麻酔なき手術すなわち夫婦に痛みを与えながらその夫婦を救うという行為は、教会の掟を破って罪を犯しながら救済をもたらすという意味で、戒律よりも救済を重視する考え方であると言えるだろう。第五章で見たように戒律を盲目的に守ることでかえって信者を不幸にする教会のあり方に批判的であったヘミングウェイは、あえてマクウォルジーに罪を犯させることで自らの信仰心のあり方を表明しているのである。マクウォルジーは今はまだ酒という麻酔が必要だが、ヘレンを救い出すことでもうその麻酔も必要なくなるのである（「さあ十七年間使ってきた麻酔に戻るとしよう。もうそんなに長くは必要にならないだろうが」［*THHN* 222］）。

『誰がために鐘は鳴る』においても、主人公ロバート・ジョーダンは作品の最後でゲリラの仲間が逃げる時間を稼ぐために犠牲になる。ジョーダンはその直前に脚を負傷するが、最初のうち「神経がつぶれてしまったのは幸運だった。折れた箇所より下に何もないように感じる」（*FWBT* 466）と、痛みをまったく感じない。しかし迫る敵を狙い撃つために姿勢を変えた結果、徐々に痛みが生じ始める。「連中［敵の追っ手］、早くやって来ればいいのに、と彼は言った。すぐにでも来てくれればいいのに。脚が痛くなってきた」（*FWBT* 469）。その後ジョーダンの内的独白が続く中、痛みはどんどん激しくなっていく。「ああ、早く来てくれ、と彼は言った。親父がやったあのことをしたくはないんだ。平気でやれるだろうがやらなくてよい方がよほどいい。あんなことがいいとは思わない。そんなことを考えている場合じゃない。考えないようにするんだ。あのくそったれどもが来てくれればいいのに、と彼は言った。本当に来てくれればいいんだが」（*FWBT* 469）。痛みがあまりに激しくなり、気絶してしまうと敵に捕らわれて尋問を受ける危険がある。そのためジョーダンは気絶する前に自殺するか、そのまま痛みに耐え続けるかのジレンマに苦しむ。しかし自殺は父の取った行動であり、ジョーダンはその行動を臆病であると考えている。痛みが強くなるにしたがって自殺して楽になりたいという願望と痛みに耐えようとする意志とで迷い続けるのである。結局最後まで痛みに耐えてマリアや他の仲間たちを救うために犠牲になるジョーダンは、殉教者としてキリスト的特性を帯びることになる。

　これら以外にも麻酔のない帝王切開手術を行う「インディアン・キャンプ」、逆に麻酔漬けで帝王切開手術の行われる『武器よさらば』[9]、壊疽《えそ》によって痛みの感覚を失うことと精神的麻痺を関連づけた「キリマンジャロの雪」など、非常に多くのヘミングウェイ作品が痛みをモチーフにしている。そしてほとんど常に痛みからの逃避は否定的に描かれ、むしろ痛みを感じることとの必要性を訴えているのである。

　前著では触れなかったが、「麻酔なき手術」というモチーフの源泉は福音書で描かれるキリストの姿にある。たとえば「マルコによる福音書」ではキリストが十字架にかけられる直前、「没薬《もつやく》を混ぜたぶどう酒を飲ませようとしたが、イエスはお受けにならなかった」という記述が見られる（マルコ十五：二十三）。この「没薬を混ぜたぶどう酒」とは、十字架に釘で打ちつけられる際の激痛を少しでもやわらげるための麻酔であるが、それをキリストは拒んでいるのである。[10] 裁判を受けた後のキリストは

> 鞭打たれ、十字架を負わされ（途中でキレネ人シモンが力尽きたキリストの代わりに背負うが）、十字架に釘で打ち付けられ、吊るされる。
>
> 受刑者は出血と疲労、呼吸困難と衰弱が重なり合い、窒息や心臓麻痺などを引き起こして死に至る。それが十字架刑の筋書きだった。とくに呼吸しづらいという点が、早期の死に繋がる最大の要因と言っていい。
>
> 吊るされたままでは十分な呼吸はできない。両足を踏ん張って伸び上がることが必要だ。そうすると両足に激痛が走る。そこでまた元の姿勢に戻る、そのくり返しだった。そのため息を吸うのを反射的にためらうようになる。それにつれて呼吸の量が低下するというわけだ。（前島　二八五―八六）

このような激しい痛みを感じながらも麻酔を拒否して耐え続けるキリストの姿は、筋肉的キリスト教の描き出すヒロイックな救世主像と一致するだけでなく、いわゆるヘミングウェイ・ヒーローにも重なりあうのである。したがってヘミングウェイ作品に頻繁に見られる手の傷は、キリストの釘による痛みを連想させるとともに、「麻酔なき手術」を耐える男性性の発露にもつながっているのである。これは表面上ヘミングウェイが忌み嫌っていた同性愛者たちの「白い手」と明確に対照させられている。

2. 痛みのスペクタクル化

しかし前節で見たような痛みの描写をすべてキリストに向けた信仰心に還元するのは無理があるように思われる。ヘミングウェイは作家活動の最初期から暴力的な題材を好んで描き続けたが、とりわけ主人公の痛みの描写はほとんど強迫的といってよいほど何度も繰り返される。この繰り返し描かれる痛みの描写がほとんどすべてキリスト教的殉教のモチーフと関連づけられるのを見ると、そこにはヘミングウェイのマゾヒスティックな欲望が潜んでいるようにも見えてくる。というのは特にヨーロッパでは殉教にマゾヒスティックな意味合いが与えられていたからである。十九世紀にマゾヒズムという概念が誕生した社会状況を研究しているジョン・K・ノイズは一八四六年の麻酔の発明をきっかけにしてキリスト教社会で痛みの持つ意味が変化したことに言及し、「麻酔と催眠以前の西欧では、苦痛に対する一般的な態度は現在と異なっていた。苦痛には、苦痛自体を調整するいろいろな手段が内在していると見なされていた。その一つが、聖人や殉教者のような広く浸透している文化的イメージとの同一視であった。ご存じのように、これらのイメージは性的象徴性を負わせられている」と指摘している（ノイズ一五四）。このイメージの代表的なものがマンテーニャの「死せるキリスト」であり、同じ画家の手になる「聖セバスティアヌス」などの殉教者を描いた宗教画であることは言うまでもない。ノイズによると「ローマ・カトリック教会は、身体に刻まれる苦痛には一つの明確な意味しかないと考えていたため、初めから鞭打ち主義[11]を支持していた」。しかし「一七世紀初頭にはすでに、苦痛という経験領域は、聖なるものがエロス的なるものと混交する危険な領域と見なされていた」。それは「聖なる自己懲罰の

マンテーニャ「聖セバスティアヌス」

中核に存在する性的快楽」を発見したためであり、「一九世紀終わりまでには、［宗教画の］殉教場面は一般のイメージのなかできわめて性的な意味を獲得していった」のである（ノイズ 一五六）。つまり鞭打ちを始めとする被虐行為が当初の宗教行為という意味合いから徐々に世俗化していくにしたがって、そこに性的快楽という新しいマゾヒスティックな意味合いが生まれ始めたのである。

すでに第一章で触れたように、そして次章でも詳しく論じるように、ヘミングウェイは子どものころ、しばしば父親に激しく鞭打たれていた。幼少期の過度な体罰は、多くのマゾヒズム研究の論じるようにマゾヒスティックな欲望を生み出す温床である。ヘミングウェイの痛みの描写がマゾヒスティックな欲望に起因するのだとすれば、その原因を作ったのが父親の宗教教育であった可能性も否定できない。リチャード・ファンティーナはヘミングウェイのマゾヒスティックな欲望を論じた研究書を出版しているが、その欲望を生み出すきっかけについて特に言及していない[12]。またマゾヒズムの宗教的意味合いにもついでに触れている程度である（Fantina 65-66）。ヘミングウェイ自身が父親の体罰を原因としてマゾヒスティックな願望を持っていたというはっきりとした証拠はないが、少なくとも厳格な宗教教育を施す父親によって、神の名のもとに鞭打たれていたことは間違いない。そしてその痛みの経験は、幼少期のヘミングウェイがダイナ・マリア・クレイクの『ジョン・ハリファックス物語』などを通して親しんでいた筋肉的キリスト教のキリスト表象と容易に結びついたであろうことも疑うことはできないだろう。父親のプロテスタント的教育のもとでは当然そういった痛みの経験は密室内に隠蔽されたまま耐える行為でしかなかったが、ヨーロッパで生活を始めたヘミングウェイはその被虐の状況がスペクタクルとして無数の宗教画に描き込まれる様を、教会や美術館で目の当たりにしたのである。

またそもそもマゾヒズムは十九世紀なかばになってからリヒャルト・フォン・クラフト＝エービングによって生み出された概念であるが、ノイズが指摘するようにそれ以前は同じ行為が「異常」とは見なされていなかった。ノイズはジョン・クレランドの『ファニー・ヒル』やトマス・オトウェイの戯曲などの文学作品や論文などさまざまな言説を参照しながら次のように述べている。「『ファニー・ヒル』のような作品が書かれていた頃はまだ、このような行為を性的逸脱とか犯罪病理とかの観点から理論化しようとする試みは存在していなかった。確かに鞭打ち信仰は多くの意見を生んでいたが、その扱われ方には、一九世紀後半に生じることになるマゾヒズムの言説とほとんど共通点はない。鞭打ちという行為の初期における理論化は、それを正常な目的のための普通の手段と見なしている点で例外なく一致している」（ノイズ 一三八）。

マゾヒズムが十九世紀なかばに「異常」として概念化されることになった原因は、幼少期のヘミングウェイが強い影響を受けていた男性性イデオロギーと無縁ではない。クラフト＝エービングはマゾヒズムを次のように説明している。「女性的なマゾヒズムという意味での、この服従の本能が病的に増加する症例は、もしかすると頻繁に見られるものかもしれないが、慣習がその顕現を抑圧しているのである。多くの若い女性たちは夫や恋人の前にひざまずくことが何よりも好きなものである」（Krafft-Ebing 131）。「サディズムがその精神的な特質において、男性的な性的特徴が病的に強まったものであると見なしうるのに対し、マゾヒズムはむしろ紛れもなく女性の精神的特質が病的に堕落したものを意味している」（Krafft-Ebing 133）。クラフト＝エービングによれば、女性が男性に服従したいという衝動は「本能」であり、それがあまり表面に現れないとすれば、それは単に社会的な慣習によって抑えつけられているからにすぎないという。またサディズムが「男らしさ」の強化であるのに対し、マゾヒズムは女性的特質の「堕落」であると考えられている。クラフト＝エービングはマゾヒズムを「精神病質」と捉えながらも、その根本的原因を女性性の本質に求めているのである。ヘミングウェイがシオドア・ローズヴェルトにあこがれ、「男らしさ」にきわめて強い価値をおくイデオロギーのもとで育ったことは多くの伝記で言及されているが、まさしく男性のマゾヒズムが「異常」とされつつある時代に思春期を迎えたのである。

先にも触れたマンテーニャはキリストの磔刑や聖人の殉教を描くことを得意としたが、ヘミングウェイの作品中でその名が言及される際、常に他の画家たちと一緒になって現れる。「革命家」ではジオット、マサッチョ、ピエロ・デラ・フランチェスカと、『武器よさらば』ではルーベンスとティツィアーノという、明らかにマンテーニャよりも著名な画家と並べられるのである。そして前者では若き革命家が「嫌う」画家として、後者ではキリストの傷のイメージを導き出す「悲痛な」画家として、ある種別格の扱いを受けているのである。ヘミングウェイはエッセイなどでもマンテーニャに関して特段、意見を述べていないが、控えめに提示しながら強いこだわりを持っているらしいこと、そしてあれほど画家に関して多くのコメントを残しながらマンテーニャへのこだわりについては黙して語らないことから考えて、ヘミングウェイにとってマンテーニャはマゾヒスティックな欲望を喚起させる後ろめたい画家と捉えられていたのではないだろうか。マゾヒズムの研究書においてノイズが「おそらく、マゾ男にとってまさに最も心惹かれるイメージ」と呼ぶ聖セバスティアヌスの殉教画は（ノイズ 一五八）、多くの画家によって描かれてはいるが、マンテーニャの「聖セバスティアヌス」はルーブル美術館でヘミングウェイもよく親しんでいたはずである。そしてまさしく聖セバスティアヌスがマゾヒスティックなイメージを喚起することをヘミングウェイもよく知っていたらしいことは、死後出版された『海流の中の島々』でも描かれるとおりである。主人公のトマス・ハドソンは自宅の下働きを「かすかにホモっぽく、半分聖セバスティアヌスふうで、ずる賢く陰険、長い間受難を受け続けている様子」と描写するが（232）、ここでマゾヒスティックな受難とホモセクシャルという、ヘミングウェイにとって男性性を脅かすふたつのイメージがこの聖人には投影されているのである。[13]

モリス・バスキはヘミングウェイのカトリック改宗について、自分に無償の愛を与えなかった母親の代わりに聖母マリアを求めたためであると主張しているが（Buske 85）、聖母に祈りを捧げる場面が数多く描かれる一方、ヘミングウェイの用いる痛みのモチーフはしばしば痛みに耐える殉教者のイメージに結びつけられる。これはヘミングウェイが聖母に慰めを求めるとともに、痛みをスペクタクル化することにカトリシズムの本質を見いだしていたからではないだろうか。そして自分の中にある痛みに対する「異常」な欲望をスペクタクルとして誇示することで、逆説的に隠蔽する手段を見いだしたのではないだろうか。

3．聖痕と男根

筋肉的キリスト教と宗教画のマゾヒズムを前提にすると、ヘミングウェイが好んで描いた暴力と負傷の物語は、一見正反対でありながら実は根本で共通したふたつの方向へ向かっているらしい。それは傷を負うことによる男性性の獲得と、そして傷つくことによるマゾヒスティックな欲望の充足である。すでに述べたようにヘミングウェイ作品全体にわたって傷はしばしばキリストのイメージを導き出すが、そういった作品では負傷が男性性を強く主張するとともに、傷ついた身体がいわばペニスの代替として機能する。『持つと持たぬと』では片腕を失ったハリー・モーガンが妻マリーとセックスをする場面が描かれるが、ハリーが「［切り落とされて切り株のようになった］腕が気になるか？」と問いかけるのに対して「ばかね。それが好きなのよ」と答え、「その向こう側に［切られた方の］腕を置いて。そっちの腕でなぞって。もっと先まで。本当にその腕が好きなのよ」と、片腕であることが性行為の障害にならないどころか、むしろその切られた腕を活用しているのである。そしてマリーが絶頂にいたる瞬間も「さあ来て。すぐに来て。［腕の］切れ端をそこに当てて。そのまま当て続けて。そのまま。まだそのまま。そのまま」と、切られた腕が大きな役割を果たしている（*THHN* 113-14）。

『河を渡って木立の中へ』もまた、主人公リチャード・キャントウェル大佐の手は「二度撃ち抜かれ、わずかにゆがんでい」る（*ARIT* 58）。そしてキャントウェルより三十歳以上も若いレナータはそのゆがんだ手をとりわけ気に入っている。作品全体を通してキャントウェルのゆがんだ手は強調され続けるが、レナータはしきりにその手に触れ、その手を褒め称える。「その手に触りたいのよ。だって先週ずっと毎晩、いえほとんど毎晩、その手のことを夢に見ていたの。妙な支離滅裂な夢だった。私、その手が主イエスの手だという夢を見ていたの」（*ARIT* 82）。戦場で傷ついた手はレナータの夢という形を借りてはいるが、ここでキリストの手へと変じ、キャントウェルが醜いと嫌っている傷は聖痕と化す。そしてその手は後にゴンドラの中でレナータと性行為に及ぶ中で、ハリー・モーガンの切り落とされた腕の切れ端同様、ペニスの代替物として機能する。

ただ彼の駄目になった手が高く切り立った土手のあいだを流れる大きな河の中にある島を探していた。

「そこよ」と彼女は言った。

それから彼はキスをし、島を探し、見つけては見失い、そしてまた今度はうまく見つけた。うまかろうがまずかろうが、と彼は考えた。永遠にこれを最後に。

「好きだよ」彼は言った。「誰よりも君がいとおしい。お願いだ」（*ARIT* 143）

このゆがんだ手を用いたキャントウェルとレナータの性行為は延々と続くが、おそらくは老いて性的能力の減退したキャントウェルにとって、このつぶれた手は若いレナータに快楽を与えることのできるペニスの代替物として働き続ける。痛みに耐え負傷することで、ヘミングウェイの主人公たちは男性性を証明することが可能になるが、それとともにその負傷にはマゾヒスティックな欲望を生み出す力があり、それが性的能力を増大させるのである。[14]

男性性の獲得とマゾヒスティックな欲望のふたつの方向に向かうためには、幼少期の父の罰のように密室で密かに行われるのではなく、マンテーニャの絵のようにスペクタクル化されること、すなわちマゾヒスティックな欲望を満たしながらも、表面上は痛みに耐える忍耐力を観客に目撃させることが必要となる。「男性的」作家のマゾヒズムは男性性を保証する空間でのみ演じられなければならないのである。

『老人と海』は聖人の殉教をスペクタクルとして描いた典型的な作品であると言える。この作品はキリスト教では七つの大罪のひとつとされる「傲慢《プライド》」で始まり、その罰としての「受難《パッション》」につながり、最終的に男性性の象徴として「列聖《キャノナイゼーション》」されることになる。本章でとりわけ重視したいのは、その列聖(あるいはキリスト化)がたんなる贖罪とその結果としての信仰心の獲得に終わるのではなく、その背後にマゾヒスティックな欲望の成就が潜んでいることである。

4．打ちのめされるサンチャゴ

ヘミングウェイは『老人と海』に対するシンボルハンティング的な解釈に反論して「私は本物の老人と本物の少年と本物の海と本物の魚と本物の鮫を作ろうとした。だがもし上手に、そして偽りなく作り出すことができていたら、それらは自ずと多くのものを意味するようになるだろう」（"American" 72）と述べている。しかしこれまでの『老人と海』批評の大半は老人とマカジキ、鮫がそれぞれ何を象徴しているかを読み解く試みに費やされてきたと言っても過言ではないだろう。そしてヘミングウェイの言うように「本物の《リアル》」物事を表象するリアリズム文学として読む限り、『老人と海』は非常に現実離れした作為的な作品にしか見えない。だからこそ作品を肯定的に評価しようとする批評家は程度の差こそあれ、作品をシンボル分析しているのである。しかしこれまでのシンボル批評は作品の豊かな象徴性を見いだそうというよりはむしろ、アレゴリーとして単一の意味に還元してしまい、かえって作品解釈としての可能性を狭めていることも事実である。ヘミングウェイ自身が先の引用で述べているのは、実のところリアリズム文学として読んでほしいと言っているのではなく、「多くのものを意味する」多様性を読み取るように薦めているようにも見えるのである。

従来の批評ではサンチャゴが何を象徴しているかを特定しようとして、その人物像を固定的に捕らえようとする傾向にあった。老人であるという先入観も影響しているのだろうが、サンチャゴが作品中で成長する人物であることに気づかず、いわゆるフラットな人物として、つまり「自然」や「同胞愛」などの単一の概念を象徴する人物として読むのである。もっともこれは批評家の間違いというわけではなく、ヘミングウェイ自身がサンチャゴをフラットに作り出そうと意図していたらしいことは、当初『人間の尊厳』というタイトルを候補に入れていたことからも明らかであろう。確かにサンチャゴは物語中盤で「人は敗北するために作られたのではない。（中略）人は破壊されることはあっても敗北することはないのだ」という非常に有名なことばを口にするように（103）、一〇年代の短編「敗れざる男」同様、老人が決して敗北することのない尊厳を象徴しているように見える。しかしこの老人のことばはまだ鮫の最初の攻撃の段階で現れるものであり、クライマックスでもなければ作品の結論でもない。実のところ以下で詳しく分析するように、ヘミングウェイの意図がどうであれ、そこに隠された作者の欲望を見る限り、サンチャゴは固定的な人物でもなければ「敗れざる男」でもない。本章冒頭でサンチャゴの宗教性に関して相反する見解が見られることを指摘したが、それは作品の進行にしたがって変化するサンチャゴのほんの一部を抜き出して固定的に解釈するからである。実際にはサンチャゴは罪を犯す段階から受難を経験し、贖罪にまでいたる変化と成長を遂げる人物として立ち現れてくるのである。

作品冒頭でサンチャゴの小屋にはイエスの聖心とコブレのマリア像が飾られているが、それらはどちらも亡き妻の飾ったものである（16）。サンチャゴは「謙虚さに到達し」ているが、そのせいで「真実のプライドを失っていない」（13-14）。「謙虚さ」はもちろんキリスト教的美徳のひとつであるが、「プライド」は先にも述べたように七つの大罪のひとつである。一見「真実のプライドを失っていない」サンチャゴは、漁師としての尊厳を保つ人物として読者の目には好意的に映るかもしれないが、あえて宗教的文脈を重ね合わせるならばここには「傲慢」という罪が示唆されているようにも見えてくる。

巨大なマカジキと格闘する中でサンチャゴは「自分の感じるあらゆる痛みを込め、体力とずっと前に失われたプライドの残りをかき集め、魚を苦しめるために用いた」と描かれるが（93）、サンチャゴのプライドとは魚を殺すことに対するプライドである。後になってサンチャゴは以下のように考える。

希望を持たないのはばかげたことだ、と彼は考えた。それに罪でもある。罪のことなんて考えるんじゃない、と彼は考えた。今は罪以外にもたくさん考えることがあるんだ。それに罪のことなんて理解していないのだから。

俺は罪のことなんて理解していないし、信じているかどうかも分からない。もしかすると魚を殺すのは罪なんだろう。たとえ生きていくため、多くの人に食べ物を与えるためであってもきっと罪なんだろう。だがそれなら何もかもが罪じゃないか。罪のことなんて考えるな。そんなことを考えたってもう遅いんだし、そうすることで金をもらう人がいるんだから。他の連中に考えさせればいいんだ。お前は漁師になるために生まれたんだし、それは魚が魚になるために生まれたのと同じだ。（中略）お前は生きていくため、食料として売るためだけに魚を殺してきたんじゃない、と彼は考えた。お前はプライドのために殺したんだ、そしてそれはお前が漁師だからだ。あの魚が生きているときあいつが好きだったし、死んだ後だって好きだった。あいつのことが好きなんだったら殺しても罪にはならない。いやもっと重い罪なのか。（104-105）

ここではじめてサンチャゴはマカジキを殺した本当の理由を悟る。それは生きていくための必要性に迫られたためではなく、「プライドのため」なのである。この作品を書く二十年前にヘミングウェイは闘牛に関するエッセイ『午後の死』で「プライド」に関して述べている。「彼［マタドール］は殺しの瞬間に精神的な楽しみを感じていなければならない。手際よく美的喜びとプライドを与えるようなやり方で殺すことが一部の人々の中でもっとも大きな楽しみのひとつなのである。（中略）いちど死に関するルールを受け入れれば、汝殺すことなかれという戒めはたやすく自然にしたがうことができる。しかし人がいまだ死に抗っているのなら、死を与えるという神のような特権を行使することに喜びを見いだすのである。これは殺しを楽しむ男にとってもっとも深い感情のひとつである。こういった行為はプライドを持って行われ、そしてプライドとはもちろんキリスト教徒にとって罪であり、異教徒の美徳である。しかし闘牛の根底にあるのはプライドであり、偉大なマタドールの根底にあるのは殺しを真に楽しむ感情なのである」（*DIA* 232-33）。漁師としての有能さを示すために魚を殺すプライドは闘牛士のものとされるプライドに近いことが分かるだろう。そしてここでサンチャゴ自身が気づくように、それは「キリスト教徒にとって罪」なのである。従来サンチャゴは自然や魚に対して同胞愛を抱く人物として捉えられてきたが、ここでサンチャゴはプライドのためにマカジキを殺す罪人であることに気づき始めるのである。[15]

サンチャゴはマカジキと格闘する際に「俺は信心深い人間じゃない。（中略）だが主の祈りを十回、聖母への祈り《アヴェ・マリア》を十回唱えるから、この魚を釣り上げさせてくれ。もし魚を釣ることができたらコブレの聖母にお参りするから。約束だ」と述べるが（64-65）、このような祈りが願いを叶えてもらうための「原始的祈り」とされていることはすでに第三章で見たとおりである。さらに付言するならばサンチャゴの祈りを捧げる相手である聖母マリアもキリストも、もとはサンチャゴの妻の信仰対象であった。[16] プライドをもつサンチャゴは、少なくともマカジキを釣り上げた段階で決して深い信仰心を持っているわけではない。

サンチャゴのプライドは遠い沖に出ることに象徴されている。「遠い沖まで出て風向きが変わったら帰ってくる。明るくなる前に出発したいんだ」と語るが、他の漁師は「遠い沖」には出たがらない(14)。しかし他の漁師より遙かに遠くまで漕ぎだしても、作品中盤までサンチャゴの獲物は届かぬ遠くにあり続ける。「あの群れは俺から離れていく、と彼は考えた。あまりにも早くあまりにも遠くに動いていく。だがひょっとするとはぐれたやつを一匹くらい釣れるかもしれないし、ひょっとすると大物がその周りにいるかもしれない。俺の大物がどこかにいるに違いないんだ」(34-35)、「今はひとつのことだけを考えるときだ。そのために俺は生まれたのだ。あの魚の群れの周辺には大物がいるかもしれない、と彼は考えた。まだ餌を食っているビンナガの群れからはぐれたやつを一匹釣り上げただけだ。しかし奴らはあまりにも遠くへあまりにも早く動いていく。今日は水面に出てくるやつはみんなひどく早いスピードで北東に進んでいるようだ」(40)。そしてマカジキを針にかけた後もマカジキはしばらくのあいだ、サンチャゴの手の届かない深海に潜り続ける。「マカジキは深く暗い海の底で罠も仕掛けも計略も遠く及ばないところに潜り続けることを選んだ。俺はそこまで行って他の誰にも手の届かないところでやつを見つけることを選んだのだ。世界中の誰にも手の届かないところで。俺たちは昼から一緒になってずっとそのままだ。そして誰もどっちの味方にもなってくれない」(50)。これは誰にも到達できない場所にまで行こうとするサンチャゴのプライドであり、なおかつキューバの漁師の守り神であるコブレのマリアの庇護を離れ、自分の限界を超えようとするプライドを表しているのである。もちろんこれはヘミングウェイがサンチャゴをヒロイックに描き出そうとする描写ではあるが、一方で作品の底に深く潜んでいる宗教的コンテクストからは「罪」であると指し示される。

やがてサンチャゴはそのことに気づき始める。自分の殺したマカジキを無傷で連れ帰ることができないことを悟り、「遠い沖」に出たことが間違いであったのを悟るのである。「魚よ、こんなに遠くまで出てくるべきではなかったよ。（中略）お前のためにも俺のためにもな。すまんな、魚よ」（110）、「半　魚《ハーフ・フィッシュ》よ。（中略）かつて魚だったお前。あまりにも遠くに来すぎて悪かったよ。俺たちふたりとも破滅する羽目になってしまった」（115）。マカジキをすべて鮫に食われ、その骨を持ってコヒマルの港に戻ってくるサンチャゴはただひたすら「遠い沖」に出たことを後悔し続ける。「まだ多少ツキ《ラック》は残っているに違いない。いや、と彼は言った。お前はあまりにも遠くに行きすぎたせいで天運《ラック》を冒瀆してしまったのだ」（116）、「打ちのめされるというのは簡単なものだ、と彼は考えた。どれほど簡単なことか知らなかった。そしてお前は何に打ちのめされたのだ、と彼は考えた。「何にも」彼は声に出して言った。「ただ遠くまで行きすぎただけだ」」（120）。このように限界を超えて遠くに行くというサンチャゴの試みは失敗に終わり、そのためにサンチャゴのプライドは打ちのめされるのである。

これまで『老人と海』を評価する研究者も批判する研究者も、四〇年代のスランプの後にこの作品を書き上げた作者ヘミングウェイの姿をサンチャゴに重ね、獲物は失ってもそこに老人の勝利を読み込む解釈が大半であった。しかし魚を殺すことと分をわきまえずに限界を超えることの罪の意識をここに読み込むならば、むしろ浮かび上がってくるのは打ち据えられる老人の傲慢《プライド》である。この受難こそが『老人と海』のもっとも重要な要素である。なぜなら受難によってサンチャゴは最終的にキリストの持つ男性性を獲得するにいたるのであり、その一方で密かに罰を受けることのマゾヒスティックな快楽を満たすことができるからである。

5. サンチャゴの受難

作品の前半部分で理想の男性像を体現し、受難の役割を引き受けるのはマカジキである。三日間にわたって針をかけられながらもひたすら忍耐強くサンチャゴの船を引き続ける力強さは筋肉的キリスト教のキリスト像に近いと言えるだろう。

釣り糸はゆっくりと着実に浮かび上がってきて、そして海の表面がボートの前方で盛り上がり、魚が姿を現した。魚はいつまでも終わることなく現れ続け、水が脇腹を流れ落ちた。太陽の中で明るく輝き、頭と背中は濃い紫であり、太陽の中で脇腹の縞模様が広々と見え、薄いラヴェンダー色に輝いた。角は野球のバットくらい長く、諸刃の剣のようにとがっていた。魚は海の中から全身を現しそして再び潜っていった。なめらかに、ダイヴァーのように。老人は巨大な草刈り鎌の刃のような尾がその後に続き、釣り糸が速いスピードで引き出されていくのを見た。(62-64)

ここでついにサンチャゴの前に姿を現したその巨大な身体はファリックなシンボルであるとともに、その出現は完璧な男性性の具現として射精にも近い印象を読者に与える。そのマカジキとの格闘に勝利し、ついに釣り上げたサンチャゴはマカジキの男性性を簒奪する。船にマカジキを縛り付けコヒマルへと向かうあいだ、サンチャゴはあまりにもマカジキとの一体感を持つためにやがて自分とマカジキとの区別が不明瞭になってくる。「彼の頭は少し混乱し始め、やつが俺を引っ張っているのだろうか、それとも俺がやつを引っ張っているのだろうか、と考えた」(99)。だからこそその身体が鮫に傷つけられると「彼はもう魚を見たくなかった」(103)と思うのである。マカジキを船に縛り付けたとき、「魚の目は潜望鏡の反射鏡か行進をする聖人のように超然としていた」(96)と描かれるが、その目はその後サンチャゴの受難を目撃する目であるだけでなく、マカジキとの一体感を持つサンチャゴ自身の目となり、サンチャゴを聖人とする働きを持つのである。

サンチャゴの身体は物語の冒頭からすでに満身創痍と言っていい状態であるが、その身体は最初はマカジキとの、次には鮫との格闘の中で何度も繰り返し痛めつけられる。「祈りを捧げるとずっと気分がよくなったが、その分同じくらい、もしかすると前より少し苦しみが増してきた」(65)。祈りはサンチャゴを慰めるとともに受難をより深める。これは苦しみが増せば増すほどそれに耐えるサンチャゴの男性性が強化され、それとともにマゾヒスティックな欲望を満たすことになるのである。

サンチャゴは他のヘミングウェイ作品の主人公同様、痛みのない状態を嫌う。「彼はひどく気分が悪かった。なぜなら背中を交差している釣り糸でひどく痛みが生じ、もはや痛みを通り越して感覚が麻痺し始めていた。彼は痛みがない状態が一番信じられなかった。しかしこれより悪い状態はもう通り過ぎた、と彼は考えた。俺の手は少し切れているだけだし、もう片方の手の痙攣もなくなった」(74)、「痛みなど男にとっては問題にならないのだ」(84)、「やつ［マカジキ］に痛みを与え続けねば、と彼は考えた。俺の痛みはどうでもいい。自分の痛みくらい抑えられる。だがやつは痛みのせいで怒り狂っているはずだ」(88)、「頭をはっきりさせて男らしく苦しみ抜くんだ。いや魚らしくかな、と彼は考えた」(92)「彼は［ナイフをくくりつけたオールを］できるだけそっと持ち上げた。なぜなら彼の両手が痛みのせいでうまく動かなかったからだ。そこでオールを持ったままそっと両手を開いたり閉じたりしてほぐそうとした。今度はしっかりと握りしめて痛みを受け取り、ひるむことなく向かってくる鮫を見た」(107)。『老人と海』は、このようにサンチャゴの痛みを中心に展開し、その痛みに耐える様を描いた受難物語である。やがてこの痛みだけがサンチャゴに生きていることを確認させる。

しかし今暗闇の中で何の明かりも電灯も見えない中、風と絶え間ない帆のはためきだけがある中、彼はもしかするともう自分は死んでいるのかもしれないと思った。そこで両手を合わせて掌の感触を確かめた。両手はまだ死んでいなかった。ただ開いたり閉じたりするだけで命の痛みを呼び戻すことができた。船尾にもたれかかり、彼は自分が死んでいないことを知った。肩がそう告げていた。(116)

その後本章冒頭でも述べたように、サンチャゴはまるでキリストの受難をなぞるかのように丘を登って小屋に戻り、十字架にかけられたキリストと同じ姿勢で眠りにつく。これら痛みの描写はすべて、サンチャゴの男性性を強調するとともにマゾヒスティックな欲望を満たす要素なのである。そのように考えるとサンチャゴが鮫を見たときにあげる、掌が釘で十字架に刺し貫かれるときのような「アイ」という叫び声は、受難の苦しみの声でもありながら、マゾヒスティックな欲望が満たされる予感としての、快楽の叫びでもある。

しかしこのマゾヒズムを男性性獲得の背後に隠蔽するためには、サンチャゴの受難はスペクタクル化されなければならず、そのためには老人には観客が必要なのである。船での受難の中、サンチャゴは頻繁に独り言を話す様子が描かれるが、それはまるで観客の存在を想定しているかのようである。「おそらく少年が去り、ひとりになったときに独り言を話し始めたのだろう」(39) と語られるように、サンチャゴの偉業と受難を目撃すべき観客はマノーリンであるはずだが、今は不在なのである。サンチャゴは何度も繰り返しマノーリンにいてほしいと願うことが描かれる。[17]「あの子がいてくれたらいいのに」(45)、「あの子がいてくれたらいいのに。手助けをし、これを見ていてくれれば」(48)、「あの子がここにいてくれたらいいのに」(50)、「あの子がいてくれればいいのに」(51)、「あの子がここにいてくれて、そして塩をちょっとだけ持っていたらよかったのに」(56)、「あの子がここにいたら手をこすって肘から先をほぐしてくれるんだが、と彼は思った」(62)、「あの子がここにいてくれたら釣り糸のコイルをぬらしてくれるんだが、と彼は思った。そうだ。あの子がここにいてくれたら。あの子がここにいてくれたら」(83)。しかしマノーリンはサンチャゴの戦いを目撃することはない。だからこそ、サンチャゴは自らの戦いと受難の証としてマカジキの骨を持ち帰らなければならないのである。

6. マカジキの骨

これまで前田一平やゲリー・ブレナーが指摘してきたように、サンチャゴがマカジキの骨を持ち帰る理由が不明確であり、時にはそれが作品の欠点として指摘されてきた（前田、「マノリン」二七九―八六；Brenner, *Story* 56）。しかしこの骨はサンチャゴの受難を証言する唯一の証拠であり、これがなければサンチャゴの苦しみはスペクタクル化されないのである。前田が指摘するように骨を持ち帰らず浜に戻っても、いやむしろ持ち帰らない方が、読者は「敗れざる男」サンチャゴの「人間の尊厳」を強く感じることになるだろう。しかし最初はマカジキと、次に鮫と格闘する中でサンチャゴが苦しむ様子にマゾヒスティックな欲望の可能性を無意識にも感じ取った瞬間、ヘミングウェイはその痛みを人目に触れない密かなものとして表象することはできなかったはずである。マカジキの骨は痛みの喜びを知った人間にとって、男性性を保証する唯一の拠り所であり、それをスペクタクルとして見せることで心の底深くに横たわるマゾヒスティックな欲望を隠すことが可能になるのである。確かに前田やブレナーが言うように、サンチャゴの持ち帰った骨は自分の漁師としての偉大さを周囲に見せつけるための行動であると解釈することも可能であろう。しかしマゾヒスティックな欲望を隠蔽するためにはそうせざるをえないのである。

物語の終盤にはアメリカ人観光客がマカジキの骨を鮫の骨だと誤解する場面が唐突に描かれる。これまでこの場面も様々な解釈がなされてきたが、この観光客の誤読はある意味で作品の本質を指し示している。なぜなら第一に全長十八フィート（約三メートル三十三センチ）におよぶ巨大な魚の骨がサンチャゴの受難を証言する限り、そして観光客がその美しさを賞賛する限り（「鮫がこんなに威厳のある美しい形をした尾をもっているなんて知らなかったわ」［127］）、それがマカジキであろうが鮫であろうが問題にならない。この観光客の無理解が問題になるのは魚の市場価値を考慮に入れた時のみである。そして第二にこのアメリカ人観光客の「誤読」は、魚の骨をサンチャゴの男性性の象徴として読もうとする「誤読」を指し示しているからである。いわば魚の骨は背後のマゾヒズムを隠蔽するために、すなわち「誤読」されるために持ち帰られたのである。

マノーリンは小屋で目を覚ましたサンチャゴに次のように問いかける。

「早くよくなってよ。だって僕にはまだ学ぶことがたくさんあるし、全部僕に教えてほしいんだ。どれくらい苦しんだの?」

「たっぷりとだ」老人は言った。(126)

確かにサンチャゴは「たっぷりと」苦しんだ。そしてそれを見せることで自らの秘めた欲望を隠蔽し、殉教者となって失った男性性を取り戻すのである。

注

[1]「今日は金曜日」を筋肉的キリスト教の文脈から解釈した論文としてはリサ・タイラーが（Tyler）、筋肉的キリスト教がヘミングウェイ作品全般に与えた影響を論じたものとしてはマーク・スピルカがある（Spilka, *Hemingway's Quarrel* 19-26）。

[2] ケネス・ジョンストンによるとヘミングウェイ作品の中でマンテーニャに関する言及は最初期の『ワレラノ時代ニ』から晩年の『河を渡って木立の中へ』まで合計六度現れるがいずれも作品名に関しては一切触れられていない（Johnston 41）。しかしフレデリックらがそれまで暮らしていたミラノにある二枚のマンテーニャのうち、磔刑後の手足に開いた釘の跡を生々しく描いた「死せるキリスト」のことを指していることはほぼ間違いないだろう。たとえば今村　一五三―五四を参照。

[3] 第五章で見たように、この時期のヘミングウェイはポーリーンの出産を通して教会教義に疑問を抱いていた。語り手のフレイザー氏が入院するカトリックの病院は、ヘミングウェイ自身が入院した病院を想起させるが、この病院もまた、教会制度として批判の対象となっているのである。

[4] 一九二六年にアーネスト・ウォルシュに宛ててヘミングウェイは以下のように書いている。「私はカトリック教徒だが殉教者や聖人にさほど憧れを持っていたりはしない。マック［ロバート・マッコールモン］は今まさに殉教者にされようとしているようだが、それはかなりの部分自分のせいだし、同じくらいかなりの部分世間の強力な圧力のせいでもある。君はマックを聖人に仕立て上げる仕事をしているわけだ。教会の長所のひとつは、もし私が間違っていれば指摘してほしいのだが、我々が聖人になりうる前に厳密なタイムリミットを設定していることだ。本物の聖人にとってはそんなことはどうでもいいことで、それは本当に勇気ある行動をとった者にとって勲章をもらおうがもらうまいがどうでもいいのと同じだ。だがそのおかげで大勢の［シオドア・］ローズヴェルトみたいな連中や［ウッドロウ・］ウィルソンみたいな連中を［列聖から］締め出すことができる。もちろん一方ではクソみたいな人生を送ったが死んでからすぐれたPR組織ができたジャンヌ・ダルクたちを［聖人の］

仲間入りさせることになるんだが。そうは言ってもやはりいいルールだよ」(*SL* 189)。この文面から考えてヘミングウェイはシスター・セシリアが生前に列聖される可能性のないことは知っていたと思われる。

[5] トニ・D・ノットはこのタイトルが「マタイによる福音書」の一節に由来していると主張している (Knott 113-14)。「持っている人は更に与えられて豊かになるが、持っていない人は持っているものまでも取り上げられる」(マタイ 十三:十二)。さらにハリーが片腕を失うエピソードはトニ・D・ノットが指摘するように「マタイによる福音書」における一節「もし、右の手があなたをつまずかせるなら、切り取って捨ててしまいなさい」(マタイ 五:三十)に由来している(Knott 124)。ちなみにノットは指摘していないが、この一節の直前でイエスは「みだらな思いで他人の妻を見る者はだれでも、既に心の中でその女を犯したのである」と「姦淫」の罪について語っているが(マタイ 五:二十八)、これはマクウォルジーの犯した罪である。

[6] 痛みに耐える忍耐力を持っている男性的な白人の引き立て役として黒人が用いられていることに関して、トニ・モリソンは『白さと想像力——アメリカ文学の黒人像』で強く批判している(モリソン 一一四—一一七)。

[7] カトリックの用語で、故意に神の掟に違反し、神に背く行為を言う。その結果、神の恩寵を失うと考えられた。

[8] もちろん宗教に関してこのことばが使われている以上、第三章で論じた『日はまた昇る』の第十二章と関連させて考えることもできるだろう。このことばは『武器よさらば』においても宗教と関連づけて用いられるが、それに関しては山本洋平が詳しく論じている。

[9] 痛みに関するヘミングウェイ作品がしばしば出産の苦しみに関連づけられるのは、出産の苦しみが知恵の実を食べる誘惑に負けた女性に神が与えた罰であるとする創世記の記述を思い起こさせる。

[10] 聖書の解釈に関しては前島を参照した。「没薬を混ぜたぶどう酒」に関する解釈は二八四頁。

[11] 鞭打ち主義とは「信仰とは苦痛を求め、おのれの自由意志で苦しむことを意味すると宣言したフランスの運動」のこと(ノイズ 一五四—一五五)。

[12] 第一章と次章で言及しているようにモリス・バスキはヘミングウェイの姉マーセリーンの伝記から削除された一節を参照することで父親の体罰の激しさを明らかにしているが、ファンティーナは自分の研究書の三年前に発

表されたこの論文を引用していない。またファンティーナの定義するマゾヒズムは、男性が受動的になる性行為のことを広く指しており（Fantina 1）、マゾヒズムの中心的要素である痛みに対する洞察に欠けている。そのために本章で主に扱う『老人と海』は直接的な性行為が描かれていないために、一切触れられていない。

［13］言うまでもなく聖セバスティアヌスはホモセクシャルの守護聖人でもある。ホモセクシャルとの関連に関しては勝井「暴露する手」を参照（勝井　九九－一〇〇）。

［14］『河を渡って木立の中へ』に描かれる老いと性的不能の問題に関しては拙論「創造と陵辱」で詳しく論じている。

［15］横山晃は『午後の死』と『老人と海』の「プライド」に関して言及し、その宗教的罪とフロイト理論のトーテミズムを結びつけ、そこにヘミングウェイの父殺しの欲望を読み込んでいる。横山の論がきわめて刺激的なのは、ヘミングウェイの父親の自殺と自らの自殺の可能性をそこに読み込むことで、「サディスティックな感覚の裏に、葬られる牛へと向けられたマゾヒスティックな欲望を」見て取る論理展開である。つまり一般に考えられるようにヘミングウェイは闘牛士にだけ感情移入していたのではなく、殺される牛に、そしてサンチャゴだけではなく、殺されたマカジキに同化していたことを指摘し、「マカジキへとダメージを与えることがサンチャゴ自身へと還ってくる状況下で、大きな獲物を釣るサンチャゴの願望とは、死への欲動と表裏一体となり、彼のマゾヒズムを浮上させます。それはサディスティックな願望が、マゾヒスティックな欲望と表裏一体となっている状況です」と論じる（横山 n.pag.）。マゾヒズムの欲望をヘミングウェイの父親の自殺と関連づけた論考は非常に斬新であるといえるだろう。

［16］妻の信仰心を引き継いで祈りを捧げるのは、ポーリーンと結婚した直後のヘミングウェイの状況と似ていなくもない。ポーリーンが死んだのは一九五一年十月のことであり、ヘミングウェイが『老人と海』に妻の死を描き込んだのがこれより先か後かは定かではないが、たとえ生前に書かれていたとしても一九四〇年に離婚してヘミングウェイ家から姿を消したポーリーンのことを考えていた可能性は非常に高いだろう。

［17］ゲリー・ブレナーはこのサンチャゴのマノーリンへの欲望を伝記的に分析している。ヘミングウェイは三人の息子に対し、決して父親らしい父親ではなかったが、『老人と海』執筆当時、成人して自分の影響下を去ろうと

する息子たちを見ながら、父親らしい行動を取ってこなかった不安を作品に投影し、自分のもとを去って他の漁師の舟に乗るマノーリンとして描き出したと解釈している（Brenner, *Concealments* 184-87; Brenner, *Story* 99-100）。またヘミングウェイの主人公が観客を必要としていたことに関してはトマス・ストリーキャッシュが「ビッグ・トゥー・ハーティッド・リヴァー」と比較しながら詳しく論じている（Strychacz 221-58）。

第8章　ニック・アダムズと楽園の悪夢

1. 晩年にたどり着いた楽園

「最後のすばらしい場所」は、アーネスト・ヘミングウェイが最晩年になって断続的に書き続けたもの[1]の、未完成のまま放棄された長編小説の原稿であり、死後に編集者の手によって「短編」として出版された。ヘミングウェイはニック・アダムズという半自伝的登場人物を主人公にした一連の短編群を書いているが、この作品もニック・アダムズもののひとつとして構想され、ヘミングウェイが実際に経験したアオサギ事件を虚構化して描いている。アオサギ事件とはヘミングウェイが十六歳のころ、狩猟法でとである。

禁じられているアオサギを撃ち殺してしまい、そのことで狩猟管理官に追われることになった事件のことである。

ヘミングウェイ家は毎年夏のあいだはミシガンのワルーン湖畔の別荘ウィンデミアで過ごしていたが、ヘミングウェイが十六歳になった誕生日に妹サニーをつれてボートを漕いでいるとき、飛び立ったアオサギを反射的にライフルで撃ち落としてしまう。その後アオサギをボートに残したまま、ふたりはピクニックに出かけるが、そのあいだに狩猟管理官の息子がアオサギを発見し、ヘミングウェイを問い詰める。ヘミングウェイはアオサギを「もらったものだ」と説明するが、狩猟管理官の息子は父親に事件を報告する。間もなくふたりの管理官がウィンデミアを訪れ、母グレイスにヘミングウェイの所在を尋ねる。それに対してグレイスは息子を守るためにショットガンを持ち出してふたりを追い返すのである。その後ヘミングウェイはホートン・ベイでホテルと雑貨屋を経営するディルワース家のもとに逃げ込み、さらにアイアントンに夏のあいだ滞在している叔父のジョージのところまで逃亡する。その後オークパークの父親から手紙で勧められるとおり、ボイン・シティの裁判所で罰金を支払い、この事件は一応の決着を見る[2]。

作品ではアオサギが鹿に変更されており、さらにニックひとりではなく、妹のリトレスとふたりで狩猟管理官に追われて処女林に逃げ込み、そこで近親相姦的な関係をにおわせる生活を送るように変更されている。従来の研究はこのニックとリトレスのふたりきりの生活をヘミングウェイの楽園願望の表れと見なし、極めてファンタジー的要素の強い作品として考えてきた。また多くの研究者が、展開が空想的で子供じみており、晩年のヘミングウェイの創作力の衰えを示す好例であると考えてきた。しかしこのような解釈には大きな問題がある。なぜならニックとリトレスは作品のタイトルにも用いられている「最後のすばらしい場所」にはとどまらず、さらにその先へと逃亡を続けるからである。またふたりがその先で築き上げるキャンプは、常に脅威にさらされ続けるという点で、楽園が当然持つはずの安心と落ち着きを著しく欠いている。物語は決して空想的な楽園を築くところで終わってはいないのである。

文明の及ばない未開の荒野に逃亡し、そこに楽園を築くという物語の枠組み自体は、ジェイムズ・フェニモア・クーパーのレザーストッキング・テイルズやマーク・トウェインの『ハックルベリー・フィンの冒険』などに見られるように、アメリカ文学で伝統的に用いられてきたものである。[3] また当時ヘミングウェイは四〇年代後半からフランスを舞台にしたもうひとつの楽園物語『エデンの園』を断続的に書き進めていたことからも分かるように、「楽園」の追求が五〇年代のヘミングウェイの中心的な主題であったことは確かである。しかし一九二六年にすでにカトリックに改宗しているヘミングウェイが楽園を描くとき、その楽園の持つ意味合いはアメリカの伝統的主題である荒野のエデンのモチーフとは大きく異なるはずである。実際『エデンの園』は普通の意味での楽園を描いているわけではない。最初は教会に献金をすることで「カマルグの港町の道徳に逆らおうとしている」わけではないことを周囲に示していながら（*GE* 6）、妻キャサリンの「私たち、地獄に落ちる《ゴーン・トゥ・ザ・デヴィル》けどかまわないでしょ」という言葉（*GE* 17）を合図に夫は妻を悪魔《デヴィル》と呼び始め、自分たちの白い肌を黒く変貌させていくふたりの様子には、むしろキリスト教的価値観から逸脱する罪をこそ見て取ることができる。荒野をエデンと見なし、そこに無垢の楽園を夢見るのは、ヨーロッパの宗教的腐敗から逃れたピューリタン的世界観の表れであったが、ヘミングウェイの楽園はこの伝統を意識しながらも、カトリック教徒に改宗し、信仰途上で揺れ動き続ける作家としてそこに大きな修正を加えているのである。

これまでヘミングウェイのカトリック信仰自体が軽視されてきたために、「最後のすばらしい場所」もまた、その宗教性に着目した研究は皆無に等しいが、実はほとんど宗教小説と言ってもいいくらい宗教教義が重要なモチーフとなった作品である。本論ではピューリタニズムとカトリシズムの「原罪」概念の違いを軸に検討することで、この作品がこれまで考えられてきたようなノスタルジックな楽園願望を描いた作品ではなく、ヘミングウェイが自分のたどってきた信仰の変遷を描き出した作品であることを明らかにする。その上で晩年のヘミングウェイが描くミシガン時代の「楽園」が、ヘミングウェイの思想的基盤であった「伝道の書」の世界観のように、虚無と不在に囲まれた場所であることを明らかにする。

2. ニックの原罪

「最後のすばらしい場所」には、回想場面でパッカードとニックのあいだに交わされる奇妙な会話が描かれる。


ニック・アダムズが自分には原罪があると言ったのが理由で、ミスター・ジョン［・パッカード］はニックのことが好きだった。ニックにはどういう意味なのか分からなかったが、誇らしくはあった。

「お前さんにも悔い改めなきゃいけないことが出てくるだろう」ミスター・ジョンはニックに話した。

「それが一番いいことなんだよ。いつだって悔い改めるかどうか自分で決められるんだから。でも肝心なのはそういう経験をするってことなんだ」

「悪いことなんてしたくないよ」とニックは言った。

「私だってしてほしくはないさ」ミスター・ジョンは言った。「でもお前さんは生きているし、そうすればいろんなことが起こるだろうからね。嘘をついてはいけないし、盗みを働いてもいけない。誰だって嘘をつかなきゃいけないことはある。でもお前さんが絶対に嘘をつかない相手をひとり見つけておくことだ」（*NAS* 100）

本作品のみならず、ヘミングウェイ作品において「原罪」ということばが用いられるのはここだけである。「原罪」はそもそもカトリック、プロテスタントを問わず、キリスト教会全般で用いられる概念であるが、後に触れるようにカトリック教徒にとってはそれほど重い意味を帯びていない。作家活動の初期にカトリックに改宗したヘミングウェイがこれまで「原罪」ということばを使わなかったのは、それほど不思議なことではないのかもしれない。しかしながらカトリック改宗以前のころの自伝的モチーフを作品化するに当たって、「原罪」という概念を持ちだしたのは非常に注目に値する。いまだカトリックに改宗していないニックが「原罪」に言及するとき、それはプロテスタント教義における概念であるはずだが、当然そこには執筆時点カトリックに改宗しているヘミングウェイの理解する「原罪」概念が投影されているはずだからである。そういう意味で、この作品は複数の宗教教義の交差する複雑な物語であり、ヘミングウェイがカトリック改宗にいたった大きな鍵が潜んでいるのである。

これまでこの作品で言及される「原罪」に関してもっとも深く考察しているのはマーク・スピルカである。スピルカは「原罪」を「しなければ後悔するであろうことをし、それをしたことによってトラブルに巻き込まれること」(Spilka, "Original Sin" 215) と定義し、ニックの女性関係や狩猟法の違反を主要な「原罪」として考察を進めていく。しかし本来「原罪」とは個人が犯したり犯さなかったりする個々の罪のことを指しているのではないはずである。もちろん「原罪」は全人類に受け継がれるものであり、特定の個人に「原罪がある」と表現していること自体が矛盾なのだから、ニックが神学的に正確な概念を理解しているわけでないことは明らかである。しかしここではたんに「罪」というのではなく「原罪」と表現している点こそが重要なのである。

ここで改めて正統派カルヴァン主義の「原罪」概念を確認しておきたい。カルヴァンは『キリスト教綱要』の非常に頻繁に引用される箇所で「原罪」を以下のように定義している。

すなわち、「原罪とは我々の本性の遺伝的歪曲また腐敗であって、魂の全ての部分に拡がっており、これが第一に我々を神の怒りを受くべき者とし、次に我々の内に聖書が肉の行い (ガラテヤ 五:十九) と呼ぶ業を齎《もたら》すものである」と我々は見る。これがパウロによってしばしば「原罪の「原」を取って」「罪」と呼ばれているものである。ここから生じる行い、例えば、姦淫、放蕩、盗み、憎しみ、殺人、宴楽のことをパウロは、この理由によって「罪の実」と呼ぶが、聖書の多くの箇所とともに、これらを実に「罪」とも呼ぶ。(カルヴァン 二七三)

カルヴァンによれば人はアダムの堕落以来、遺伝的に「原罪」という悪徳を受け継いでおり、このことだけで我々は神の怒りを受けて当然の存在であるとしている。そしてその「原罪」が根本的な原因となって、人はさまざまな個別の「罪」を犯しやすいことが指摘される。この個々の「罪」は「原罪」とははっきりと区別されるべきものであり、「肉の行い」や「罪の実」とも呼ばれているように、「原罪」からの派生物である。このことはとりわけニックとリトレスにはうまく当てはまる。物語冒頭で「彼女とニックは愛し合っていたし、他の誰も愛していなかった。家族の他の人たちのことをいつも他人だと思っていた」（*NAS* 71）と書かれているように、ふたりは家族の他のメンバーとは一線を画していることが述べられているが、その具体的な相違点は後にリトレスが言うように、彼らの犯罪的傾向のことである（「あなたも私も犯罪を犯しやすいのよ、ニッキー。私たちは他の人たちとは違うのよ」［*NAS* 116］）。カルヴァンの言うように人が罪を犯しやすいのが「原罪」のためであるとすると、罪を犯しやすいことを自覚しているニックが発言する「自分には原罪がある」というセリフは、「悪いことなんてしたくない」にもかかわらず、社会的には罪と見なされることをしてしまう反社会性のことを指して言っていると考えられる。

そう考えるとカルヴァンの定義に列挙される、原罪から派生した罪の例、「姦淫、放蕩、盗み、憎しみ、殺人、宴楽［飲酒］」のほとんどすべてをニックとリトレスが犯していることは示唆的である。ニックはネイティヴ・アメリカンの少女トルーディとセックスをし、妊娠させた過去を持つ[4]という点で姦淫・放蕩（婚姻外の性交渉）の罪を犯しているし、作中でにおわされている近親相姦的な欲望がもし実現されれば[5]、さらに重大な「姦淫」の罪を犯すことになるだろう。またリトレスは狩猟管理官からウィスキーを盗み出し(「昨日の晩ウィスキーを盗み出したとき、道徳的に堕落したんじゃないかと思うの」[*NAS* 114])、狩猟管理官とその息子に対する憎しみはふたりが共有している感情であり、いずれ狩猟管理官の息子を殺してしまうことをニックは予感し(「彼女[リトレス]のいるところでそのこと[殺人]を考えてはいけない。彼女はお前の妹で愛し合っているんだから、きっと気づかれてしまう」[*NAS* 131])、ニックはリトレスの盗んできたウィスキーを飲む。つまりピューリタニズムで一般に罪と見なされるほとんどをふたりは犯していることになる。そしてニックはこれらの罪に関して罪の意識を感じていない。おそらくは自分で罪だと思っていないことをしながら、それが社会的に罪と見なされるために、ニックはこの社会との認識のズレを「原罪」の有無で理解しようとしているのである。

もちろんニックもヘミングウェイもカルヴァンの著作を直接読んでいたことはなかっただろうが、正統派ピューリタニズムの教義にしたがって宗教教育を行っていた父親を経由して、ヘミングウェイ/ニックはカルヴァン主義の罪の概念を吸収していたはずである。しかしパッカードはニックの宗教的な罪の意識を理解しているから「原罪」のことを持ち出したわけではない。先の引用で「悔い改めるかどうか自分で決められる」と言っていることからも明らかなように、パッカードは善悪の区別自体にそれほど厳格ではない。むしろまったく信仰を持たないパッカードが「原罪」があるというニックを気に入ったのは、ニックの社会的慣習に対する反発のためであり、とりわけセックスのことに関してである。知恵の実を食べた結果、アダムとイブが性に目覚めたことを指して、パッカードはニックの「原罪」意識を冗談の種にしているのである。

パッカードは文化も宗教も信じないが、セックスは非常に重要であると感じている。「彼[パッカード」は伝道集会や信仰復興集会には出たことがあったが、シャトーカ（夏期に開かれる文化教育集会）には行ったことがなかった。伝道集会や信仰復興集会だってひどいもんだが、少なくとも会が終わってから興奮しきった連中のあいだで性行為が行われる」（*NAS* 99）と言っていることからも分かるように、パッカードにとって重要なのは文化でも宗教でもなく、集会が終わった後にあるかもしれない「性行為」の方である。[6] 出版されたテクストから削除された部分で、パッカードはニックにセックスに関する注意を手ほどきする。

「何でもかんでも話してほしいなんて言ってるんじゃないんだ」ミスター・ジョンは言った。「マスをかくことなんかをね」

「マスなんかかかないよ」ニックは彼に話した。「女とやるだけさ」

「それが一番簡単な言い方だな」ミスター・ジョンは言った。「だが必要以上にやるんじゃないぞ」

「分かってる。はじめての時が若すぎたんだと思う」[7]

「私もはじめての時は若かったよ」ミスター・ジョンは言った。「でも酔っぱらってるときはしたらだめだ。それに終わったら必ず小便をして、石鹸と水で身体をよく洗うことだ」

「ああ」ニックは言った。「最近はそんなにやっかいごとを起こしてないよ」（qtd. in Spilka, "Original Sin" 231）

性に関して実際的な知恵を与えようとするパッカードは、ニックの父親とは正反対である。第五章で見たように、短編「父と子」でニックの父親は性犯罪を「犯罪の中でももっとも恐ろしいもの」と見なし、「問題のすべてをまとめて、マスターベーションは盲目と狂気と死の原因であり、売春婦とかかわる男は恐ろしい性病に感染し、なによりもそのような連中には手に出さないことが肝心だと述べた」(*NAS* 259)と描かれているのである。ここでパッカードはニックの父親のように性を恐ろしい犯罪として言うのではなく、むしろ実践的に性病にかからないための手段をニックに教えている。

社会の慣習に刃向かい、トルーディを妊娠させたニックは、父親にとっては「恐ろしい」罪を犯していることになるのだろうが、パッカードはニックをまったく非難しない。パッカードはこれまでこの作品には不在の「父親の代理」と捉えられてきたが、ここで明らかなように、宗教的に厳格な父親と対立するような人物として描かれ、性に対してより寛容なのである。

ニックにとって、自分の行為が罪ではないと諭してくれるパッカードの存在は非常に重要であったはずである。しかし社会が、そしてその社会を代表する父親が「罪」であるとみなす行為をせざるをえないニックは、この罪に対する認識の違いにつきまとわれることになる。自分が悪いと思っていないにもかかわらず自分の行動が罪と見なされるこの状況が、自分がしていないはずの原罪としてニックを森へと追い立て、文明から遠ざけるのである。いわばニックは不在の罪に追われて楽園へ逃亡しようとしているのである。

「最後のすばらしい場所」で用いられた「原罪」概念を正確に理解するために、もういちどヘミングウェイ幼少期の宗教的環境を振り返っておきたい。第一章で述べたようにヘミングウェイの父親は非常に厳格な宗教的規律で子どもたちをしつけていた。父親のそのような宗教的厳格さは正統派カルヴァン主義の神学に由来する。その一方で故郷オークパークの主流であったのはラリー・グライムズによれば「自由主義神学とヴィクトリア朝的道徳観とセンチメンタルな敬虔さの雑多な寄せ集め」であった。「[オークパークは] エデンの園に起源を持つという神話を維持し、初期ニュー・イングランド教会の契約共同体として永らえようと懸命の努力をしていた。その神話の本質は、人間が無垢であるという認識であり、健全な精神であり、社会の進歩であり、楽天主義である。これらはみな自由主義神学の特徴である」(Grimes, "Religious Odyssey" 37)。グライムズはさらに以下のようにオークパークの宗教観を説明する。

> 中西部と結びついていた厳格で、地獄の懲罰を教義にいただくプロテスタンティズムではなく、願望の入り交じったこの進歩的な自由主義神学が、一八九九年から一九二〇年代初頭のオークパークの主要な宗教界を特徴づけていた。実際に当時もっとも著名であった牧師バートンは、進歩的なオークパークには原罪とその断罪にもとづく古い神学など存在する余地がないと公言していた。(38、傍点引用者)

そして初期のニック・アダムズ物語にも見られるように、これまでヘミングウェイはこういったセンチメンタルな信仰心すなわち母の宗教に強く反発していた。したがってヘミングウェイが自らの体験にもとづいて書いた「最後のすばらしい場所」で、ニックが「自分には原罪がある」と発言することにはもう少し深い意味が立ち現れてくる。上の引用に見られるように、当時オークパークの主流であり、母親の信じていた宗教において、原罪は否定されているからである。

ニックの「原罪」意識は、ヘミングウェイの伝記的事実を背景にすれば、おそらくは父親から受け継いでいるはずである。グライムズの言うように、「［父クラレンスの］この古い正統派の核心にあるのは、堕罪の教義であり、その恐ろしい結果として人類に与えられた死刑宣告であった。［中略］この暗澹たる正統派神学は「伝道の書」の宿命論と自然神学に酷似していた」(Grimes, "Religious Odyssey" 47)。『日はまた昇る』のエピグラフに「伝道の書」の一節を用い、「清潔で明るい場所」で「伝道の書」の核心にある虚無主義のエコーを響かせるヘミングウェイは、母親の自由主義神学ではなく、「原罪」を重視し、「伝道の書」の世界観を神学的よりどころとするクラレンスの宗教観をある程度受け継いでいるのである。

3. 健全な宗教と病んだ魂の宗教

ヘミングウェイと母グレイスの不仲は非常によく知られた事実である。五一年にグレイスが死んだとき、息子は葬式にも出席しなかったという。「最後のすばらしい場所」はグレイスの死の数ヶ月後に書き始められているが、この母親の死をきっかけにして、ヘミングウェイは自分のミシガン時代の自伝的物語を書くことを思いついたのかもしれない。[8] グレイスとの確執は隠微な形でこの作品にも反映されている。そのもっとも大きな点は、ニックの母親の人物像が伝記的事実から大きく変更を加えられていることである。実際にはショットガンで狩猟管理官を追い返したヘミングウェイの母親に対して、ニックの母親は「医者とその妻」で描かれたときと同様に、頭痛がするといって暗い部屋に引きこもり、その姿を見せることがない。またニックを待ち伏せるふたりの狩猟管理官を家に入れ、食事を与えているだけでなく、釣りに行ったニックの居場所をふたりに漏らしてしまうことからも、母親として息子を守るどころかむしろ息子を危険にさらす存在として描かれている。

マーク・スピルカはこのことから、「最後のすばらしい場所」の着想になったエピソードはアオサギ事件だけでなく、ヘミングウェイが二十一歳の時に妹と付近の子供たちを連れてこっそりと深夜にピクニックに出かけたことが発覚し、グレイスに別荘から追放された事件も影響していると論じている。つまり二十一歳当時、自分が大人としての責任感を欠いていたことを作中では母親に押しつけ、息子を守ろうとした母親の情愛を作中で妹リトレスの面倒を見るニックに転嫁させることで、母グレイスに復讐しようとしていたというのである（Spilka, *Hemingway's Quarrel* 269）。

また母親との確執は作品中にもはっきりと描かれている。森に逃亡したニックとリトレスは次のような会話をする。会話はリトレスのセリフから始まる。

「作家になってお金を稼げるようになると思う？」

「うまく書けるようになったらね」

「ひょっとしてもうちょっと明るいのを書くわけにはいかない？　私がそう思ってるわけじゃないんだけど。お母さんがお兄ちゃんの書くものは陰気（morbid）なのばっかりだって」

「セント・ニコラスに載せるには陰気すぎるだろうな」とニックは言った。「そうは言ってよこさなかったけど。でも連中は気に入らなかったみたいだし」

「でもセント・ニコラスは私たちの一番お気に入りの雑誌でしょ」

「分かってるよ」ニックは言った。「でもあの雑誌に載せるには、僕はもう陰気になりすぎたのかもしれない。まだ大人になってもないのに」(*NAS* 90)

雑誌『セント・ニコラス』は一八七三年から一九四一年まで刊行されていた子供向け雑誌で、弟レスターの伝記によれば実際ヘミングウェイのお気に入りの雑誌であったらしい(L. Hemingway 30)。作家志望のニックはこの雑誌に作品を投稿していたのである。ここで非常に重要なのは、ニックの書く作品を「陰気(病的)」であると決めつける母親の意見である。これは『日はまた昇る』を書いたときに、グレイスがヘミングウェイに「まったく堕落しきった人々」(*SL* 243)を描いたといって批判したことを思い起こさせる。「清潔で純粋な楽しみをあらゆる年代の子供たちに提供すること」(Darigan et al. 60、傍点引用者)などを編集方針に打ち立てていた『セント・ニコラス』の価値観は、ここでは母親の価値観を——あるいは換言するならば、センチメンタルで健全な自由主義神学をいただくオークパークの価値観を映し出すものとして用いられている。ニックはこの雑誌を卒業するほどには成長していないが、もはや母親が子供に求める「清潔」と「純粋」を維持するには「陰気」になりすぎているのである。このことはニックが母親の宗教の影響力を逃れ、父親の正統派神学、「病んだ魂の宗教」へと、徐々に移行しつつあることを表しているのである。

一方、奇妙にも作品中で存在感のないのがニックの父親である。実際のアオサギ事件ではヘミングウェイの父親は、叔父のジョージのところに身を寄せる息子に罰金を払うよう勧める手紙を書くことで、事件に決着をつけるデウス・エクス・マキーナの役割を演じている。「最後のすばらしい場所」では、原稿が未完成に終わっているために後半で父親の登場があったかどうかは不明であるが、少なくとも残された原稿には父親の存在感は一切ない。伝記的にもクラレンスはこのころ、ヘミングウェイ家の夏のあいだの別荘には不在であった。マイケル・レノルズが五巻本の伝記の第一巻で詳細に描き出したように、鬱症状をどんどん悪化させていたクラレンスは家族とともにワルーン湖畔で過ごすこともなくなり、ひとりオークパークに残っていた。ヘミングウェイが父親をもっとも必要としていた時期に、父親は不在であったのである（Reynolds, *Young* 101-102）[9]。

先ほども述べたように、クラレンスは非常に厳しい宗教教育とともに激しい体罰を加える父親であった。ヘミングウェイ家の子供たちはいつ父親がかんしゃくを破裂させるのかびくびくしながら過ごし、そしてもっとも頻繁にその体罰の犠牲となっていたのがリトレスのモデルとなった妹サニーであった（Buske 76-77）。ニック・アダムズ物語で唯一父親の体罰が描かれるのは、父親がピストル自殺をした後に書かれ、出版された最後のニック物語となった「父と子」である。ニックは父親に鞭打たれた後、庭の物陰に隠れライフルで父親に密かに狙いをつけ、「いつだって殺せるのだ」と考えるが、「その銃が父親のくれたものだと気づいて気分が悪くなる」（*NAS* 265）。もちろんニックはたんに父親を嫌ったり恐れていたりしたわけではなく、「父と子」には狩猟と釣りの手ほどきをしてくれた父親に対する愛情がしっかりと描かれている（「ニックはお父さんのことがとても好きだったし、ずっと長いあいだ好きだった」［*NAS* 259］）。こうした父親に対する愛憎のせめぎ合いは、ヘミングウェイ自身がアウトドアで一緒に活動するよき父親としてのクラレンスを求めながらも、一方で厳格に宗教教育を実践する父親に対して拒否感を覚えてしまうアンビヴァレントな感情を反映しているのだろう。

第一章でも述べたように『日はまた昇る』が父親にも母親にも拒絶され、激しい非難を浴びた後、ヘミングウェイは第二版を出す際に、エピグラフの「伝道の書」を一部削除している。出版社スクリブナーズに宛てた手紙によると、ヘミングウェイは「私はこの本を空虚で辛辣《しんらつ》な風刺にするつもりはなかったのだ」と述べている（*SL* 229）。削除されたのは以下の一節である。

伝道者は言う、空の空、空の空、いっさいは空である。
日の下で人が労するすべての労苦は、その身になんの益があるか。（「伝道の書」一：二―三）

もしかするとヘミングウェイがここで削除しようとしたのは、この虚無主義[10]が呼び起こす父親の宗教の残滓であったのかもしれない。父親の「病んだ魂の宗教」に親近感を覚えながらも、カトリックの信仰に向かうさなかに、そこから決別しようとする意思表示であったのだ。

この父親の宗教からの決別は、「最後のすばらしい場所」では父親の不在として表されている。しかしパッカードという父親代理を登場させ、その存在を消去しているにもかかわらず、ニックの原罪発言の中には父親の大きな影響力が見てとれるのである。いわば不在のものとしての父親が、不在のままニックを捕らえているのである。

4. 森の大聖堂

ニックは父親から原罪意識を受け継いだがゆえに、社会の慣習に適応できないことを「原罪」と見なし、自らを社会不適合者と考え、文明の及ばない無垢なる処女林へ逃亡しなければならない。これは厳格な正統派神学から逃れたいという願望と考えられる。しかしニックとリトレスの向かう先は、オークパークの自由主義神学が考えるエデンともいささか異なっている。ふたりは「この辺に残っている最後の処女林」に入り込むが、そこは六十フィート上まで枝もないままヘムロックがそびえており、真昼のひとときを除いて日も差し込まない。ニックもリトレスも「怖くはない」が「変な気分」がしてくる。


「ここに誰かと来たことある？」

「いや、ひとりでしか来たことないよ」

「それで怖くはなかった？」

「いや。でもいつも変な気分になるんだ。教会にいるときに感じるみたいな」

「ニッキー、私たちがこれから暮らしていくところはこんなに神聖な感じはしないよね」

「いや、心配しなくていいよ。もっと明るいところだから。楽しめばいいんだよ、リトレス。いい経験だと思うよ。森は昔はみんなこんな感じだったんだ。ここは今残っている最後のすばらしい場所なんだ。まだ誰も入り込んでないんだから」

「昔の森は好きだけど。でもこんなふうに神聖でない方がいいわ」（*NAS* 89）

処女林の神聖さ（solemn）に圧倒されるふたりが描かれているが、その神聖さは教会を思い起こさせる。そしてその重々しさ（solemn には「陰気な」という意味もある）と、これから向かう「もっと明るい（cheerful）ところ」の対比は、この直後に置かれる、先ほど引用したニックの作品に対する母親の批判につながる。ニックの書くものは「陰気」（morbid）でリトレスは「もうちょっと明るいの（cheerfuller）を」書けないかと尋ねるのである。明らかにニックの暗さはこの太陽のささない森の神聖な暗さに結びついている。

また、この森が思い起こさせる教会はピューリタニズムの教会ではない。

「ニッキー、神様を信じてる？　答えたくなかったら答えなくてもいいんだけど」

「分からないよ」

「いいわ。別に言わなくてもいいから。でも夜寝るときにお祈りをしても構わない？」

「いいよ。忘れてたら思い出させてあげるよ」[11]

「ありがとう。こんな風な森にいるとひどく敬虔な気分になるもんだから」

「だから大聖堂を作るときにはこんな森に似せようとするんだろうね」

「大聖堂なんか見たことないでしょ？」

「ないよ。でも本で読んだことあるし、思い浮かべることはできるよ。ここはこの辺にある一番いい森だよ」

「私たちいつかヨーロッパに行って大聖堂を見ることがあると思う？」
「もちろんだよ」(NAS 90)

ピューリタニズムの教会は偶像崇拝を禁じており、カトリック教会に見られるような大聖堂は作られない。したがってここでニックの想像する教会は、まだ見たことのないヨーロッパのカトリック大聖堂なのである。「最後のすばらしい場所」を執筆していた時点でのヘミングウェイの信仰が時代錯誤的に投影されているのである。

そういったことを考えると、ヘミングウェイはニックとリトレスが逃亡する先に、アメリカ的伝統の中に位置づけられるエデンという夢ではなく、ヨーロッパのカトリシズムを置きたかったのかもしれない。モリス・バスキは、第一次世界大戦で負傷をしたヘミングウェイが懲罰的で厳格な父親の宗教を逃れ、赦しと恩寵のカトリシズムに救いを求めたと論じている（Buske 83）。父親の厳格な宗教観の根底にあるのは、「原罪」の影響による人間の本質的堕落であったが、カトリックの教義において「原罪」はピューリタニズムほどに重い意味を持っていない。『カトリック教会のカテキズム』によると、「原罪」は「行為ではなく状態」であり、個人がその責任を負ったり罪悪感を感じる必要はないとされている(404, 405)。ヘミングウェイは、いわば自分の犯していない不在の罪に追われることから逃れてカトリシズムに救いを見いだしたのかもしれない。

またヘミングウェイのカトリック信仰の中心にあったのは聖母マリアであった。バスキによると「［ヘミングウェイは］何年ものあいだ、ほとんどまったく事実無根の内容で母親を貶めていた。彼の［カトリックへの」信仰心の中で、母親は限りない愛と救いを与えてくれる聖母マリアに取って代わられたのである」(Buske 85)。ピューリタニズムの宗教においては聖母マリアを信仰することは禁じられているが、ヘミングウェイは母の代理としての聖母マリアを求めてカトリック世界へと国籍離脱したのである。

したがって原罪意識に追われたニックが父の宗教からも母の宗教からも逃れて到達する「大聖堂」のような処女林(virgin forest)は、これまでは文明の入り込まない無垢のエデンを象徴するものと考えられてきたが、むしろカトリックにおける処女マリア(Virgin Mary)をこそ指していたのかもしれない。

5. アメリカの悪夢

しかしニックはこの「最後のすばらしい場所」にとどまることができず、「より明るい」場所へと向かわなければならない。まだカトリック教徒ではないニックは、いまだピューリタニズムの原罪という「不在の罪」に追われているのである。そしてニックがキャンプ・ナンバー・ワンと名づけた「より明るい」はずの場所もまた、すぐに外からの脅威にさらされる。しかも奇妙なことにニックが感じる脅威は、決して現実的・具体的な形を取ることがなく、ニックが空想上で描くものとしての脅威なのである。

むしろふたりの逃げ込んだ森ではあらかじめ脅威は取り除かれていると言ってもよい。ニックはふたりの狩猟管理官に追われることを恐れているが、ニックが森へと逃げた直後に、管理官のスプレイジーはもうひとりの管理官エヴァンズにニックを追跡できるか聞かれ、「いや、まさか。お前はどうだ?」

と逆に問い返す。エヴァンズもまた「雪でも降ってたらな」と言って笑う（NAS 95-96）。ふたりの管理官は銃を持つ危険な男たちとして描かれるものの、ニックが逃亡するやいなや、ふたりともすでに追跡を諦めているのである。ふたりはニックの行く先で待ち伏せしようと考えるが、森へと入っていこうという気はまるでない。またとりわけニックたちが恐れているのが、ニックを常に追い回し、また森で追跡する能力も持つエヴァンズの息子であるが、この少年の存在自体、作中で一切描かれていない。にもかかわらずニックはひょっとしてエヴァンズの息子がキャンプ・ナンバー・ワンを発見するのではないかと急におびえ、木の実を探しに行くのを取りやめてキャンプに慌てて戻る。リトレスはニックを代弁して言う。「でもあいつ［エヴァンズの息子］はここに存在すらしないで木の実狩りから私たちを戻らせたのよ」「私あいつが怖いの、ニッキー。あいつがここにいるよりもここにいないことの方がよほど怖いの」（130）。ニックらが恐れているのは、森へと逃げ込む当初から不在としての脅威なのである。

ヘミングウェイが脅威の対象をあらかじめ除外していることは、これまで研究者たちにほとんど指摘されてこなかった点であるが、実は非常に重要な意味を帯びているのではないだろうか。この物語においてはニックが恐れ、そこから逃亡しようとするものすべてが不在なのである。キャンプ・ナンバー・ワンへの脅威の対象が不在であるだけでなく、父親もまた不在であり、さらに「原罪」という「不在の罪」がニックを森へと追い立てる。ニックたちが目指したはずの楽園は、不在の脅威によって恐怖の場所へと変貌する。ニックがつけたキャンプ・ナンバー・ワンという名前はディヴィッド・R・ジョンソンも指摘するように、この先ナンバー・ツーやナンバー・スリーが存在することをにおわせる（Johnson 317）。それはすなわち、このキャンプ地もまたそこから逃亡しなければならない場所に転じることを示唆するのである。

「最後のすばらしい場所」というタイトルはヘミングウェイではなく、ヘミングウェイの死後に妻メアリがつけたものである。このタイトルのためにこの作品はこれまで牧歌的な楽園を描く物語であると考えられてきたが、物語自体は「最後のすばらしい場所」にはとどまらず、ニックとリトレスはさらにその先へと逃亡を続けるのである。いわばこの作品は「最後のすばらしい場所」を描いた作品ではない。そう考えるとヘミングウェイが実際に描きたかったのは（カトリックの）楽園を通過するニックであり、その先の「より明るい場所」が不在という虚無に浸食され、崩壊していく過程であったのではないか。荒野のエデンをカトリック作家ヘミングウェイが描くとき、それはもはやこれまで多くの研究者が考えてきたようなアメリカの夢ではなく、むしろ原罪／父親の支配するピューリタニズムの悪夢に変貌してしまうのである。

注

［1］原稿に付された日付によると一九五二年、五五年、五八年の三度にわたって執筆が試みられている。

［2］伝記的事実に関しては、ヘミングウェイ本人の説明がすでにかなりの脚色を含んでいるが、カーロス・ベイカーの伝記（Baker 31-33）と、弟レスター・ヘミングウェイの伝記に収録されているグレイスのクラレンス宛の手紙が大変詳しく事件を説明している（L. Hemingway 35-37）。

［3］「最後のすばらしい場所」に影響を与えた文学作品に関する研究はすでにいくつかなされている。フィリップ・ヤングは、この作品を『ハックルベリー・フィンの冒険』でのハックのインディアン・テリトリーへの逃亡に重ね、アメリカの夢を描いた物語であると読んでいる（Young 37）。ジョセフ・マンビー・フローラは作中の登場人物ミスター・ジョン・パッカードの西部での経歴にオーウェン・ウィスターの『ヴァージニアン』の影響を見（Flora, *Hemingway's Nick Adams* 264-65）、サンドラ・スパニアーはヘミングウェイがこの作品を書く直前に読んでいたJ・D・サリンジャーの『ライ麦畑でつかまえて』との共通点を論じている（Spanier）。いずれもアメリカの西部をエデンと見なし、そこにアメリカの夢を見ている。

［4］トルーディの妊娠を含め、出版された「最後のすばらしい場所」からはいくつかの重要な箇所が削除されている。スピルカはトルーディの妊娠の一節と、パッカードとニックのセクシャルな会話の二箇所を付録として掲載している（Spilka, “Original Sin” 230-31）。またジェイムズ・フェントン編集による短編集には、『ニック・アダムズ物語』に収録された「最後のすばらしい場所」の問題点を踏まえ、オリジナルの原稿を可能な限り復元したヴァージョンが掲載されている（CS 556-605）。『ニック・アダムズ物語』では多くのフレーズがカットされていたが、フェントン版は原稿の段階からほとんどカットが施されていないので、非常に冗長な印象を与えるが、原稿段階の様子を知るには非常に有益である。

［5］スピルカはこの近親相姦願望を、たんに「兄と妹のあいだにある無邪気《イノセント》な性質の身体的な愛情」（Spilka, “Original Sin” 223）と捉えているが、多くの研究者は、物語がこのまま進行すればニックとリトレスが近親相姦を犯すこ

とにならざるをえないと考えており、それがヘミングウェイが作品を書き続けられなくなった大きな原因であるとみなしている（Lynn 57、Moddelmog 187）。

［6］ここでパッカードが触れているのは、正統派ピューリタニズムの宗教ではなく、信仰によって罪から救済されることを重視する福音主義である。

［7］おそらくトルーディとセックスをしすぎて妊娠させてしまったことを指している。

［8］ヘミングウェイは当時、フィリップ・ヤングやチャールズ・フェントンなどの研究者が伝記的事実を掘り返していたことに危機感を覚えていた。アオサギ事件は四人目の妻メアリによれば、ヘミングウェイが作品を書くために大事にとっておいた題材であったらしい。ヘミングウェイはこの時期、研究者たちに先んじてアオサギ事件を急いで作品化する必要を感じていたのかもしれない。スピルカはこの作品を書き始める直前に出版された『老人と海』でマカジキを食い尽くすサメに批評家たちの姿が重ね合わされていたのと同様に、この作品においてもニックの後を追い回す狩猟管理官たちをヤングやフェントンなどの研究者になぞらえているのだと分析している（Spilka, "Original Sin" 212-13）。

［9］この遺伝的な鬱症状は「最後のすばらしい場所」を執筆していた当時のヘミングウェイ自身を苦しめていたものでもあり、ニックが「陰気（病的）」であるのは執筆時の自分を反映していた可能性もある。

［10］「伝道の書」は一般的には厭世的で虚無主義の書と考えられており、先のグライムズの引用に見られるように、オークパークの牧師たちもそう考えていたが、実際は人の行いの無益さを説く前半に対して、後半ではそれにもかかわらず我々には神がいるのだ、という神への信仰の重要さが説かれる。いわば信仰の重要さを語る書なのである。

［11］その後、作品中でリトレスが祈ることはない。リトレスが眠った後で祈るのはニックの方である（*NAS* 118）。

終章　ヘミングウェイが見た神の光

　これまでヘミングウェイの信仰のゆらぎを生涯を通じて追ってきたが、決してカトリック信仰から離れることなく、それでも医学や政治の価値観に引きずられ、幼少期に植えこまれたプロテスタンティズムから逃れることもできなかった。言ってみれば「どうしようもないカトリック教徒」であり続けたのだ。最晩年に書き続けられ、未完成のまま死後出版された『海流のなかの島々』では主人公トマス・ハドソンの信仰が以下のように語られる。

「なにからなにまで不健全そうだな」とジョニーは酒を飲んだ。「せめてもの救いはあんたらがまだ酒を飲むことだ。あんたらは宗教にでも入信したのか？　トムは神の光を見たのか？」

「トム、どうなんだ？」とロジャーが聞いた。

「神との関係はずっと変わらんよ」トマス・ハドソンは言った。

「誠実な関係なのか？」

「俺たちは寛容なのでね」とトマス・ハドソンは言った。「どんな信仰でも好きなように実践《プラクティス》するのさ。島の向こう側の野球場で練習《プラクティス》するんだよ」

「神様があんまりプレートに詰めて立つんだったら、初球をインハイに投げ込んでやるよ」とロジャーが言った。（*IIS* 27）

冗談めかしてはいるものの、「ずっと変わらん」ハドソンの神との関係とは、野球をやるように気楽に神と、それも「どんな信仰でも好きなように」かかわることなのである。ハドソンは他の長編作品以上にヘミングウェイ本人にもとづいた人物であるが、これはいみじくもヘミングウェイの最晩年の信仰のあり方を描き出しているのかもしれない。

　ヘミングウェイと宗教というテーマは、おそらくそれほど多くの人の興味を引くものでもなければ、いささか地味なテーマであるとも言えるだろう。しかしこれまで示してきたように、ヘミングウェイの宗教観はこれまでの先行研究でもっとも大きく誤解されてきた点であり、なおかつヘミングウェイ作品のもっとも重要な基盤でもあった。そういう意味で言うならば、テーマとしては地味であっても、そこから得られる結論はむしろ「派手」と言ってもよいほどの解釈の転換を強いるものである。その時代に応じて複雑に揺れ動く信仰に対する意識は、ヘミングウェイ作品を理解する上で必須のものなのである。にもかかわらずこれまでこのテーマがほとんど追求されてこなかったというのは大きな問題であろう。

もちろん本書がヘミングウェイの宗教観すべてを網羅したとは言えない。生涯にわたってヘミングウェイが興味を持ち続けた闘牛は、スペインの民間信仰の影響を大きく受けており、カトリック信仰に及ぼした影響に関しては今後まだまだ研究する余地が残されているだろう。またアフリカの呪術崇拝に関しても、序章で紹介したキューバ人たちは否定しているが、追求の余地が残されている。実のところ越川芳明も述べているように、コブレのマリアは褐色の肌をしたマリアであり、「キューバのカトリック教会は、アフリカ奴隷たちの崇める女神の一人（オチュン）と、聖母マリアを重ね合わせて、彼らをキリスト教に改宗させようとした」結果生み出された混血のマリアなのである（越川　一）。

ヘミングウェイもそういったカトリックとアフリカ伝来の宗教との習合が起こっていたことをよく理解していた。[1]先述の『海流の中の島々』でもキューバを舞台にした第二部で、ハドソンがバーにいた猫を「こいつは何者だ?　魔女の使いか?」と聞くのに対し、その場の漁師が「魔女だなんてとんでもない。この猫は聖バルバラのことなんて聞いたこともない。この猫はあんたよりもよほどクリスチャンだよ」と答える場面がある（*IIS* 211）。聖バルバラはキリスト教の聖女であるが、ここでは明らかに異教の呪術的存在として扱われている。それは越川が描き出すコブレの教会についての以下のような状況と一致しているといえるだろう。「カトリック教の聖女バルバラの絵や像のまわりには、チャンゴー（聖女バルバラと習合しているアフリカの守護霊）の好みだというビールや山羊の肉、コーヒー、煙草などが飾られている。そのように、キリスト教はアフリカ伝来の信仰によって囲い込まれているのだ」（越川 六）。

幼少期からネイティヴ・アメリカンの自然信仰に親しんできたヘミングウェイにとって、アフリカのサファリで出会い、キューバの自宅で日常的に接していた呪術崇拝は、カトリック信仰と決して相容れないものではなかったのかもしれない。ヘミングウェイの自然崇拝の視点はおそらくは「最後のすばらしい場所」で描き出された自然の礼拝堂のイメージを生み出すきっかけであったのではないだろうか。

ヘミングウェイはかつて厳格なプロテスタントの家庭に生まれた。故郷を遠く離れたキューバに住みながら、晩年のヘミングウェイは故郷の幼少期を思い起こす。そのときヘミングウェイが書き込んだのはカトリックに改変された故郷なのである。いわば最後にたどり着いたのが、自然が生み出したとされる、実際には存在しなかった場所であったことは非常に興味深い。ヘミングウェイが生涯にわたって追い求めながらたどり着いたのが「存在しない場所」であったというのは、追い求めつつついに完全な信仰にいたることのできなかったヘミングウェイをあまりにもうまく表しているように思えるのである。

注

［1］キューバに奴隷として連れてこられたナイジェリアのヨルバ人が抱く伝統的な信仰とカトリックとの習合したものをサンテリアというが、ヘミングウェイはサンテリアを非常に詳しく知っていた。フィリップ・メリングはサンテリアの観点から『老人と海』を論じている（Melling）。

初出一覧

序　章　書き下ろし

第1章　「ニック・アダムズと『伝道の書』――ヘミングウェイ作品における宗教観再考」『文學研究』第一〇七号　九州大学大学院人文科学研究院（二〇一〇年）六七―八六頁

第2章　「信仰途上のジェイク――『日はまた昇る』における2つの時間のゆがみ」『ヘミングウェイ研究』第一五号　日本ヘミングウェイ協会（二〇一四年）七―二〇頁

第3章　「届かない祈り――20年代のヘミングウェイ作品に見られる宗教モチーフ」『文學研究』第一一〇号　九州大学大学院人文科学研究院（二〇一三年）二九―四三頁

第4章　「異端審問と生物学的罠――ヘミングウェイの結婚観」日本英文学会九州支部第六七回大会シンポジウム「アメリカ文学と結婚」発表原稿

第5章　書き下ろし

初出一覧

第6章　「革命家の祈り――『誰がために鐘は鳴る』の宗教観と政治信条」『アーネスト・ヘミングウェイ――21世紀から読む作家の地平』(臨川書店、二〇一一年)

第7章　書き下ろし

第8章　「原罪から逃避するニック・アダムズ――「最後のすばらしい場所」と楽園の悪夢」『悪夢への変貌――作家たちの見たアメリカ』(松籟社、二〇一〇年)

終　章　書き下ろし

参考文献

Baker, Carlos. *Ernest Hemingway: A Life Story*. New York: Scribner's, 1969.

——. *Hemingway: The Writer as Artist*. Princeton: Princeton UP, 1956.

Beevor, Anthony. *The Battle for Spain: The Spanish Civil War 1936-1939*. New York: Penguin, 2006.

Bell, Millicent. "*A Farewell to Arms*: Pseudoautobiography and Personal Metaphor." *Ernest Hemingway: The Writer in Context*. Ed. James Nagel. Madison: U of Wisconsin P, 1984. 107-28.

Benson, Jackson. *Hemingway: The Writer's Art of Self-Defense*. Minneapolis: U of Minnesota P, 1969.

Berman, Ron. "Protestant, Catholic, Jew: *The Sun Also Rises*." *The Hemingway Review* 18.1 (1998): 33-48.

"Boston Police Bar Scribner's Magazine." *New York Times* (June 21, 1929): 2.

Brenner, Gerry. *Concealments in Hemingway's Works*. Columbus: Ohio State UP, 1983.

——. The Old Man and the Sea*: Story of a Common Man*. New York: Twayne, 1991.

Bruccoli, Matthew J. ed. *The Only Thing That Counts: The Ernest Hemingway — Maxwell Perkins Correspondence*. Columbia: U of South Carolina P, 1996.

Bryan, William Jennings. *In His Image*. New York: Revell, 1922.

——. "The Prince of Peace." *Speeches of William Jennings Bryan*. Vol.2. New York: Funk & Wagnalls, 1909. 266-67.

Buske, Morris. "Hemingway Faces God." *The Hemingway Review* 22.1 (Fall 2002): 72-87.

Catechism of the Catholic Church. 8 Nov. 2014 <http://www.vatican.va/archive/ENG0015/_INDEX.HTM>.

Cowley, Malcolm. "Nightmare and Ritual in Hemingway." *Hemingway: A Collection of Critical Essays*. Ed. Robert P. Weeks.

Englewood Cliffs: Prentice-Hall, 1962. 40-51.

Darigan, Daniel L., Michael O. Tunnell and James S. Jacobs. *Children's Literature: Engaging Teachers and Children in Good Books*. Englewood Cliffs: Prentice Hall, 2002.

DeFalco, Joseph. *The Hero in Hemingway's Short Stories*. Pittsburgh: U of Pittsburgh P, 1963.

Donaldson, Scott. *By Force of Will: The Life and Works of Ernest Hemingway*. New York: Viking, 1977.

——. "Censorship." *Critical Essays on Ernest Hemingway's* A Farewell to Arms. Ed. George Monteiro. New York: G. K. Hall, 1994. 70-79.

Eldridge, Niles. *The Monkey Business: A Scientist Looks at Creationism*. New York: Washington Square, 1984.

Fantina, Richard. *Ernest Hemingway: Machismo and Masochism*. New York: Palgrave, 2005.

Fetterley, Judith. *The Resisting Reader: A Feminist Approach to American Fiction*. Bloomington: Indiana UP, 1978.

Fleming, Robert E. "Myth or Reality: 'The Light of the World' as Initiation Story." *Hemingway's Neglected Short Fiction: New Perspectives*. Ed. Susan Beegel. Tuscaloosa: U of Alabama P, 1989. 283-90.

Flora, Joseph Manby. "Biblical Allusion in *The Old Man and the Sea*." *Studies in Short Fiction* 10 (1973): 143-47.

——. *Hemingway's Nick Adams*. Baton Rouge: Louisiana State UP, 1982.

Griffin, Peter. *Along with Youth: Hemingway, the Early Years*. New York: Oxford UP, 1985.

——. *Less Than a Treason: Hemingway in Paris*. New York: Oxford UP, 1990.

Grimes, Larry E. *The Religious Design of Hemingway's Early Fiction*. Ann Arbor: UMI, 1985.

——. "Hemingway's Religious Odyssey: The Oak Park Years." *Ernest Hemingway: The Oak Park Legacy*. Ed. James Nagel. Tuscaloosa: U of Alabama P, 1996. 37-58.

Hawkins, Ruth A. *Unbelievable Happiness and Final Sorrow: The Hemingway-Pfeiffer Marriage*. Fayetteville: U of Arkansas P, 2012.

Heiler, Friedrich. *Prayer: A Study in the History and Psychology of Religion*. Trans. and Ed. by Samuel McComb. London:

Oxford UP, 1932.

Hemingway, Ernest. *Across the River and Into the Trees*. 1950. New York: Scribner's, 1996.

——. "An American Storyteller." *Time* 64 (December 13, 1954): 70-77.

——. *The Complete Short Stories of Ernest Hemingway: The Finca Vigía Edition*. 1987. New York: Scribner's, 1998.

——. *Death in the Afternoon*. 1932. New York: Touchstone, 1996.

——. *Ernest Hemingway: The Collected Stories*. Ed. James Fenton. London: Random, 1995.

——. *Ernest Hemingway: Selected Letters, 1917-1961*. Ed. Carlos Baker. New York: Scribner's, 1982.

——. *A Farewell to Arms*. The Hemingway Library Edition. 1929. New York: Scribner's, 2012.

——. *For Whom the Bell Tolls*. 1940. New York: Scribner's, 1995.

——. *The Garden of Eden*. New York: Scribner's, 1986.

——. *Islands in the Stream*. New York: Scribner's, 1970.

——. *The Nick Adams Stories*. Ed. Philip Young. New York: Scribner's, 1972.

——. *The Old Man and the Sea*. 1952. New York: Scribner's, 1995.

——. *The Sun Also Rises*. 1926. New York: Scribner's, 1954.

——. *To Have and Have Not*. 1937. New York: Scriber's, 1996.

Hemingway, Gregory H. *Papa: A Personal Memoir*. Boston: Houghton, 1976.

Hemingway, Leicester. *My Brother, Ernest Hemingway*. New Ed. Sarasota, Florida: Pineapple, 1996.

Hoffman, Steven K. "'Nada' and the Clean, Well-Lighted Place: The Unity of Hemingway's Short Fiction." *Ernest Hemingway*. Ed. Harold Bloom. New York: Chelsea House, 1985. 173-92.

Hotchner, A. E. *Papa Hemingway*. New York: Random, 1966.

Hovey, Richard B. *Hemingway: The Inward Terrain*. Seattle: U of Washington P, 1968.

Hunter, George William. *Civic Biology*. New York: American, 1914.

Isabelle, Julanne. *Hemingway's Religious Experience*. New York:Vantage, 1964.

Jászi, Oscar. *Revolution and Counter-Revolution in Hungary*. Trans. E. W. Dickes. London: Fertig, 1969.

Johnson, David R. "'The Last Good Country': Again the End of Something." *New Critical Approaches to the Short Stories of Ernest Hemingway*. Ed. Jackson J. Benson. Durham: Duke UP, 1990. 314-20.

Johnston, Kenneth G. *The Tip of the Iceberg: Hemingway and the Short Story*. Greenwood: Penkeville, 1987.

Killinger, John. *Hemingway and the Dead Gods*. Lexington: U of Kentucky P, 1960.

Kinnamon, Keneth. "Hemingway and Politics." *The Cambridge Companion to Ernest Hemingway*. Ed. Scott Donaldson. New York: Cambridge UP, 1996. 149-69.

Knott, Toni D. "Dimensions of Love." *One Man Alone: Hemingway and* To Have and Have Not. Ed. Toni D. Knott. Lanham, MD: UP of America, 1999. 113-30.

Krafft-Ebing, Richard von. *Psychopathia Sexualis: With Especial Reference to the Antipathic Sexual Instinct: A Medico-Forensic Study*. Trans. Franklin S. Klaf. New York: Arcade, 1998.

Larson, Edward J. *Summer for the Gods: The Scopes Trial and America's Continuing Debate over Science and Religion*. New York: Basic, 2006.

Lynn, Kenneth S. *Hemingway*. New York: Simon, 1987.

Mencken, H. L. *A Religious Orgy in Tennessee: A Reporter's Account of the Scopes Monkey Trial*. New York: Melville, 2006.

Meyers, Jeffrey. *Hemingway: A Biography*. New York: Haper, 1985.

Melling, Philip. "Cultural Imperialism, Afro-Cuban Religion, and Santiago's Failure in *The Old Man and the Sea*." *The Hemingway Review* 26. 1 (2006): 6-24.

Moddelmog, Debra. "Queer Families in Hemingway's Fiction." *Hemingway and Women: Female Critics and the Female Voice*. Ed. Lawrence R. Broer and Gloria Holland. Tuscaloosa: U of Alabama P, 2002. 173-89.

Monteiro, George. "Ernest Hemingway, Psalmist." *Ernest Hemingway: Seven Decades of Criticism*. Ed. Linda Wagner-Martin.

East Lansing: Michigan State UP, 1998. 119-34.

——. "Hemingway's Christmas Carol." *Fitzgerald/Hemingway Annual* (1972): 207-13.

——. "The Limits of Professionalism: A Sociological Approach to Faulkner, Fitzgerald and Hemingway." *Criticism: A Quarterly for Literature and the Arts* 15.2 (Spring 1973): 145-55.

Nagel, James. "Catherine Barkley and Retrospective Narration." *Ernest Hemingway: Six Decades of Criticism*. Ed. Linda W. Wagner. East Lansing: Michigan State UP, 1987. 171-85.

Nelson, Cary. "Hemingway, the American Left, and the Soviet Union: Some Forgotten Episodes." *Hemingway Review* 14.1 (1994): 36-45.

Nickel, Matthew. *Hemingway's Dark Night: Catholic Influences and Intertextualities in the Work of Ernest Hemingway*. Wickford: New Street, 2013.

Oldsey, Bernard. "The Sense of an Ending." *Critical Essays on Ernest Hemingway's* A Farewell to Arms. Ed. George Monteiro. New York: G. K. Hall, 1994. 47-65.

Raguer, Hilary. *Gunpowder and Incense: The Catholic Church and the Spanish Civil War*. Trans. Gerald Howson. London: Routledge, 2007.

Reynolds, Michael . "*A Farewell to Arms*: Doctors in the House of Love." *The Cambridge Companion to Ernest Hemingway*. Ed. Scott Donaldson. Cambridge: Cambridge UP, 1996. 109-27.

——. *Hemingway: The Final Years*. New York: Norton, 1999.

——. *Hemingway's First War: The Making of* A Farewell to Arms. New Jersey: Princeton UP, 1976.

——. *The Young Hemingway*. New York: Norton, 1998.

Roos, Michael. "Agassiz or Darwin: The Trap of Faith and Science in Hemingway's High School Zoology Class." *The Hemingway Review* 32.2 (2013): 7-27.

Sanford, Marcelline Hemingway. *At the Hemingways: With Fifty Years of Correspondence between Ernest and Marcelline*

Hemingway. Moscow: U of Idaho P, 1999.

Scholes, Robert. *Textual Power: Literary Theory and the Teaching of English*. New Haven: Yale UP, 1985.

Smith, Paul. "The Doctor and the Doctor's Friend: Logan Clendening and Ernest Hemingway." *Hemingway Review* 8.1 (1988): 37-39.

——. *A Reader's Guide to the Short Stories of Ernest Hemingway*. Boston: G. K. Hall, 1989.

Spanier, Sandra Whipple. "Hemingway's 'The Last Good Country' and *The Catcher in the Rye*: More Than a Family Resemblance." *Studies in Short Fiction* 19 (1982): 35-43.

Spilka, Mark. *Hemingway's Quarrel with Androgyny*. Lincoln: U of Nebraska P, 1990.

——. "Original Sin in 'The Last Good Country': Or, The Return of Catherine Barkley." *The Modernists: Studies in a Literary Phenomenon: Essays in Honor of Harry T. Moore*. Ed. Lawrence B. Gamache and Ian S. MacNiven. Rutherford, N.J.: Fairleigh Dickinson UP, 1987. 210-33.

Stoneback, H. R. "'For Bryan's Sake': The Tribute to the Great Commoner in Hemingway's *The Sun Also Rises*." *Christianity & Literature* 32.2 (Winter 1983): 29-36.

——. "From the Rue Saint-Jacques to the Pass of Roland to the 'Unfinished Church on the Edge of the Cliff.'" *The Hemingway Review* 6.1 (1986): 2-29.

——. "Hemingway and Faulkner on the Road to Roncevaux." *Hemingway: A Revaluation*. Ed. Donald R. Noble. Troy: Whitston, 1983. 135-63.

——. "In the Nominal Country of the Bogus: Hemingway's Catholicism and the Biographies." *Hemingway: Essays of Reassessment*. Ed. Frank Scafella. New York: Oxford, 1991. 105-40.

——. "Lovers' Sonnets Turn'd to Holy Psalms": The Soul's Song of Providence, the Scandal of Suffering, and Love in *A Farewell to Arms*." *The Hemingway Review* 9.1 (1989): 33-76.

——. "'The Priest Did Not Answer': Hemingway, the Church, the Party, and *For Whom the Bell Tolls*." *Blowing the Bridge:*

Essays on Hemingway and For Whom the Bell Tolls. Ed. Rena Sanderson. New York: Greenwood, 1992. 99-112.
——. *Reading Hemingway's* The Sun Also Rises. Kent: Kent State UP, 2007.
Strychacz, Thomas. *Hemingway's Theaters of Masculinity.* Baton Rouge: Louisiana State UP, 2003.
Sumption, Jonathan. *Pilgrimage: An Image of Mediaeval Religion*. London: Faber & Faber, 1975.
Tőkés, Rudolf L. *Béla Kun and the Hungarian Soviet Republic: The Origins and Role of the Communist Party of Hungary in the Revolutions of 1918-1919*. New York: Frederick A. Praeger, 1967.
Tyler, Lisa. "'He Was Pretty Good in There Today': Reviving the Macho Christ in Ernest Hemingway's 'Today Is Friday' and Mel Gibson's *The Passion of the Christ*." *Journal of Men, Masculinities and Spirituality* 1.2 (2007): 155-69.
Waldhorn, Arthur. *A Reader's Guide to Ernest Hemingway*. New York: Syracuse UP, 2002.
Waldmeir, Joseph. "*Confiteor Hominem*: Ernest Hemingway's Religion of Man." *Papers of the Michigan Academy of Science, Arts, and Letters* 42 (1957): 349-56.
Warren, Robert Penn. "Ernest Hemingway." *Selected Essays*. New York: Random, 1958. 80-118.
Weibel, Deana L. "Of Consciousness Changes and Fortified Faith: Creativist and Catholic Pilgrimage at French Catholic." *Pilgrimage and Healing*. Ed. Jill Dubisch and Michael Winkelman. Tucson: U of Arizona P, 2005. 111-34.
Wells, Arvin R. "A Ritual of Transfiguration: *The Old Man and the Sea*." *Twentieth Century Interpretations of* The Old Man and the Sea. Ed. Katharine T. Jobes. Englewood Cliffs: Prentice-Hall, 1968. 56-63.
Young, Philip. "'Big World Out There': *The Nick Adams Stories*." *The Short Stories of Ernest Hemingway: Critical Essays*. Ed. Jackson J. Benson. Durham: Duke UP, 1975. 29-45.
——. *Ernest Hemingway: A Reconsideration*. New York: Harbinger, 1966.
伊高浩昭『キューバ変貌』(三省堂、一九九九年)
今村楯夫『ヘミングウェイの言葉』(新潮社、二〇〇五年)
上西哲雄「『日はまた昇る』の信仰—— Technically Catholic に込められた方向——」『ヘミングウェイ研究』第十五号(日

本ヘミングウェイ協会、二〇一四年）四五―五五頁
岡田温司『マグダラのマリア』（中公新書、二〇〇五年）
勝井慧「暴露する手――『武器よさらば』における逃避と隠蔽」『アーネスト・ヘミングウェイ――二十一世紀から読む作家の地平』日本ヘミングウェイ協会編（臨川書店、二〇一一年）九二―一〇七頁
――「ロング・グッドナイト――「清潔で明るい場所」における「老い」と父と子」『ヘミングウェイと老い』高野泰志編（松籟社、二〇一三年）四九―六九頁
ジャン・カルヴァン『キリスト教綱要』渡辺信夫訳（新教出版社、二〇〇七年）
バーバラ・T・ゲイツ『世紀末自殺考――ヴィクトリア朝文化史』桂文子他訳（英宝社、一九九九年）
越川芳明「死者のいる風景　キューバのシマロン」『れにくさ』第四号（東京大学現代文芸論研究室、二〇一三年）一―七頁
色摩力夫『フランコ――スペイン現代史の迷路』（中央公論社、二〇〇〇年）
高野泰志「素脚を見せるブレット・アシュリー――矛盾する欲望と『日はまた昇る』」『ヘミングウェイ研究』第九号（日本ヘミングウェイ協会、二〇〇八年）六三―七七頁
――「創造と陵辱――『河を渡って木立の中へ』における性的搾取の戦略」『ヘミングウェイと老い』高野泰志編（松籟社、二〇一三年）二二一―四三頁
――『引き裂かれた身体――ゆらぎの中のヘミングウェイ文学』（松籟社、二〇〇八年）
辻秀雄「ミピポポラス伯爵がギャツビーであるようにブレット・アシュレーはマリアである――中世主義、マリア崇拝、重層的テクスト」『ヘミングウェイ研究』第十五号（日本ヘミングウェイ協会、二〇一四年）二一―三三頁
新関芳生「ユダヤ・医学・カソリック――宗教と医学から読む『神よ陽気に男たちを憩わせたまえ』」『ヘミングウェイを横断する――テクストの変貌』日本ヘミングウェイ協会編（本の友社、一九九九年）二九二―三〇九頁
ジャン＝リュック・ナンシー『私に触れるな――ノリ・メ・タンゲレ』荻野厚志訳（未來社、二〇〇六年）

ジョン・K・ノイズ『マゾヒズムの発明』岸田秀、加藤健司訳（青土社、二〇〇二年）
長谷川裕一「ペンと『ケン』の間で――作家の黄昏と、黄昏の政治と」『アーネスト・ヘミングウェイ――二十一世紀から読む作家の地平』日本ヘミングウェイ協会編（臨川書店、二〇一一年）一九一－二〇七頁
ノルベルト・フエンテス『ヘミングウェイ　キューバの日々』宮下嶺夫訳（晶文社、一九八八年）
前島誠『ナザレ派のイエス』（春秋社、二〇〇九年）
前田一平「「三発の銃声」に隠された不安の源――「あいのこ」と「銀のひも」」『ヘミングウェイの時代――短編小説を読む』日下洋右編（彩流社、一九九九年）四五－七五頁
――「マノリンは二十二歳――欲望のテキスト『老人と海』」『アーネスト・ヘミングウェイ――二十一世紀から読む作家の地平』日本ヘミングウェイ協会編（臨川書店、二〇一一年）二七二－八七頁
――『若きヘミングウェイ――生と性の模索』（南雲堂、二〇〇九年）
松下千雅子『クィア物語論――近代アメリカ小説のクローゼット分析』（人文書院、二〇〇九年）
デブラ・モデルモグ『欲望を読む――作者性、セクシュアリティ、そしてヘミングウェイ』島村法夫、小笠原亜衣訳（松柏社、二〇〇三年）
トニ・モリソン『白さと想像力――アメリカ文学の黒人像』大社淑子訳（朝日新聞社、一九九四年）
山本洋平「考えるジェイク――『日はまた昇る』のカトリシズム表象――」『ヘミングウェイ研究』第十五号（日本ヘミングウェイ協会、二〇一四年）三五－四四頁
横山晃「儀式としての父殺し――『午後の死』と1930年代における闘牛の表象」日本英文学会第八十六回全国大会発表原稿

あとがき

本書は二〇〇九年に九州大学文学部で開講されたアメリカ文学講義Ⅱの内容にもとづいている。大学院生の時にラリー・グライムズの論文を読んで以来、いつかヘミングウェイの宗教観に関して本格的に研究してみたいと考えていたが、前著『引き裂かれた身体――ゆらぎの中のヘミングウェイ文学』を出版してそれまでの研究に一区切りをつけられたことが、新しい研究領域に踏み込むちょうどいいきっかけになった。そして原稿としては結局最後に書き上げることになったのだが、『武器よさらば』の「私に触らないで」というキャサリンのセリフがキリスト教絵画の「我に触れるな《ノリ・メ・タンゲレ》」のモチーフにつながるのではないかという漠然とした着想だけで、無謀にも半年間の授業をスタートさせたのである。

無謀と言えば「この講義の内容をまとめて本にします」と初回の授業でいきなり公言したのは

よいが、その後毎週ヘミングウェイの作品を読み直し、それを宗教から解釈して講義にまとめるという作業は、ほぼ毎週学会発表をしているようなものであり、最後の授業では「このような授業は二度としません」と泣き言を言い放って終わることになったのである。

本にして出版するというのは学生との約束のようなものであり、それから何とか早く形にしようともがき苦しんだのだが（こりもせずに毎年同じような授業をやっているせいもあって）決して順調に論文として発表できたわけではない。結局本として仕上げるまでに五年もかかることになってしまった。当時受講していた学生もほとんど卒業していなくなってしまった今、いったい約束を果たしたことになったのかどうか怪しいところであるが、辛抱強くこのテーマにこだわり続けられたのはこの約束があったからである。

また授業の際に学生に鋭い質問をしてもらったこと、時に教員を教員とも思わない小生意気な批判をしてもらったことはさまざまなヒントになり、本書の随所で生かされている。学生からもらったヒントということで言えば、二〇一三年度からは演習の授業でヘミングウェイの短編を二年にわたって学生たちと読み続けてきたが、教室での議論は私自身にとっても大いに刺激になった。本書第五章の内容は学生と一緒に書いたようなものだと考えている。特にカトリック教会における「列聖」についての古川琢磨君の情報提供は、ヘミングウェイの列聖に関する手紙を発見するきっかけになった。本書で引用したようにヘミングウェイは君の好きなジャンヌ・ダルクをぼろくそに言っているが大目に見てやってほしい。夏休みもそろそろ終わろうという九月末、締め切りに間に合わせるために原稿に手を入れているせいで、先述の授業のレポートをまだ読めていないことを心からお詫び申し上げる。きっと成績発表がずいぶんと遅れることになると思うが、学生の（大半は）時間をかけた力作を読ませていただくのを今から苦しみに、ではなくて楽しみに思っている。

もちろんヒントや刺激をもらったのは学生からだけではない。日本アメリカ文学会、日本英文学会の九州支部では数多くの有益なご意見をいただいた。九州支部は気心の知れた仲のよい研究者同士の交流が盛んであり、どちらかというと学会の質疑応答よりは懇親会など、酒を交えての文学談義に大いに鍛えてもらったように思う。

そしてもちろん日本ヘミングウェイ協会の集まりではさまざまなご批判ご意見をいただいて、それが本書の血肉となっている。特に二〇一三年に「宗教の近代化とヘミングウェイ」というシンポジウムをさせていただいたことは、本書を完成させるとてつもなく大きな力となった。発表者の上西哲雄氏、辻秀雄氏、山本洋平氏は私にとってベストメンバーであり、四人で何度か打ち合わせ（という名目の飲み会）を重ねたおかげで自分でも随分と理解が深まった。ちょうど一年前の夏の三田で、生涯ベストスリーに入るくらいのすさまじい二日酔いを経験したのはいろいろな意味で忘れられない。その後も上西氏には無数の仕事を抱えて最も多忙な時期に快く原稿を読んでいただき、キリスト教信者の立場から信仰の問題に関してアドバイスをいただいたことには感謝に堪えない。

普段気さくに議論に応じていただく中で無数のヒントをいただくとともに、「最後のすばらしい場所」に関しては非常に貴重な資料まで提供していただいた今村楯夫氏には、感謝の言いようもない。『ヘミングウェイと老い』での氏を交えた議論が本書第七章の着想となっていることもあわせて感謝したい。

横山晃氏にはまだ論文になっていない発表原稿を提供していただいた。本書では『午後の死』に関しては充分な議論ができていないが、横山氏の論考は既に私が口を挟むまでもなく、同作品の宗教性に関して深く論じている。私自身論文として読ませていただくことを楽しみにしている。

前著に続いて本書出版を快く引き受けてくれた松籟社の木村浩之氏には大変お世話になった。優秀な編集者がサポートしてくれるので大船に乗った気分で安心して原稿に向かうことができた。この場をお借りして感謝したい。

なお本書は日本学術振興会科学研究費補助金（基盤研究(c)二四五二〇二九五）の助成を受けて出版されたものである。関係各位に感謝申し上げる。

教授会中の文学部会議室にて

◉ 索　引 ◉

・本文および注で言及した人名、作品名、歴史的事項等を配列した。
・アーネスト・ヘミングウェイについては、本書全体で扱っているので、索引ではページ数を拾っていないが、ヘミングウェイ作品およびその登場人物については、「ヘミングウェイ、アーネスト」の下位に配列し、ページ数を拾っている。

【あ行】
『アヴァンティ！』 *Avanti!* 151-152, 171
アダム Adam 215- 216
「アッシャー家の崩壊」 "The Fall of the House of Usher" 70
『荒地』 *The Waste Land* 54, 61 → エリオット、T・S
アンドレス、ドン Andrés, Don 169, 174
イヴェンス、ヨリス Ivens, Joris 148
イエズス会 The Society of Jesus 170, 174
イエスの聖心 Sacred Heart of Jesus 155, 194
イザベル、ジュランヌ Isabelle, Julanne 20
イブ Eve 216
今村楯夫 205
『ヴァージニアン』 *The Virginian: A Horseman on the Plains* 231
ウィスター、オーウェン Wister, Orwen 231
ウィルソン、ウッドロー Wilson, Woodrow 58, 205
ウィンデミア Windemia 131, 210
ウェッケル、エイダ Weckel, Ada L. 69
上西哲雄 69
ウェルシュ、トマス Welsh, Thomas 172
ウェルシュ、メアリ Welsh, Mary 174, 230, 232
ウェルズ、アーヴィン・R Wells, Arvin R. 176
ウォーレン、ロバート・ペン Warren, Robert Penn 142
ウォルシュ、アーネスト Walsh, Ernest 19, 48, 205
ウォルドーン、アーサー Waldhorn, Arthur 91
ウォルドマイヤー、ジョセフ Waldmeir, Joseph 176
失われた世代 The Lost Generation 20, 79
エリオット、T・S Eliot, T. S. 54, 61, 68

オールドジー、バーナード　Oldsey, Bernard　92
岡田温司　114
オトウェイ、トマス　Otway, Thomas　187

【か行】
カストロ、フィデル　Castro, Fidel　170
勝井慧　141, 207
『カトリック教会のカテキズム』 *Catechism of the Catholic Church*　227
カポーティ、トルーマン　Capote, Truman　70
「神の恵みに救われて」 "Saved by Grace"　37-42, 44-45, 46-47
カルヴァン、ジョン　Calvin, John　214-216, 218
カルリスタ　Carlist　154-155, 171-172
カルロス、ドン　Carlos, Don　171
キエルケゴール、ゼーレン　Kierkegaard, Sören Aabye　141
祈禱書　The Book of Common Prayer　14, 20, 22, 169
キナモン、ケネス　Kinnamon, Keneth　150, 153
キプリング、ラドヤード　Kipling, Rudyard　54
キューバ革命　The Cuban Revolution　170, 173
『旧約聖書入門』 *Introduction to the old Testament*　15
筋肉的キリスト教　Masculine Christianity　177, 184, 187, 190, 199, 205
クーパー、ジェイムズ・フェニモア　Cooper, James Fenimore　211
グライムズ、ラリー　Grimes, Larry　20, 29, 32, 35, 37, 219-220, 232
クラフト＝エービング、リヒャルト・フォン　Krafft-Ebing, Richard von　187-188
クリスチャン・サイエンス　Christian Science (The Church of Christ, Scientist)　30, 33, 46
クリスマス・キャロル　Christmas Carol　22
クレイク、ダイナ・マリア　Craik, Dinah Maria　187
クレランド、ジョン　Cleland, John　187
クレンドニング、ローガン　Clendening, Logan　120-123, 125
クロスビー、ファニー　Crosby, Fanny　37, 39, 41-42, 46-47
ゲイツ、バーバラ・T　Gates, Barbara T.　146
ケッチェル、スティーヴ　Ketchell, Steve　139, 140, 143
ケリー、ヘンリー・A　Kelly, Henry A.　69
ゲルホーン、マーサ　Gelhorn, Martha　161
『ケン』 *Ken*　148
原罪　The Original Sin　212-220, 224-225, 227-230
高等批評　Higher Criticism　58
越川芳昭　235-236

「コリント人への手紙」 Corinthians 99, 102

【さ行】

サリンジャー、J・D Salinger, J. D. 231
サンテリア Santería 14
サントノーレ・デイロー教会 Église Saint-Honoré-d'Eylau 71
サンフォード、マーセリーン・ヘミングウェイ Sanford, Marcelline Hemingway 24, 31-32, 40, 129, 130, 206
ジェイムズ、ウィリアム James, William 32-33, 35
ジェイムズ、ヘンリー James, Henry 54
ジオット Giotto di Bondone 151, 189
『シスター・キャリー』 *Sister Carrie* 95
「死せるキリスト」 *The Dead Christ* 178-179, 185, 205
ジッド、アンドレ Gide, André 69
「詩篇」 The Book of Psalms 146
『市民のための生物学』 *Civic Biology* 56 →ハンター、ジョージ・ウィリアム
社会進化論 Social Darwinism 57-58
自由主義神学 Liberal Theology 29-30, 33, 35, 41-42, 219-220, 222, 225
「主の祈り」 The Lord's Prayer 84-85, 118, 141, 154-155, 196
『種の起源』 *On the Origin of Species* 57 →ダーウィン、チャールズ
『ジョン・ハリファックス物語』 *John Halifax, Gentleman* 187 →クレイク、ダイナ・マリア
ジョンストン、ケネス Johnston, Kenneth 205
ジョンソン、ジャック Johnson, Jack 139
ジョンソン、ディヴィッド・R Johnson, David R. 229
進化論 The theory of evolution 55-59, 69
「申命記」 Deuteronomy 172
『新約聖書時代の歴史』 *History of New Testament Time* 15
スウィーニー、フレッド Sweeney, Fred 24
『スクリブナーズ・マガジン』 *Scribner's Magazine* 95
スコープス（モンキー）裁判 Scopes "Monkey" Trial 49-70
スコープス、ジョン・T Scopes, John T. 55-60
スコールズ、ロバート Scholes, Robert 76-77
スタイン、ガートルード Stein, Gertrude 20
ストーンバック、H・R Stoneback, H. R. 19-21, 50-52, 60, 88, 114, 152-153, 167, 172, 174
ストリーキャッシュ、トマス Strychacz, Thomas 208
スパニアー、サンドラ Spanier, Sandra 231

スピルカ、マーク　Spilka, Mark　114, 205, 214, 221, 231-232
スペイン内戦　The Spanish Civil War　118, 148, 149-150, 152, 157, 161, 163, 172
スミス、ポール　Smith, Paul　120, 123, 136
『世紀末自殺考―ヴィクトリア朝文化史』 *Victorian Suicide: Mad Crimes and Sad Histories*　146　→ゲイツ、バーバラ・T
「聖セバスティアヌス」 *St. Sebastian*　185-186, 189, 207
聖パウロ　Paul　93-100, 102, 104
聖バルバラ　Barbara　235
「聖母への祈り」 Hail Mary　84-85, 118, 141, 154-155, 196
聖ルカ聖公会　St. Luke's Episcopal Chapel　48
絶対的婚姻障害　diriment impediment　71, 98
『セント・ニコラス』 *St. Nicholas Magazine*　222
「創世記」 Genesis　55-56, 206

【タ行】

ダーウィン、チャールズ　Darwin, Charles　55-58, 69
第一会衆派教会　The First Congregational Church　24
第一次世界大戦　World War I　19, 28-29, 58-59, 74, 76, 79, 90, 98, 100, 227
第三会衆派教会　The Third Congregational Church　24, 138
タイラー、リサ　Tyler, Lisa　205
ダルク、ジャンヌ　Joan of Arc (Jeanne D'Arc)　171, 205
ダロウ、クラレンス　Darrow, Clarence　56, 59
辻秀雄　69
ティツィアーノ　Titian (Tiziano, Vecellio)　116, 189
テイト、アレン　Tate, Allen　174
デファルコ、ジョセフ　DeFalco, Joseph　83, 140, 146
「テモテの手紙」 The First and Second Epistle of Paul to Timothy　99
「伝道の書」 Ecclesiastes　20, 25-47, 68, 79, 146, 212, 220, 224, 232
『動物学概論』 *A Text-Book in General Zoology*　69
ドナルドソン、スコット　Donaldson, Scott　29, 113, 114

【な行】

ナンシー、ジャン＝リュック　Nancy, Jean-Luc　110, 114
新関芳生　145
ニッケル、マシュー　Nickel, Matthew　21
『ニュー・リパブリック』 *New Republic*　73
『人間の身体』 *The Human Body*　120-121　→クレンドニング、ローガン

フォークナー、ウィリアム　Faulkner, William　59
ブライアン、ウィリアム・ジェニングズ　Bryan, William Jennings　53-61
ブライアント、ウィリアム・カレン　Bryant, William Cullen　54
ブライト、ハーヴィ　Breit, Harvey　145
フランコ、フランシスコ　Franco, Francisco　148, 172
ブレナー、ゲリー　Brenner, Gerry　113-114, 146, 202-203, 207
フレミング、ロバート・E　Fleming, Robert E.　146
フローラ、ジョセフ・マンビー　Flora, Joseph Manby　176, 231
ベイカー、カーロス　Baker, Carlos　19-20, 83, 120, 145, 176, 231
ヘミングウェイ、アーネスト　Hemingway, Ernest
　――の作品（短編・詩等）：
　　「ある読者の手紙」 "One Reader Writes"　118, 120, 124-127
　　「異国にて」 "In Another Country"　95
　　「医者とその妻」 "The Doctor and the Doctor's Wife"　30, 33, 35, 46, 130, 220
　　「イタリア、一九二七年」 "Italy, 1927"　73
　　「インディアン・キャンプ」 "Indian Camp"　25-27, 30, 33, 42, 44, 132, 183
　　「海の変容」 "The Sea Change"　118
　　「革命家」 "The Revolutionist"　18, 151-153, 189
　　「今日は金曜日」 "Today Is Friday"　18, 111, 177, 205
　　「キリマンジャロの雪」 "The Snows of Kilimanjaro"　183
　　「五万ドル」 "Fifty Grand"　143
　　「最後のすばらしい場所」 "The Last Good Country"　209-232, 236
　　「三発の銃声」 "Three Shots"　26, 28, 37, 40, 42, 45
　　「死者の博物誌」 "A Natural History of the Dead"　118, 133-135, 143
　　「新トマス主義者の詩」 "Neo-Thomist Poem"　146
　　「清潔で明るい場所」 "A Clean, Well-Lighted Place"　33, 118, 138, 141-143, 146
　　「祖国は君に何を語るか？」 "Che Ti Dice la Patria?"　73
　　「誰も死なない」 "Nobody Ever Dies"　171
　　「父と子」 "Fathers and Sons"　35, 45, 128-130, 133-134, 218, 223
　　「ギャンブラーと尼僧とラジオ」 "The Gambler, the Nun, and the Radio"　18, 118, 137, 171, 178, 180
　　「ビッグ・トゥー・ハーティッド・リヴァー」 "Big Two-Hearted River"　208
　　「分水嶺の下で」 "Under the Ridge"　172
　　「兵士の故郷」 "Soldier's Home"　30
　　「身を横たえて」 "Now I Lay Me"　18, 48, 82-83, 85, 95, 106, 155
　　「敗れざる男」 "The Undefeated"　194
　　「世の光」 "The Light of the World"　18, 118, 138-139, 142-144
　　「よのひと忘るな」 "God Rest You Merry, Gentlemen"　18, 22, 118, 120, 124, 127, 145

「ワイオミングのワイン」 "Wine of Wyoming" 118
——の作品（長編・短編集等の書籍名）：
『アフリカの緑の丘』 *Green Hills of Africa* 149
『エデンの園』 *The Garden of Eden* 211
『女のいない男たち』 *Men Without Women* 73
『海流の中の島々』 *Islands in the Stream* 189, 235
『河を渡って木立の中へ』 *Across the River and Into the Trees* 191, 205, 207
『午後の死』 *Death in the Afternoon* 117, 144, 149, 196, 207
『勝者には何もやるな』 *Winner Take Nothing* 118-119, 127-128, 144, 146
『スペインの大地』 *The Spanish Earth* 148, 159
『第五列と最初の四十九の短編』 *The Fifth Column and the First Forty-Nine Stories* 144
『誰がために鐘は鳴る』 *For Whom the Bell Tolls* 17, 111-112, 150, 152, 154, 160, 164, 171-172, 182
『ニック・アダムズ物語』 *The Nick Adams Stories* 26, 231
『日はまた昇る』 *The Sun Also Rises* 18, 20, 33, 43-44, 48, 49-70, 77, 79, 82, 130, 206, 220, 222, 224
『武器よさらば』 *A Farewell to Arms* 16, 77-78, 85, 90-92, 93-116, 146, 177, 183, 189, 206
『持つと持たぬと』 *To Have and Have Not* 145, 149, 178, 180, 190
『老人と海』 *The Old Man and the Sea* 22, 52, 155, 175-207, 232
『ワレラノ時代ニ』 *in our time* 75, 78, 85, 89, 129, 171, 205
——「第七章」 "Chapter 7" 78
——「第八章」 "Chapter 8" 75, 78, 81, 85, 89
『我らの時代に』 *In Our Time* 18, 20, 22, 25, 157
——作品の登場人物：
アンセルモ Anselmo 156-158, 172
カエタノ・ルイス Ruiz, Cayetano 178
キャサリン・バークリー Berkley, Catherine 93-116
グレッフィ伯爵 Count Greffi 87, 90, 97, 104
サンチャゴ Santiago 155, 175-207
シスター・セシリア Sister Cecilia 180, 206
ジェイク・バーンズ Barnes, Jake 49-70, 79-85, 89-90, 92
ジョージ George 26-27
ディック・ボウルトン Boulton, Dick 34-35
ドク・フィッシャー Doc Fischer 124-126, 145
ドクター・ウィルコックス Doctor Wilcox 124, 126
ヘレン・ゴードン Gordon, Helen 145
トマス・ハドソン Hudson, Thomas 189, 233-235

トルーディ　Trudi　215, 218, 231-232
ドン・ギレルモ・マルティン　Martín, Don Guillermo　161
ニック・アダムズ　Adams, Nick　18, 25-47, 48, 78, 83-85, 89-90, 92, 106, 128-130, 134, 146, 155, 157-158, 209-232
パブロ　Pablo　154, 160, 162, 163, 164, 165, 172
ハリー・モーガン　Morgan, Harry　180, 190-191
ビセンテ・ヒローネス　Girones, Vicente　53, 61-66
ピラール　Pilar　111, 154-155, 158-160, 162-164, 166, 172
ビル・ゴートン　Gorton, Bill　50, 52-55, 60, 80
ファーガソン　Ferguson　95, 104
フレイザー氏　Mr. Frazer　137, 179-180, 205
ブレット・アシュリー　Ashley, Brett　54, 61, 63-67, 70, 80, 82, 130
フレデリック・ヘンリー　Henry, Frederic　78, 85-91, 93-116, 177-178, 205
ペドロ・ロメロ　Romero, Pedro　60-61, 63-66, 68
ベレンド中尉　Lieutenant Berrendo　154-155, 158, 171
ヘンリー・アダムズ　Adams, Henry　25, 33-34
ホーラス　Horace　124-125
マイク・キャンベル　Campbell, Mike　62, 80
マクウォルジー教授　Professor MacWalsey　181-182, 206
マノーリン　Manolin　202, 204, 207-208
マリア　Maria　154, 163-164, 183
リチャード・キャントウェル　Cantwell, Richard　191-192
リチャード・ゴードン　Gordon, Richard　145, 181
リトレス　Littless　210-211, 215-216, 221, 223, 225-227, 229-232
リナルディ　Rinaldi　78, 95, 98-99, 101-102, 105-107, 112
レナータ　Renata　191-192
ロバート・コーン　Cohn, Robert　54, 62, 64, 66, 80
ロバート・ジョーダン　Jordan, Robert　112, 149-173, 182-183
ヘミングウェイ、アンソン・タイラー　Hemingway, Anson Tylor　32, 47
ヘミングウェイ、クラレンス・エドモンズ　Hemingway, Clarence Edmonds　31-33, 37, 56, 59, 129-132, 136-137, 145, 220, 223, 231
ヘミングウェイ、グレイス・ホール　Hemingway, Grace Hall　30, 31, 46, 138, 140, 144, 210, 220-222, 231
ヘミングウェイ、グレゴリー　Hemingway, Gregory　15, 119-120, 123
ヘミングウェイ、ジョージ　Hemingway, George　210, 222
ヘミングウェイ、ハドリー　→リチャードソン、ハドリー
ヘミングウェイ、パトリック　Hemingway, Patrick　15, 119, 131
ヘミングウェイ、ポーリーン　→ファイファー、ポーリーン
ヘミングウェイ、マーサ　→ゲルホーン、マーサ

ヘミングウェイ、マーセリーン →サンフォード、マーセリーン・ヘミングウェイ
ヘミングウェイ、マデレイン（サニー）→メインランド、マデレイン・ヘミングウェイ（サニー）
ヘミングウェイ、メアリ →ウェルシュ、メアリ
ヘミングウェイ、レスター Hemingway, Leicester 131-132, 145, 222, 231
ベル、ミリセント Bell, Millicent 113-114
ベンソン、ジャクソン Benson, Jackson 147
ホヴィ、リチャード・B Hovey, Richard B. 92
ホーキンズ、ルース・A Hawkins, Ruth A. 17, 145
ポープ、アレクサンダー Pope, Alexander 118
ホッチナー、A・E Hotchner, A. E. 174
ホフマン、スティーヴン・K Hoffman, Steven K. 141
ホルティ・ミクロシュ Horthy Miklös, Vitéz Nagybányai 151
『ボルティモア・イヴニング・サン』 *Baltimore Evening Sun* 56

【ま行】
マイヤーズ、ジェフリー Meyers, Jeffrey 19, 83
前田一平 37, 114, 202-203
マグダラのマリア Mary Magdalene 109-112, 114
『マグダラのマリア』 114 →岡田温司
マサッチョ Masaccio, Tommaso Guidi 151, 189
「マタイによる福音書」 The Gospel According to St. Matthew 89, 140, 206
マッコールモン、ロバート McAlmon, Robert 205
松下千雅子 70
マリア →マグダラのマリア、マリア（ヘミングウェイの作品の登場人物）
「マルコによる福音書」 The Gospel According to St. Marc 140, 183
マンテーニャ、アンドレア Mantegna, Andrea 178-179, 185-186, 188-189, 192, 205
ムーディ、ドワイト・L Moody, Dwight Lyman 47
ムッソリーニ、ベニート Mussolini, Benito 73
「無頭の鷹」 “The Headless Hawk” 69 →カポーティ、トルーマン
メインランド、マデレイン・ヘミングウェイ（サニー） Mainland, Madeleine Hemingway “Sunny” 32, 210, 223
メソディスト派 Methodist Church 48
メリング、フィリップ Melling, Philip 237
メンケン、H・L Mencken, H. L. 54, 56-57, 59
モーゼ Moses 168
モダニズム Modernism 19-20, 58-59
モデルモグ、デブラ Moddelmog, Debra 70

モリソン、トニ　Morrison　206
モンテイロ、ジョージ　Monteiro, George　141, 145-146

【や行】

山本洋平　69, 206
ヤング、フィリップ　Young, Philip　20, 26, 146, 231-232
優生学　eugenics　57, 69
横山晃　144, 207
「ヨシュア記」　The Book of Joshua　168
「ヨハネによる福音書」　The Gospel According to St. John　114, 138
ヨハネ・パウロ二世　Paul, John II　170
ヨルダン川　the Jordan　167-168

【ら・わ行】

『ライ麦畑でつかまえて』　*Catcher in the Rye*　231　→サリンジャー、J・D
リチャードソン、ハドリー　Richardson, Hadley　16, 19, 22, 48, 71, 74, 91, 98, 100, 101, 105, 113
リン、ケネス　Lynn, Kenneth　91, 145
リンヴィル、ヘンリー　Linville, Henry R.　69
ルーズ、マイケル　Roos, Michael　69
ルーベンス　Rubens, Peter Paul　189
「ルカによる福音書」　The Gospel According to St. Luke　140
レザーストッキング・テイルズ　the Leather-stocking Tales　211　→クーパー、ジェイムズ・フェニモア
レノルズ、マイケル　Reynolds, Michael　89, 92, 113, 129, 138, 144, 171, 223
ローズヴェルト、シオドア　Roosevelt, Theodore　188, 205
『ロビンソン・クルーソー』　*The Life and Strange Surprising Adventures of Robinson Crusoe*　40
ロンギヌス　Longinus　177-178
「我に触れるな」（ノリ・メ・タンゲレ）　*Noli Me Tangere*　107-113, 115-116

【著者紹介】

高野　泰志（たかの・やすし）

京都大学文学部卒業、京都大学大学院人間・環境学研究科博士課程修了。

岩手県立大学講師を経て、現在、九州大学大学院人文科学研究院准教授。

専攻はアメリカ文学、とくにアーネスト・ヘミングウェイを中心に研究。

著書に『引き裂かれた身体——ゆらぎの中のヘミングウェイ文学』（松籟社）、『悪夢への変貌——作家たちの見たアメリカ』（共編著、松籟社）、『ヘミングウェイと老い』（編著、松籟社）、『アーネスト・ヘミングウェイ——21世紀から読む作家の地平』（共著、臨川書店）など。

アーネスト・ヘミングウェイ、神との対話

2015年3月20日　初版第1刷発行　　定価はカバーに表示しています

著　者　高野泰志

発行者　相坂　一

発行所　松籟社（しょうらいしゃ）
〒612-0801　京都市伏見区深草正覚町1-34
電話　075-531-2878　振替　01040-3-13030
url　http://shoraisha.com/

Printed in Japan

印刷・製本　モリモト印刷株式会社
装丁　安藤紫野

ISBN978-4-87984-334-0　C0098